LA VOIE DU BATELEUR

PREMIÈRE LAME

ZABE QUINEZ

Couverture réalisée par Kouvertures.com

Aux Gazelles

I

— Dégage ! Dégage ! Qu'est-ce que tu fais à rester planté là comme un santon ? Tu es juste venu prendre l'air ?

— STOP ! Arrête-toi ! Tu vas t'emplâtrer le mur !

— Fatche de C… Y'a dégun qui voit que ce bazar va tomber ? Il est où ton collègue ?

— Bouge-toi, mouligasse !

— Tiens-le donc un peu mieux ! Ça va s'envoler avec ce foutu vent !

Le ciel était parfait. Du bleu net, dur et dense, si lumineux des jours de mistral. Le vent l'avait balayé à grandes bourrasques. Lessivé. Nettoyé à fond. Il en avait évacué tout nuage, toute pollution et toute humidité jusqu'à la dernière nanogoutte d'eau. L'atmosphère étincelait de propreté.

L'air avait cette pureté qui permet à l'œil de voir loin et clair, aux sons d'éclater nets et sonores. Parfois un peu trop sonores. Comme en ce moment, dans la caisse de résonnance que formaient les petites rues du vieux centre-ville. Cette étroite proximité… promiscuité… augmentait l'intensité des bruits qui accompagnaient le déchargement des camions et des remorques et l'installation des forains.

Claquements de l'assemblage des montants métalliques des étals. Grincements sinistres de portes de prison émis par les lourds pieds de parasols trainés sur la chaussée. Chocs sur le sol des cageots lâchés de trop haut. Assortis de jurons, d'invectives. Il est bien connu que râler réchauffe le sang, surtout du côté de la Méditerranée. Cela aide à se mettre en route, en particulier un petit matin frisquet et venteux de septembre ! Tous se saluaient, s'interpellaient ; ça chambrait un peu, voire beaucoup. Comme d'habitude.

La fourgonnette reculait et l'arrière arrivait droit sur lui sans ralentir.

Jo se dégagea de l'allée pour laisser le passage au collègue qui avait son banc trois places plus loin. Il en profita pour se joindre au concert d'une voix forte et sarcastique.

— Oh Loule ! Fais gaffe ! Tu peux ouvrir les yeux, le jour est levé ! Oh, je vois que tu n'as pas le regard vaillant ! Tu as forcé sur le jaune hier ? Ou la nuit a-t-elle été difficile ? Trop de sport peut-être ?

L'autre le dévisagea d'un œil glauque, se fendit d'un « Salut, Jo ! » tout en poursuivant sa progression entre les étals. Ce n'était vraiment pas un bavard celui-là et, en fait, il pouvait prendre son temps pour s'installer. Ses fringues n'intéresseraient pas les premiers clients pressés ou lève-tôt sur le point de faire leur apparition.

Jo aussi avait le temps. Son stand d'olives et d'épices ne serait pas pris d'assaut dès le matin. Contrairement à celui de Fred, le boulanger, qui plus loin à droite, sur le rang d'en face, était déjà prêt. Assis sur un pliant, il en profitait pour boire une tasse de café de son thermos et manger un de ses petits pains au chocolat.

Ce gentil père de famille débarquait en général dans les premiers sur le marché. Il travaillait une bonne partie de la nuit à son fournil, préparant, avec toutes sortes de farines et de graines, des pains variés et savoureux. Il complétait son offre avec des petits biscuits locaux, navettes et croquants aux amandes, plus quelques viennoiseries et brioches. Dès sa dernière fournée sortie du four, il chargeait sa camionnette et hop ! en route.

Tout à l'heure, après avoir emmené les enfants à l'école, sa femme viendrait le remplacer et lui s'en irait dormir. Ils préféraient cela à une vraie boulangerie qui les aurait obligés à travailler sur des horaires beaucoup plus longs, à embaucher du personnel. Là, il dormait jusqu'à ce que les enfants rentrent de l'école et lorsqu'ils se couchaient, il partait vers son four à bois et son pétrin dans le bâtiment qu'il avait fait construire sur son terrain.

Les frères Arrizzi et leurs fruits et légumes étaient aussi quasiment prêts. Leurs trois grandes rangées de tréteaux disposées en U. L'armada des cousins, neveux et autres collatéraux divers et variés de cette famille à embranchements multiples, s'agitait autour. Pour l'amour de l'art, l'un des jeunes finissait d'arranger les tomates en une belle pyramide, qui ne résisterait pas au désir des acheteurs d'obtenir les plus beaux fruits.

Jo était connu sur le marché pour sa grande G… bouche. Alors, il ne se gêna pas et de sa plus belle voix de stentor interpella le gamin. Lui rappelant qu'il était temps qu'il se mette en route pour le collège s'il ne voulait pas rester toute sa vie aussi ignare que ses oncles. Il accueillit avec un sourire narquois les réponses acerbes, mais joyeuses, des fameux oncles. Tout cela, c'était juste pour l'ambiance, il s'entendait très bien avec la famille. Très unie, elle avait toujours su bien gérer ses affaires, se répartir les tâches en fonction des capacités de chacun. Les costauds au marché dès l'aube, à décharger les centaines de kilos de fruits et légumes, qu'ils avaient déjà chargés dans le camion aux halles à peine quelques heures auparavant… et la petite roublarde de sœur à la maison à gérer la compta.

Ses réflexions ne l'avaient pas empêché de continuer à ouvrir ses seaux d'olives et à en verser le contenu dans de jolies bassines colorées, assorties à la toile cirée rouge à motifs provençaux jaunes qui lui faisait un bel étal, très gai et facile à nettoyer. Il en terminait l'arrangement lorsqu'« il » apparut.

Le jeune apprenti. L'éternel adolescent. **LE BATELEUR** ! Ses boucles blondes dépassaient de son invraisemblable couvre-chef, une sorte de capeline défoncée qui évoqua immédiatement à Jo cette symbolique lemniscate de l'infini. Le jeune homme s'avançait vers lui, vêtu d'un pantalon de jogging vert bouteille un peu trop étroit qui lui moulait les jambes, d'un petit blouson rouge aux manches bleu vif, un pull jaune enroulé autour du cou. La totale !

Jo appréciait ce genre de coïncidence, tout en essayant d'y trouver des explications plus ou moins rationnelles. Cependant, il n'en revenait pas, car comme la veille et l'avant-veille, il avait encore sorti cet arcane lors de son tirage rituel du matin.

Il sourit à cette pensée. Sa mère et sa tante, bien que le pratiquant chacune discrètement, critiquaient le procédé « Tu le sais, le Tarot n'est pas un jeu. Il faut respecter les cartes. Un choix fait à la va-vite en buvant ton café n'est pas respectueux ! Et puis, un tirage à une carte, ça ne rime à rien ! »

Il revoyait les deux femmes, si semblables, comme il les trouvait souvent en rentrant de l'école puis du collège puis du lycée. Assises devant leur tirage en croix. Disséquant avec soin toutes les hypothèses de la réponse des cartes à « La Question ». C'était ce qui revenait en général dans ces discussions sans fin dont elles ne se lassaient pas « Était-ce la bonne Question ? » Avec la sempiternelle référence à leur propre mère, tireuse de Tarots de grand renom « Qu'aurait-elle vu ? ».

À cette époque, elles vivaient à quelques maisons ou à quelques rues d'écart et avaient l'habitude, quand elles le pouvaient, de se retrouver l'après-midi pour un tirage. Jo savait que La Question le concernait souvent. Maintenant, elles partageaient une « coloc » comme elles disaient. Mais le rituel se poursuivait et leur centre d'intérêt principal était toujours le même...

LE BATELEUR s'approchait de son stand et la ressemblance continuait de l'étonner. L'or de sa chevelure en désordre encadrait un visage joyeusement lunaire aux yeux ronds et clairs, marqués de larges cernes. L'attention de Jo fut aussi attirée par le reste de la tenue. Sous le blouson rouge et bleu, il reconnaissait très bien une chemise d'hôpital, cette espèce de sarrau qu'on enfile aux malades pour aller au bloc opératoire ou à leur arrivée aux urgences. Elle était fermée à l'envers, pressions devant, plus ou moins rentrée dans le pantalon. Les pieds du jeune homme étaient nus avec une tong bleue au pied droit et une espadrille rouge au gauche.

Tiens donc ! s'étonna Jo, ça c'est un peu fort de café. Il aurait voulu le faire exprès qu'il n'aurait pas mieux choisi ses fringues celui-là !

Tout en poursuivant son installation, il l'interpella :

— Alors, mon bonhomme ! On s'en va à une petite fête déguisée ?

Sa voix forte fit lever la tête de ses voisins, occupés comme lui aux derniers aménagements de leurs bancs. Le jeune se tourna vers lui.

— Non, non, ce sont des emprunts et le choix était limité dans ma taille, répondit-il d'un ton joyeux, affichant un large sourire, des étincelles de gaité plein les yeux.

Il lui évoqua si fort l'optimisme inconséquent du Bateleur que Jo, sa curiosité bien éveillée maintenant, voulut poursuivre la conversation. Mais le jeune continuait sa route. Les grands pas de ses longues jambes rappelaient ceux de l'échassier. Image renforcée par les mouvements de rotation de sa tête, lentement de droite à gauche, les yeux au loin, cherchant quelque chose.

Jo le regarda s'éloigner. Un beau gars, genre surfeur ! Mince, les épaules larges, la tête haute, plein d'assurance et avançant vers l'avenir… ou le bout du marché… d'un air décidé. À l'image d'Orphée sur le pont de l'Argos en route vers la Toison d'or.

Il termina ses préparatifs. Il installa ses étiquettes de prix sur les petits paniers tressés dans lesquels il avait disposé les sacs plastiques contenant les épices. Il avait eu du mal à trouver les récipients aux dimensions exactes qui lui permettraient de limiter les manipulations des produits. Là, c'était impeccable. Il ouvrait grand le sachet, passait les bords par-dessus ceux du panier, arrangeait soigneusement le plastique et voilà ! Simple, propre, efficace. La vision de son étal avec sa palette de couleurs dans tous ces tons chauds, du brun doré du garam massala et du quatre épices, à l'or sombre du curcuma, associés au rouge profond du paprika, lui amenait toujours un petit pincement de satisfaction.

Il inspira puis soupira intensément, en pleine conscience. À ses yeux, c'était un jour parfait. Il aimait le mistral qui chasse les miasmes et la grisaille. Il aimait ce ciel bleu de Provence. Il aimait cette convivialité du marché. Superficielle assurément. Mais tellement plus plaisante que les regards de poissons morts des visages mornes et taciturnes que l'on peut rencontrer ailleurs. Dans les endroits gris et tristes où l'anonymat est la règle. Chacun allant son chemin sans même avoir conscience de celui de l'autre. Se saluer y est choquant et plus encore engager la conversation avec quelqu'un que l'on ne connait pas personnellement. Par ici, et au marché surtout, on pouvait commenter la météo, les fruits, les légumes, un vêtement… pour un parfait inconnu, ou plus généralement une parfaite inconnue, et recevoir une réponse. Et lorsque l'on croisait le regard de quelqu'un, le « Bonjour ! » et le sourire étaient usuels.

Jo en étira un le plus large possible sur son visage. D'un coup d'épaule symbolique, il endossa son personnage de « figure » du marché, forçant l'accent provençal, il commença à faire l'article d'une voix forte et enthousiaste. Ainsi, on l'entendait bien aux alentours et ses clients ne pouvaient ignorer sa présence. À l'ordinaire, il n'était pourtant pas trop bavard et même plutôt discret. Discrétion qu'il devait à un long entrainement.

Cependant, cela lui était facile, sous le ciel bleu et dans cette ambiance ensoleillée de jouer ce rôle de « grande gueule ». Exubérant, toujours prêt à blaguer, à se mêler de tout, il se montrait aussi volontiers serviable. Et ainsi, bien que cela ne fasse que quelques mois qu'il ait adopté la profession, il avait des copains partout qui l'accueillaient avec des rires et des plaisanteries, auxquels il répondait sur le même mode décontracté.

Lorsqu'il avait organisé sa reconversion, il s'était rapidement décidé pour le marché. Une certaine assiduité était nécessaire, néanmoins c'était sans contraintes. Si l'envie le tenaillait trop, il pourrait aller à la pêche ou en colline sans rendre de comptes à personne d'autre qu'à lui-même à la fin du mois. Il connaissait un peu le métier. Dans sa jeunesse, il y avait parfois travaillé l'été pour se faire de l'argent de poche en aidant des forains à décharger et à installer ou à remballer leurs marchandises. Le choix du commerce avait été simple. Les olives, les épices ne nécessitent aucune formation particulière, le stock se garde bien et il n'y a pas de déchets. Il avait réfléchi son personnage. Il était sa publicité, sa vitrine et son service promotionnel à lui seul. Vêtu d'un chapeau à larges bords, d'un gilet sans manches genre baroudeur, d'une chemise d'un joli bleu passé, d'un jean dont il rentrait le bas des jambes dans des bottes camarguaises, il était « remarquable ». Il accentuait encore cet effet en faisant de grands gestes et en occupant le plus de place possible, tant visuelle que sonore. C'est ainsi que les passants ou les clients d'autres étals le repéraient et se dirigeaient vers lui, d'abord attirés par le bruit et voulant voir qui était cet énergumène. Puis ils se laissaient convaincre d'acheter quelques olives pour l'apéro ou la daube, le vrai poivre du Sichuan au fruité incomparable, le piment doux au gout merveilleux, mais sans le feu. Ou tout autre produit dont il vantait les qualités avec lyrisme et enthousiasme.

Malgré le mistral, le beau temps avait attiré du monde. Petit à petit, les allées s'étaient remplies. La foule était dense dans le marché maintenant animé. Encore plus dense lorsque s'ajoutaient les nœuds de rencontres. Les touristes étaient partis. Les enfants retournés à l'école. Cependant, dans ces pays où tout le monde connait tout le monde, on ne pouvait faire quatre pas sans devoir saluer quelqu'un et souvent s'arrêter et bavarder un peu pour prendre des nouvelles. Formant ainsi des mini-bouchons qu'aggravaient le chariot des courses, la poussette du bébé et le chien dans le milieu.

Jo rigolait toujours en son for intérieur, pensant que quatre personnes bien intentionnées te remplissent une allée et favorisent le commerce. Puisqu'ainsi celui qui est retardé passe le temps en regardant les stands et peut se laisser tenter par des achats non prévus au lieu de tracer en suivant sa liste de courses.

C'est dans cette petite foule disparate et bruyante qu'ils se tenaient, les deux « men in black » ou les « men in grey » dans leur cas, détonnant sur l'ensemble comme un trou noir dans un arc-en-ciel. À coup sûr, c'était des « Parisiens », mais pas en vacances ! Dans le métro ! Costumes gris, cravates, teint gris blafard et yeux battus de ceux qui manquent perpétuellement de sommeil et de soleil. Les cheveux ternes, tristes et déjà dégarnis bien qu'ils paraissent jeunes de loin.

Une matinée bien spéciale, se dit Jo, qui sentit monter en lui le frisson de la chasse. Une sensation presque oubliée. Et, parce que la journée était belle, que **LE BATELEUR** était passé, il s'y abandonna. Il fit signe à son voisin de stand.

— Hé, Marco ! Tu me tiens le banc s'il te plait, je vais aller prendre un café…

Il resta vague sur la suite. L'autre savait très bien que pour les forains, les toilettes… c'est le bar du coin. Jo lui tendit un billet en lui demandant de payer le placier pour lui quand il viendrait tout à l'heure et d'utiliser la monnaie pour sa propre place. Les clients ne s'affolaient pas devant le stand de bonnets péruviens, de sculptures africaines en bois et autres objets, tous d'origine chinoise certifiée. Jo pensait que, parfois, le chiffre d'affaires de la matinée devait tout juste couvrir le prix de l'emplacement.

Il ôta son chapeau, le glissa sous son étal et tout en s'éloignant à grands pas commença son changement de personnage. Il avait été très bon à ce jeu-là, dans sa vie d'avant. Sa « vie grise » comme il l'appelait. Dans ce passé, pas si lointain, que la vision des deux hommes gris avait réveillé, c'était son boulot de suivre et de surveiller des types comme eux. Personnels ministériels ou d'ambassade, chefaillons de bureau d'une administration quelconque, employés de banque douteux… Oui ! Aujourd'hui, ce devait être ça, ils sentaient le fric ces deux-là.

L'art d'une bonne filature, c'est la discrétion et la discrétion consiste à ne pas se faire remarquer. C'est une question d'attitude et de comportement plutôt que de déguisement. Pour cela, Jo ôta sa veste, la plia avec soin sur son avant-bras, ferma un bouton supplémentaire à sa chemise, lissa ses cheveux. Mais surtout, il se composa un visage neutre, les yeux ternes sans expression, ne fixant rien de particulier. Il relâcha son corps laissant ses épaules s'affaisser, le ventre partir en avant et ses genoux se fléchir de quelques degrés. Il donnait l'impression d'avoir perdu dix centimètres et pris autant de kilos et surtout il était devenu « anonyme ».

Il repéra les deux hommes et se rapprocha d'eux en douceur. Il voulait entendre leur conversation, savoir ce qu'ils faisaient là, ce qu'ils cherchaient… De toute évidence, ils cherchaient quelque chose ou quelqu'un, il le voyait bien. Ils parcouraient les allées du marché en regardant de tous côtés. Il était arrivé juste derrière eux et se conforta dans son idée initiale d'employés de banque. Toutefois, pas du bas de l'échelle, des « collaborateurs », comme on les nomme dans ces milieux. Les costumes étaient bien coupés, du beau tissu, une marque à la mode. Chacun portait une oreillette et le téléphone dernier cri était accroché à la ceinture dans un bel étui en cuir. La ceinture aussi était en cuir et de marque ! L'un d'eux commença à parler tout seul, comme c'est l'usage maintenant quand on répond à un appel téléphonique. Il fit signe à son collègue et tous deux bifurquèrent dans une petite rue latérale plus tranquille. Pendant qu'ils passaient devant lui, Jo surprit le début de la conversation.

« Oui, on l'a retrouvé ce matin… Il était à l'hôpital, en soins intensifs… »

Il les suivit et comme ils s'étaient arrêtés, il se glissa sous le porche voisin. Il était passé devant eux sans qu'ils le remarquent.

« Non, il n'y est plus… On ne sait pas où il est, il est parti comme ça sans rien dire… Oh ! pas longtemps avant qu'on arrive… Non, personne ne l'a vu partir. L'infirmière a parlé de "fugue à l'insu du service"… Oui, on cherche… Non il n'a jamais dit qu'il connaissait quelqu'un par ici, il n'est pas logé par là. C'est au moins à vingt kilomètres, ce sont les pompiers qui l'ont amené. Il est tout seul, il n'a même pas ses fringues… Ben non, pas à poil, en pyjama et pieds nus, il n'a pas dû aller loin… Non, d'après l'infirmière, il n'avait rien, pas de portefeuille, pas de téléphone, tout doit être au fond de la mer… Ok ! On continue à chercher et on surveille l'hôpital… Oui bien sûr, s'il y a quoi que ce soit on vous informe tout de suite… »

L'homme soupira, s'adossa à la porte, se laissa glisser le long du mur pour s'assoir sur la marche et resta silencieux quelques instants. La conversation téléphonique était terminée, il énonça d'un ton las :

— On a merdé, ça c'est sûr. Le patron veut qu'on le retrouve, il faut aussi surveiller l'hôpital, dans la mesure où il pourrait y retourner. Il va essayer de savoir pour son logement et envoyer quelqu'un récupérer ses affaires. Il peut avoir gardé des documents dans son ordi, sur une clé ou ailleurs. Il nous a bien dit qu'il n'avait rien amené, mais Vaironne préfère être sûr.

Jo se renfonça dans son petit coin, l'affaire ne semblait pas si anodine que cela. Ah oui, pensa-t-il, l'hôpital...

Il savait très bien qui il avait vu le matin dans son costume abracadabrant et sa chemise de malade. **LE BATELEUR** s'était attiré des ennuis, c'était certain.

Il ne croyait pas aux coïncidences. Quand des faits

suffisamment remarquables pour être notés se produisaient dans un même espace de temps et de lieu, il y avait de fortes chances qu'ils soient liés.

Lorsqu'il était parti à la suite des « hommes gris », Jo n'avait pas vraiment analysé ce qu'il était en train de faire. Son entrainement avait ressurgi immédiatement, lui évitant de perdre le temps qui aurait rendu la chasse inutile, et son subconscient avait pensé à sa place. Il avait associé les deux faits et mis en route son corps sur un simple frisson et une impression d'évidence. La journée était belle, **LE BATELEUR** était passé, il fallait y aller.

Les deux hommes, maintenant assis sur les marches dans leurs beaux costumes qui en garderaient surement des traces, poursuivaient leur conversation sur un ton morose et dépité.

— Chercher ! Chercher ! Mais où ? C'est un trou ici ! Mais tout de même, ce n'est pas si petit et puis ce marché, il y a un monde fou, on ne le trouvera pas. Où aller ailleurs ? On ne peut quand même pas parcourir toute la ville à pied.

— Non, mais l'hôpital ce n'est pas une mauvaise idée. Il n'a rien, pas de papier, pas d'argent, s'il retrouve sa tête, il se pointera à l'accueil pour récupérer ses affaires. S'il ne la retrouve pas, quelqu'un le ramènera aux urgences à un moment ou un autre.

— Ouais, c'est pas mal, tu peux avoir raison. Ils ont dit qu'il ne se souvenait de rien et ne savait pas ce qui lui était arrivé. Il a juste pu leur dire son nom.

— On devrait même y aller voir tout de suite. Il y est peut-être déjà de retour. S'il s'est fait choper amnésique et en pyjama, il aura été amené à l'hosto tout droit.

— D'accord, allez en route ! On va d'abord se renseigner et sinon, tu guetteras vers les urgences et moi à l'accueil.

Les deux hommes se levèrent, essuyant leurs pantalons. Comme ils passaient devant lui, Jo entendit la fin de la conversation.

— Et après, pour moi c'est tout, je rentre à Paris. Ça suffit comme ça les risques imbéciles.

— Oui, se faire piquer pour délit financier c'est une chose, pour tentative de meurtre s'en est une autre.

— Sur le coup, ça semblait pourtant une bonne idée… Bon ! Si d'ici ce soir on sait où il est, on passe l'info… Sinon de toute façon, on se casse !

Jo resta tranquillement adossé à son porche et réfléchit un petit moment. Ce n'était plus la peine de suivre ces deux-là, il savait où ils allaient. Il ne tergiversa pas longtemps. Il voulait en apprendre plus et essayer d'abord de retrouver **LE BATELEUR**, qui semblait vraiment avoir des ennuis !... Il avait vu dans quelle direction le jeune était parti, il connaissait la ville et était certainement plus apte que les deux types gris à retrouver quelqu'un.

LE BATELEUR, arcane I du Tarot, celui qui commence le voyage initiatique. Il désirait lui donner sa chance. Il faut toujours aider la jeunesse enthousiaste, l'aider à aller de l'avant, à développer son potentiel, se moqua-t-il pour lui-même.

Sur la lame, **LE BATELEUR** est traditionnellement représenté par un jeune homme blond, vêtu d'un costume bariolé mêlant le vert, le rouge, le bleu et le jaune, tout comme le jeune qui avait traversé le marché ce matin. Pour les Tarots, ces couleurs ont une symbolique : le rouge et le bleu pour les énergies masculine et féminine, l'action et la réception ; le jaune pour l'intellect et la conscience ; le vert pour la nature et l'exubérance.

Il est en plein air, debout. La position de celui qui ose. De face, parce qu'ancré dans le présent. Installé derrière une table à trois pieds, il semble faire un tour d'adresse et d'escamotage devant un public. Dans ses mains et sur la table, des objets représentent les quatre classes d'arcanes mineurs, les quatre énergies du Tarot. Cependant, ils sont souvent moins nobles que sur les lames. Ils en sont une image comme juvénile, rétrécie. Jetons pour les Deniers, pour la terre et le plan physique. Baguettes pour les Bâtons, pour le feu et le plan émotionnel. Gobelets pour les Coupes, pour l'eau et le plan affectif. Poignards pour les Épées, pour l'air et le plan intellectuel.

LE BATELEUR est coiffé d'un grand chapeau qui décrit le début d'une spirale et évoque l'ouverture d'esprit. Certains jeux le montrent chaussé de couleurs différentes, bleue pour son pied droit et rouge pour le gauche.

LE BATELEUR, au Tarot, c'est le petit, le plus faible des atouts. Néanmoins, il rapporte beaucoup quand on le mène au bout… et c'est bien au bout du chemin initiatique, que le voyageur en récoltera les bénéfices.

Il est associé à l'Aleph, première lettre de l'alphabet hébreu, à la terre et au signe du taureau ainsi qu'à la constellation d'Orion.

Pour le dictionnaire, c'est une personne qui divertit un public en plein vent. Amuseur, magicien, joueur, **LE BATELEUR** suit son chemin sans contraintes et avec gaité.

Les dés présents sur la table, en plus des objets symboliques des arcanes mineurs, renforcent l'idée que cet apprentissage doit rester ludique, agréable. Selon les jeux, ils sont au nombre de deux ou de trois et la somme de leurs côtés fait en général sept… Sept comme les jours de la semaine, les couleurs de l'arc-en-ciel, les planètes du soleil, les notes de la gamme, les chakras… Sur certaines représentations, ils marquent chacun le « quatre cent vingt et un » gagnant, **LE BATELEUR** est un chanceux. Un vainqueur. La vie est avec lui.

Sa jeunesse est signe de son inexpérience, de son manque

de maturité, mais aussi de son potentiel d'évolution, l'avenir lui est ouvert.

La position debout signifie activité. Il est acteur, il doit participer à son existence. C'est une lame active sans être d'action, puisque les pieds écartés signent immobilisme voire même indécision. C'est l'arcane du présent. Il est là, bien campé sur ses deux pieds. Toutefois, chacun indique une direction opposée. Son passé et ses acquis le conduiront vers l'avenir. Il est entre les deux, ne maitrise pas encore son évolution, pourtant c'est là et maintenant qu'il doit agir. Le travail est un principe essentiel de cette lame. Sa propre activité sera nécessaire au développement du Bateleur. Il devra se créer lui-même.

Son chapeau évoque pour certains la lemniscate de l'infini. Cette symbolique n'est devenue usuelle qu'après le XVIIe siècle et Bernoulli. Or, on sait que Visconti, duc de Milan paya en 1430, mille cinq cents pièces d'or à un peintre français pour un jeu de cartes enluminé et sur les « Visconti » **LE BATELEUR**, nommé à l'époque « El Caballero », porte déjà un couvre-chef à double ellipse. Cette spirale sans fin laisse l'esprit du Bateleur ouvert et permettra au jeune apprenti d'acquérir des connaissances ou la connaissance.

La table couleur chair indique que **LE BATELEUR** doit travailler sur la vie, sur l'humain. Ses trois pieds peuvent être la preuve d'une instabilité. Ils sont aussi les trois lignes nécessaires à la possible création de la première figure stable, le triangle. Symbole de la matrice porteuse de vie, de la famille nouvelle. Cela reste distant, peu de sexe dans **LE BATELEUR**. Selon les jeux, une fleur ou un cyprès minuscule se dresse entre ses jambes, loin dans le paysage d'arrière-plan. Néanmoins, le potentiel est là, le cyprès est « l'arbre de vie », comme la fleur, il promet au Bateleur l'évolution dans ce sens.

L'arcane I symbolise la naissance et l'éveil de l'être humain. Elle est extrêmement positive, signe le renouveau, le départ… Pour autant, tout est à faire, il n'y a encore que promesses, espoir en devenir.

Les sentiments de Jo vis-à-vis des Tarots étaient ambivalents. Il avait été élevé là-dedans, il connaissait le nom des lames depuis l'enfance et leurs possibles significations. L'expérience lui avait montré qu'il pouvait faire confiance aux propositions des cartes. Mais rationnellement, il avait du mal. Ce qui ne l'empêchait pas d'avoir son propre jeu et de faire chaque matin le tirage d'une lame qui symboliserait sa journée. **LE BATELEUR** lui avait été annoncé par trois fois, alors il allait suivre l'instinct des cartes.

Que faire d'autre ? songea-t-il. La rencontre avec les deux hommes l'avait ramené à son ancien boulot. Il en reconnaissait tous les signes.

Dans sa vie précédente, « sa vie grise », il avait servi le pays comme on dit, mais personne n'en avait connaissance et il n'était toujours pas censé pouvoir en parler à qui que ce soit. C'est normal, c'était secret !

Le terme d'agent secret attaché à son travail quotidien lui avait invariablement paru risible. Rien à voir avec James Bond, Monsieur Clark ou George Smiley, lui n'était qu'un de ses hommes de terrain, un lampiste, un traine-patin, un manœuvre, l'agent de renseignements. On lui demandait de découvrir où allaient certaines personnes, à quelle heure, qui elles contactaient, pendant combien de temps, de prendre des photos et de faire un rapport, point ! Très souvent, il n'avait jamais su pourquoi ces gens-là intéressaient ses supérieurs.

Ce qui lui convenait tout à fait. Il préférait ne pas en connaitre trop sur sa cible, afin de ne pas avoir d'idées préconçues sur la direction qu'elle allait suivre ou ce qu'elle allait faire. Il trouvait que de cette manière, il était plus attentif aux mouvements du corps, au comportement. Comme au judo où l'entrainement permet au subconscient d'enregistrer des changements d'appui ou la mise en tension de certains muscles chez l'adversaire qui prépare une attaque et ainsi son propre corps anticipe par automatisme la réponse adéquate. Cela lui avait souvent rendu service.

Il gardait de ces années l'impression d'un long tunnel sombre. Plein de jours gris et pluvieux. De nuits longues et froides. D'attentes interminables les pieds mouillés, les cheveux mouillés, humide jusqu'à l'os. Brrr ! Il était content d'être sorti de cette vie. Heureusement pour une autre vie. Car à trop fréquenter les coins de rue glauques, on finit par faire de mauvaises rencontres et trois coups de lame, un soir d'hiver, l'avaient réformé et retraité.

Il avait simplement fermé les yeux et s'était dit « Ok, c'est terminé ! » L'arcane sans nom qu'il avait tiré ce matin-là fut sa dernière image consciente. Son réveil, quelques jours plus tard, le corps perclus de douleurs, après de longs cauchemars peuplés de squelettes faucheurs et de têtes coupées, dans une chambre d'hôpital blanche et claire, pleine de soleil, avait eu pour lui la symbolique du renouveau promis par la lame. Il avait saisi l'occasion et quitté le service.

Il avait tout de même suffisamment fréquenté le métier pour se rendre compte que les deux types gris auraient pu relever d'une filature assurée par ses soins. Il se dirigea vers le fond du marché mettant ses pieds dans les pas du Bateleur et prépara son plan de recherche.

Le jeune était passé devant lui ce matin. L'hôpital était dans son dos, il s'en éloignait à grands pas, il faisait frais et il n'était pas chaudement vêtu. A priori, il ne devait pas connaitre la ville et pouvoir se réfugier chez quelqu'un. Dans ce cas l'endroit le plus évident pour passer un moment au chaud quand on est dans la rue, c'est un bar. Et lorsqu'on veut se rendre ailleurs, chez soi par exemple... à vingt kilomètres, et qu'on n'a pas de véhicule, on prend le train et pour cela on va à la gare. D'autant plus que c'est là qu'on a le plus de chance de trouver un taxi ou un car pour la destination désirée. Et c'était justement dans cette direction que **LE BATELEUR** s'en était allé.

Jo l'y suivit donc. Tout en jetant un coup d'œil aux terrasses et salles des cafés qu'il croisait sur son chemin, il scrutait la foule essayant d'y repérer la tignasse blonde du jeune, avec ou sans chapeau.

Il était sorti du secteur bruyant et animé du marché et traversait une petite place plus calme quand il trouva son gibier. Un peu en retrait dans la salle du café, une tasse et un verre d'eau devant lui, il était adossé à la banquette et semblait rêvasser le regard au loin. C'était un bar que les forains aimaient bien. Il était proche du marché, mais tranquille tout de même. Pour l'instant, il n'y avait que trois ou quatre autres clients, puisque c'était l'heure de pointe là-bas. Jo espéra que Marco s'en sortait avec ses olives. Il entra dans le bar en forçant sur le mode discret et personne ne se retourna sur lui quand il gagna les toilettes.

Il remit son gilet, ébouriffa ses cheveux, déboutonna le haut de sa chemise sur son torse bronzé, redressa la tête, le menton levé, les épaules larges, le thorax ouvert et émergea des sanitaires métamorphosé en « Jo du marché ».

Le patron se tourna vers lui et le salua « Ha ! Mercucio, ça va ? Je ne t'ai pas vu arriver ». Comme souvent à l'énoncé de son nom, Jo se prit au jeu et ne put résister. Terminant ainsi la réinstallation de son personnage de forain, il s'exclama haut et fort :

— La peste soit de ta maison, Sauveur, il n'y a encore rien pour s'essuyer les mains à tes lavabos !

— Ouais ! lui répondit l'autre, pas la peine de brailler, j'y vais !

Les forains étaient pour lui une bonne clientèle et les jours de marché, il prenait un soin particulier de ses toilettes. Parce qu'il savait que nombre d'entre eux – surtout les femmes – étaient ainsi plus enclins à venir chez lui que chez ses concurrents.

Jo commanda un café allongé accompagné de deux tartines et vint s'assoir à côté du jeune homme. En s'installant, il entama la discussion :

— Salut mon grand, alors cette petite fête déguisée, c'était bien ?

L'autre tourna la tête semblant sortir d'un rêve éveillé, mais tout de suite ses yeux brillèrent d'amusement et un grand sourire apparut sur son visage.

— Ouais, super ! Un peu mouvementé et humide ! Et ça m'a laissé une sacrée gueule de bois. Tu travailles au marché, non ? Je t'ai vu ce matin !

— Oui, je m'appelle Jo.

— Moi, c'est Kevin.

— Enchanté Kevin, c'est ta gueule de bois qui t'a mené à l'hosto ? demanda Jo en montrant la chemise d'hôpital.

— Non, je me suis noyé…

Le jeune homme s'arrêta, observa son interlocuteur d'un air pensif. Puis semblant avoir pris une décision et ayant l'air de jouer le tout pour le tout, il ajouta en souriant :

— Enfin on m'a un peu suicidé, je crois !

Jo resta saisi par cette affirmation. L'arrivée de Sauveur avec sa commande et l'échange de nouvelles qui suivit lui permit de réfléchir à la manière dont il voulait répondre au garçon. Il ne pouvait avoir l'air d'accorder un crédit sans réserve à ce qui pouvait n'être qu'une plaisanterie. Toutefois, son instinct lui criait très fort que la situation était plus sombre que la mine réjouie du jeune ne le laissait supposer.

Une attente interrogative pleine d'espoir, qu'il pensait deviner dans les yeux de Kevin le décida à lancer un ballon d'essai.

— Oui, il faut toujours se méfier des hommes gris. Ce genre d'homme est dangereux ! affirma-t-il en souriant, comme si c'était une évidence.

Pour le coup, l'autre fut surpris, laissa passer quelques instants puis demanda, l'air pas plus intéressé que ça :

— Tu en as rencontré ?

Petit malin ! pensa Jo. Le gamin semblait plus intelligent et averti qu'il ne l'avait imaginé. Il ne voulait pas l'effrayer, mais plutôt garder ce contact qui commençait à s'établir.

— J'en ai vu deux exemplaires désespérés ce matin au marché, l'air tout droit sortis du métro, jolis costumes, propres sur eux, mais je ne suis pas fou. Moi, c'est par vent de nord-nord-ouest que je distingue un faucon d'un vrai... Je ne leur aurais pas confié mon portefeuille ! Glissant – dans une libre adaptation de son référent favori – une allusion à l'éventuelle profession des deux hommes.

Un sourire ravi illumina de nouveau le visage du jeune.

— Il y en a pourtant beaucoup qui le font... Ça pourrait bien être Tom et Alex, un grand avec des lunettes et un très brun aux yeux très noirs ?

Ah ! bien vu ! se félicita Jo, en arrachant d'un coup de dents le coin croustillant de sa tartine, ils sentaient bien le fric ces deux-là. Tom, le grand à lunettes c'était celui du téléphone.

— Hum ! Ça ressemble. Des copains à toi ?

— Oui, enfin je croyais, marmonna Kevin, morose, en s'adossant à la banquette.

Il bascula la tête en arrière, regarda le plafond et après quelques instants, confia à Jo d'un ton hésitant.

— J'ai fait des conneries… et maintenant je suis dans la merde, je crois… Je ne sais vraiment pas quoi penser de tout ça… Il faut que je réfléchisse…

— Prends ton temps mon gars, l'encouragea Jo. Si tu le souhaites, tu peux venir chez moi tout à l'heure. Tu pourras te poser un peu et réfléchir à tout ce que tu veux tranquillement. Donc si ça te dit, viens me rejoindre à ma place avant la fin du marché… Et ne crains pas de rencontrer tes potes, ils sont partis t'attendre à l'hôpital !

Kevin lui jeta un regard étonné.

— Comment le sais-tu ? Et pourquoi fais-tu ça pour moi ?

— Parce que tu es un petit gars bien sympa, répondit Jo éludant la première question, et pas eux !

Il ne pouvait quand même pas lui expliquer **LE BATELEUR.** Il posa un billet sur la table.

— Tiens, tu payeras l'addition, reprends quelque chose et demande des tartines à Sauveur. Il commande son pain chez le meilleur boulanger de la ville et il a du vrai beurre des Alpes.

Puis il se leva en concluant :

— Allez ! À tout à l'heure !

Il sortit du bistrot sur un retentissant « Salut, Sauveur, à la prochaine » et regagna son stand en pensant que ça devrait marcher. Le jeune semblait vouloir lui faire confiance. Il avait laissé assez d'argent pour qu'il ait le choix de s'acheter un billet de train plutôt que de venir le retrouver. Maintenant, il allait attendre et voir venir.

À son arrivée, Marco était toujours là, en train de peser des olives.

— Ah ! Te voilà, tu as eu du monde ce matin, ils réclamaient tous après toi, s'exclama-t-il.

Il y avait une petite file d'attente, Jo passa rapidement derrière son étal pour s'occuper de la cliente suivante. Quand ils eurent fini de servir tout le monde, il remercia Marco en lui glissant un billet pour sa peine, lui assurant que, bien sûr, c'était à charge de revanche. L'autre ne posa aucune question sur sa longue absence, mais lui fit un clin d'œil égrillard avant de retourner vers son stand. Il devait penser qu'il avait rencontré une femme pendant tout ce temps, Jo se garda de le détromper, c'était bon pour sa réputation de hâbleur extraverti.

Il reprit son rôle de forain enthousiaste et jusqu'à ce qu'ils se raréfient, essaya d'attirer clients et passants. Lorsqu'ils furent presque tous rentrés préparer leur déjeuner et que le marché touchait à sa fin, il commença à remballer sans se presser, en guettant Kevin. Il le vit apparaitre au bout de l'allée et l'accueillit d'un grand signe.

« Par ici, mon jeune apprenti ! » Le jeune homme s'approcha. Avec un petit sourire contraint, il sortit de sa poche la monnaie du billet que Jo lui avait laissé et la lui tendit. Afin de couper court aux tentatives de remerciements et d'excuses, Jo lui expliqua qu'il devait vider les bassines d'olives dans les bidons, bien fermer ceux-ci et les ranger au fond de son véhicule, lui fournissant une bonne raison d'être là – Pour qu'il ne pense pas à repartir tout de suite parce qu'il ne savait pas quoi faire et se sentait de trop.

À deux, ils finirent vite de remballer. Jo prit le volant et entama la délicate manœuvre de sortie du marché. Il avait été rapide aujourd'hui et les allées étaient encore bien encombrées.

Il ordonna au jeune « Tu me guides et tu déblayes devant moi ». L'autre s'acquitta de sa tâche avec enthousiasme, l'air ravi de participer au barnum ambiant. Chaque fois qu'il passait devant un étal, Jo saluait le forain et envoyait une petite blague. Il connaissait chacun d'entre eux et son passage semblait faire plaisir à celui qu'il dérangeait pourtant.

Quand ils furent sortis de la cohue, Jo ouvrit la portière et fit signe à Kevin de monter « Allez, mon grand, on rentre ! »

L'autre eut une hésitation.

— Tu es sûr que ça ne te dérange pas ?

— Monte je te dis !

Ils n'avaient pas évoqué le pourquoi de sa présence et sur la route du retour Jo évita de poser des questions. Il limita la conversation à des commentaires sur les endroits qu'ils traversaient et la météo du jour. En arrivant chez lui, il se tourna vers le jeune qui était resté silencieux pendant le trajet, se contentant d'acquiescer régulièrement d'un air intéressé.

— Allez hop ! Jeune apprenti ! Va ouvrir le portail.

Jo aimait beaucoup sa maison. Lorsque, après avoir rangé son véhicule devant le garage, il descendait vers sa terrasse par quelques marches passant sous le mimosa, il avait l'impression de pénétrer dans un havre de sérénité. C'était un coin tranquille, sur les hauteurs. Dès la première fois qu'il y était venu, il avait su que la vue depuis cette terrasse le comblerait toujours. Le tapis vert-gris du sommet des pins, parsemé des touches roses des toits, se déroulait jusqu'à la mer dont le bleu, changeant selon l'heure et à la météo, lui apportait une intense satisfaction. L'entrainant loin des « années grises » et de la morosité qui y restait attachée.

La maison en elle-même n'était pas très grande. C'était une petite bastide provençale avec un toit à quatre pentes et une génoise à deux rangs. En bas, la cuisine et le séjour donnaient sur la terrasse par des portes vitrées. Le fond de la cuisine avait été fermé par une cloison et transformé en une salle d'eau rudimentaire au sol en béton. À l'étage, Jo s'était attribué les deux petites pièces de devant pour chambre et pour bureau ; la troisième, sur l'arrière, lui servant de chambre d'ami et de débarras. L'espace restant était occupé par une salle de bains.

Le confort y était rustique. La maison n'avait plus été habitée depuis des années et déjà avant, elle n'avait pas profité de beaucoup d'aménagements. Les sanitaires étaient tels qu'on les imaginait une cinquantaine d'années auparavant. Les huisseries permettaient une ventilation très efficace, néanmoins inopportune certains jours froids. La cheminée ouverte chauffait agréablement sur un mètre cinquante autour d'elle, mais le reste de la maison ne bénéficiait d'aucun système de chauffage et tout à l'avenant. Jo avait beaucoup de projets. Pour l'instant, il avait dû se contenter d'un nettoyage très très approfondi, car très très nécessaire, d'un coup de blanc sur les murs et d'un indispensable nouveau ballon d'eau chaude. L'achat de cette merveille – il la voyait ainsi – lui ayant couté sa prime de départ après blessure en service actif, toutes ses économies et même plus, dans la mesure où le crédit lui ponctionnait une bonne partie de sa pension.

Toutefois, pour lui qui avait passé tant d'années à déménager de pays en pays, de ville en ville, de chambres meublées en hôtels minables, mais discrets, c'était une joie sans cesse renouvelée de rentrer « chez lui », dans ce lieu qu'il trouvait chaque jour idyllique. Comme d'habitude, en descendant de voiture, les yeux fixés sur la mer, il soupira de satisfaction.

— Bon, mon jeune apprenti, c'est pas tout ! Il faut ranger maintenant.

Il ouvrit la porte du garage qu'il avait transformé en entrepôt bien sec et bien propre et entreprit le déchargement de son matériel.

— Pourquoi m'appelles-tu comme ça ? Je ne cherche pas un boulot, tu sais ! lui fit remarquer Kevin.

— Peut-être parce que je suis un chevalier Jedi et qu'à la

fin de ta formation nous irons combattre l'étoile noire... C'est une blague bien sûr ! J'adore *La Guerre des Étoiles*. C'est juste parce que ça te va bien.

Il ne pouvait toujours pas lui expliquer **LE BATELEUR.**

— Alors, enchaina-t-il, joue ton rôle et commence à laver les bassines.

Le jeune homme se mit volontiers au boulot, tout en lui demandant des éclaircissements sur ce qu'il vendait, des détails sur les différentes épices, s'intéressant à tout. Après les bassines, Jo lui fit nettoyer la toile cirée qui protégeait ses planches et la suspendit sur un fil de fer qui traversait le local. Quand ils eurent fini, il referma le garage et le portail et ils descendirent vers la maison. Sur la terrasse, Kevin s'arrêta, les yeux vers la mer. Le mistral, ce jour-là, la faisait bleu outremer, scintillante, avec à peine quelques effleurements de crêtes blanches d'écume par-ci par-là, c'était magnifique de luminosité.

— Super ! s'extasia-t-il. C'est chouette chez toi.

— Allez ! entre, l'incita Jo en ouvrant la porte de la cuisine, je vais nous préparer un petit casse-croûte. Si pendant ce temps, tu veux te laver, il y a une douche dans l'arrière-cuisine, tu prendras des serviettes dans le placard à côté du w.c., si tu préfères plus luxueux, il y a la baignoire à l'étage.

— Non, non, la douche c'est super. Merci.

— Attends, je vais te filer de quoi t'habiller après. On n'a pas tout à fait le même gabarit, mais je devrais pouvoir te trouver quelque chose.

Jo monta à sa chambre et choisit dans son armoire un tee-shirt, un pantacourt qu'il savait étroit pour lui et un caleçon.

— Voilà, mon grand, prends ton temps, l'encouragea-t-il en lui tendant le paquet.

Il contempla d'un œil dubitatif les pieds désassortis du

jeune.

— Ah ! les chaussures, du combien chausses-tu ? Quarante-trois… Regarde derrière le rideau, sous le lavabo, il y a d'anciennes claquettes à moi, ça va être un peu juste, mais ça devrait faire l'affaire pour l'instant.

Pendant que Kevin passait sous la douche, Jo mit le couvert sur la terrasse, fit réchauffer la ratatouille et sortit le poulet froid du frigo.

Ce boulot lui imposait des horaires décalés, il était déjà plus de quatorze heures. Pourtant il faisait toujours un vrai repas en rentrant, rapide et réchauffé, mais avec des produits frais. Il avait acheté le poulet fermier rôti la veille au marché ainsi que des légumes qu'il avait transformés en ratatouille. Il en avait dégusté pour son diner avec une partie du poulet, gardant le reste pour son déjeuner suivant.

Il en avait soupé des sandwichs, hamburgers, biscuits et plats préparés qui avaient été son quotidien obligé. Dans sa nouvelle vie, il avait découvert le plaisir de cuisiner. Pour l'instant, il en était au b.a.-ba, genre ratatouille ! Cependant, avec les légumes du père Antoine, c'était comme dans un grand resto.

Pour ça aussi, il avait des projets. Sa mère et sa tante étaient toutes deux de fines cuisinières et il espérait bien s'approprier leurs recettes. Tout d'abord, il lui faudrait investir dans un fourneau digne de ce nom et de fait, réaménager toute la cuisine. Actuellement, il lavait la vaisselle sur une pile à l'ancienne. Il l'aimait beaucoup, néanmoins elle n'était pas pratique, étant bien vingt centimètres trop basse ! Son plan de travail était une table en formica, la cuisinière, un deux gaz butane et les mallons du sol avaient une fâcheuse tendance à le faire trébucher régulièrement.

Il finissait de préparer le melon canari et d'arranger sur

une assiette quelques figues, cueillies sur le vieux figuier à moitié pris dans le mur de pierres sèches en bas de son terrain, quand Kevin revint sur la terrasse. Il paraissait encore si enfantin malgré sa barbe dorée naissante et ses cernes sous les yeux. Son corps long et mince de jeune adulte qui n'a potentiellement pas terminé sa croissance, flottait dans les vêtements prêtés. Le fait qu'ils lui soient un peu courts renforçait l'image du gamin grandi trop vite, d'autant plus qu'il semblait gêné d'être là et ne pas trop savoir où se mettre.

— C'est prêt, assieds-toi, lui proposa Jo, lui-même s'installant à sa place habituelle, face à la mer.

La terrasse, exposée plein sud, était protégée du mistral par la maison et du soleil par une bignone qui s'était établie sur une simple pergola en fer forgé et procurait une ombre légère et aérée. Ses feuilles commençaient à tomber laissant passer un peu plus de soleil, ce qui était agréable quand le temps rafraichissait comme aujourd'hui.

Ils entamèrent leurs assiettes. Kevin restait silencieux, se tortillait sur sa chaise, observant autour de lui, ou les yeux le plus souvent fixés sur la mer. Il évitait toutefois de se tourner vers Jo.

— La mer, c'est comme les petits enfants, quand elle est là on ne peut regarder qu'elle, déclara-t-il d'un air moqueur, détends-toi, je ne te demanderai rien. Finis de manger, ensuite j'irai faire la sieste. Tu en profiteras pour prendre le temps de réfléchir et après, tu me diras ce que tu veux faire.

L'autre lui jeta un regard reconnaissant, se détendit sur sa chaise, retrouva son sourire et complimenta Jo pour sa ratatouille, la trouvant « vachement bonne ! »

Après les figues – il avait fallu apprendre à Kevin à les manger, elles aussi étaient « vachement bonnes » –, Jo débarrassa, empila la vaisselle dans l'évier, fit couler l'eau dessus avec un peu de liquide vaisselle et avertit son invité avant de s'éclipser.

— On s'occupera de ça après, je vais me reposer, fais comme chez toi !

En montant l'escalier, il réfléchissait aux significations du Bateleur. Il essayait de se montrer critique avec les Tarots, s'obligeant à ne pas y croire vraiment, parce qu'il se voulait « rationnel ».

Aussi, parce qu'au cours de sa jeunesse, il avait entendu et entendu que les interprétations peuvent ne pas être si neutres que cela et être influencées par l'état d'esprit du moment. Sa grand-mère, dont il n'avait que peu de souvenirs, insistait beaucoup là-dessus, d'après ce que lui avait répété et répété sa mère et sa tante.

Selon elles, une totale neutralité et une grande ouverture d'esprit sont nécessaires à l'interprète. Malgré tout, Jo ne pouvait s'empêcher de faire des rapprochements. Il se justifiait en se disant que d'autres, plus intelligents que lui, avaient passé des années à développer cette philosophie et qu'il pouvait au moins utiliser tout ce travail. D'autant qu'en général, la philosophie positive des Tarots lui convenait assez bien. Il souhaitait vraiment que l'histoire du jeune ne soit pas trop glauque et ne pas s'être mis dans les ennuis en suivant les cartes.

Avant de s'allonger, il attacha ses volets en espagnolette, en profita pour s'emplir le regard de bleu, de soleil et de lumière. C'est sur cette vision qu'il ferma les yeux.

À son réveil, après avoir pris sa douche, il descendit rejoindre Kevin. En passant par la cuisine, il découvrit qu'il avait fait la vaisselle et que casserole, plats, assiettes et couverts attendaient, empilés au centre de la table. Un bon point, se dit-il, se reprochant d'avoir douté de son instinct. Il trouva le jeune homme sur la terrasse, en train d'examiner son jeu de Tarots.

Jo le laissait toujours dans le séjour. Sur la petite table, à côté du fauteuil Voltaire positionné bien en face des portes-fenêtres où il s'asseyait le matin pour boire son café avant de partir.

Après avoir chargé sa marchandise, il s'octroyait un moment de repos face à la mer. Même l'hiver quand il faisait encore nuit. Et là, en se concentrant (enfin en général) sur la journée à venir, il coupait plusieurs fois le paquet de cartes. Puis, de sa main gauche, l'étalait en ligne, figures cachées, et laissait agir cette main pour choisir une lame au hasard, en réponse à sa question « Que sera cette journée ? ». Il la déposait ensuite, face visible, sur le dessus du tas. Elle y restait jusqu'au lendemain quand il la réinsérait n'importe où à l'intérieur du paquet et recommençait. Il avait toujours suivi ce rituel et les cartes avaient fait partie de ses bagages à chaque mission.

Sa mère lui avait inculqué la leçon très jeune, lorsqu'enfant il tripotait son jeu. « Un Tarot c'est personnel », lui expliquait-elle. Les cartes sont censées s'imprégner de la personnalité du propriétaire.

À sept ans, l'âge de raison, il avait eu le sien, mais n'avait pas été libre de s'en servir seul. Sa mère le gardait et le sortait pour lui parler des cartes, lui dire leurs histoires et leurs significations, comme à d'autres enfants on lit un beau livre. Il avait aimé l'entendre conter les mythes et légendes rattachés à chacune des lames.

Pour **LE BATELEUR**, c'était celle d'Orphée : Aede mythique de Thrace, fils du roi Œagre et de la muse Calliope. Mais pas dans sa partie la plus connue, quand il descend chercher Eurydice aux enfers et la perd pour s'être retourné.

La légende liée au Bateleur, celui qui commence son parcours initiatique, est celle du voyage d'Orphée avec Jason et les Argonautes à la recherche de la toison d'or. Le navire de Jason s'appelle l'Argo et l'équipage qu'il recrute est composé des plus grands héros de la Grèce, Héraklès d'abord puis les jumeaux Castor et Pollux, les frères de la trop belle Hélène, Pélée le père d'Achille, Augias et Méléagre, Echion fils d'Hermès, Leocodos, Talaos et Telamon… Jo s'était si souvent, gargarisé avec délices des noms des Argonautes en les répétant après sa mère qu'il se souvenait encore d'un certain nombre d'entre eux. C'est le navire lui-même qui réclama la présence d'Orphée. Il parlait, portant la volonté de Zeus, car Athéna l'avait pourvu d'un plancher en bois du chêne sacré de Dodone. C'est le son de la lyre qui le mit en route.

Orphée faisait office de chef de nage, comme cela est dit dans les odes consacrées au voyage de Jason.

« *Tels que des jeunes gens, qui dansant au son du luth autour de l'autel d'Apollon, soit à Delphes, soit à Délos, ou sur les bords de l'Isménus, attentifs aux accords de l'instrument sacré, frappent en cadence d'un pied léger : tels les compagnons de Jason, au son de la lyre d'Orphée, frappent tous ensemble les flots de leurs longs avirons* ».

Grâce à sa lyre, il charma le terrible serpent, gardien de la Toison d'or, il vainquit également les sirènes par la puissance et la beauté de son chant !

Le voyage des Argonautes fut lui aussi une initiation, leurs épreuves correspondent aux efforts nécessaires pour atteindre l'harmonie.

Jo gardait un bon souvenir d'Orphée. Il lui avait valu une très bonne note à un devoir de français. Il avait toujours soupçonné la prof revêche et sévère avec lui d'avoir eu du mal à la lui attribuer. Elle lui avait rendu sa copie en lui disant « Vraiment très bien, excellent ! » avec un œil noir et comme si elle voulait le mordre.

Son adolescence avait été bruyante, mouvementée et plus proche de la rue que de la cellule familiale. À la réflexion, c'était probablement pour cela que la prof ne l'aimait pas. Il avait été ce qu'on appelle « un élément perturbateur ». Et les Tarots ne l'intéressaient plus du tout. Toutefois, lorsqu'il avait quitté la maison pour ses études en fac, sa mère avait glissé le paquet de cartes dans sa valise. Et loin des yeux, près du cœur, il avait commencé à sacrifier au tirage du matin. Son jeu actuel n'était plus le même. Celui de son enfance, il avait dû l'abandonner un jour en Pologne d'où il était reparti à toute vitesse, sans bagages. Cependant, dès qu'il l'avait raconté à sa mère et sa tante – sans donner de détails bien entendu – elles lui en avaient tout de suite procuré un autre. D'après elles, on ne s'achète jamais personnellement un Tarot, il faut qu'il soit offert.

Il fut contrarié de trouver Kevin avec son jeu. Il se défendit d'être bêtement superstitieux et réussit à s'approcher de la table sans se précipiter pour ramasser toutes les cartes.

Enfer ! En plus, le gamin les avait toutes alignées bien dans l'ordre. C'était ancré en lui : l'ordre du jeu se fait lui-même, s'adaptant aux événements au fur et à mesure des tirages et des coupes. Comment allait-il pouvoir avoir confiance maintenant ? Il se railla encore une fois de se soucier de toutes ces sottises.

Kevin leva les yeux vers lui, tout joyeux.

— Ah, te voilà ! C'est quoi ce jeu de cartes ? Comment tu y joues ?

— Ce n'est pas un jeu pour jouer, c'est un Tarot marseillais, un Tarot divinatoire.

— Tu es devin ? Médium ? Tu lis dans une boule de cristal ? Les lignes de la main ? Il enchainait les questions avec enthousiasme.

— Mais non, mais non, c'est juste une interprétation des cartes, se défendit Jo d'un ton léger et dédaigneux, avec l'impression de renier toute sa lignée féminine. Sa grand-mère, sa mère et sa tante n'auraient pas du tout apprécié qu'il se montre ainsi, méprisant envers les lames.

— Ah, et comment ça marche ?

— En fait, dans le jeu, il y a soixante-dix-huit cartes, ce que tu as là, ce sont les vingt-deux arcanes majeurs. Chacun d'eux à sa signification et leur interprétation peut t'aider et te guider.

— Oui, dit Kevin soudain pensif, j'aurais bien besoin d'aide et de conseils en ce moment.

Ne voulant rien brusquer, Jo s'assit près de lui et commença à retourner les cartes. À l'exception du Bateleur qu'il laissa de côté. Il les brassa doucement pour leur redonner un ordre aléatoire, les rassembla et posa l'arcane sur le dessus du paquet, il le désigna à Kevin :

— C'est l'arcane I, **LE BATELEUR**, l'apprenti, la jeunesse. Celui qui est au commencement de sa vie. Au commencement de tout. Plein de potentialités créatrices. On associe au Bateleur l'énergie de la vie, l'enthousiasme, l'optimisme, l'esprit d'entreprise et d'innovation, l'astuce. Toutefois, chaque médaille a son revers, il est aussi inexpérimenté, immature, inconséquent. Il peut être volontiers vantard, arriviste voire même un peu escroc et on peut également l'interpréter comme un besoin d'aide. C'est la carte que j'ai tirée ce matin, et quand je t'ai vu au marché je l'ai reconnu en toi. Tu vois, l'espèce de chapeau que tu portais ressemblait à ça. Les couleurs de tes vêtements, tes boucles blondes, ton air vaguement hagard, c'était tout à fait lui. Et, comme « le vêtement révèle souvent l'homme », j'ai décidé de te filer un petit coup de main.

— Le chapeau… j'ai dû l'oublier au bar… commenta

Kevin avec gêne.

Il resta silencieux un moment puis commença à parler lentement, regardant ses mains posées sur la table.

— Depuis quelque temps, j'ai des soucis à mon travail, on me reproche des trucs qu'on m'a demandé de faire. Soi-disant, je me suis trompé, j'ai mal compris, je travaille trop, je fais des erreurs… Moi, je ne trouvais pas, alors je n'ai pas fait attention à tout ce qui se disait. Au contraire, j'ai fait tout ce qu'il fallait pour bien gérer mes dossiers, pour leur montrer que tout allait bien, que j'étais en pleine forme. Et, la semaine dernière, mon chef m'a donné une semaine de vacances, parce que, d'après lui, j'étais proche du burn-out… Il a toujours été super sympa avec moi !... Je ne me sentais pas fatigué du tout… Pourtant lui, il avait l'air désolé, soutenant que c'était de sa faute, qu'il m'avait surchargé de travail !... Une semaine de vacances, c'est bon à prendre, surtout que d'habitude c'est difficile d'en avoir. Je n'avais jamais pu obtenir que quelques jours par-ci par-là pour des ponts ou des longs weekends. Alors, je me suis dit « Finalement, pourquoi pas ? » Sur internet, j'ai réservé une chambre chez l'habitant, une sorte de « Bed and breakfast » et je suis descendu au soleil.

Il releva la tête, d'un coup tout sourire.

— C'est trop super par ici. Je n'étais jamais venu. J'ai fait un baptême de plongée, c'était extraordinaire, le fond de sable blanc, tout un banc de petits poissons bleus, le soleil à travers la mer, au-dessus de moi. Génial !... Je passais vraiment de bonnes vacances, ajouta-t-il, tristement, et j'ai été content quand Tom et Alex m'ont appelé. Ils voulaient prendre de mes nouvelles, je leur ai raconté où j'étais, ils m'ont dit que justement, ils étaient en déplacement à côté et que ce serait sympa qu'on se voie pour boire un coup. On s'est fixé un rendez-vous sur le port pour le lendemain soir.

On s'est retrouvé, je me rappelle les avoir obligés à commander un pastis… parce que sur un port de Méditerranée forcément on boit du pastis…

Et après… je me suis réveillé à l'hôpital. Un tuyau dans le nez. Un masque sur la figure. Des fils partout, qui me sortaient des bras ou d'électrodes que j'avais sur la poitrine, reliés à un écran plein de courbes et je ne savais absolument pas comment j'étais arrivé là. Je ne me souvenais même pas être venu ici. J'ai juste pu leur donner mon nom et mon adresse à Paris. Et puis, j'ai vu arriver l'équipe psy, ils m'ont expliqué que la nuit d'avant, un pêcheur m'avait trouvé dans la mer, au bout d'une digue derrière le port. Que mes analyses montraient que j'avais pris beaucoup de somnifères et d'antidépresseurs ainsi que de l'alcool… Ils voulaient savoir si j'étais dépressif, si je pensais souvent au suicide… À ce moment-là, c'était un grand blanc éblouissant dans ma tête, avec un marteau-piqueur qui me transperçait le crâne en permanence. Je le leur ai dit, ils n'ont pas trop insisté et m'ont dit qu'ils reviendraient quand je me sentirais mieux. Je me suis rendormi… Un sommeil noir, désagréable, avec l'impression d'avoir un bloc de béton à la place de la tête… À mon réveil, c'était la nuit, je n'avais plus le masque, le tuyau. L'infirmière était très gentille, elle m'a apporté de la tisane et un yaourt. J'avais du mal à avaler.

Mais jusqu'au pastis, je me rappelais de tout… et après de plus rien. J'ai commencé à me poser des questions, Tom et Alex, ce sont des collègues. On bosse dans la même boite. Mais au boulot, je ne les fréquentais pas plus que ça. Là, ils se comportaient comme s'ils étaient mes meilleurs potes, Kev par ci, Kev par-là. Ils insistaient pour savoir si j'avais apporté du travail, des dossiers… Mon chef n'avait pas voulu que je prenne mon ordi portable, il soutenait que je devais me reposer, faire un break… J'avais quand même téléchargé tous mes dossiers sur un gros disque dur, comme ça je pouvais travailler avec mon petit ordi perso… Mais je ne le leur ai pas dit, ça avait l'air de leur faire plaisir que je me détende, que je m'amuse… Que s'était-il passé ?… Plus je réfléchissais, plus j'avais des doutes. Que voulaient-ils exactement ? Qu'y avait-il dans mes dossiers ? Je sais très bien que je n'ai jamais pris de somnifères ni d'antidépresseurs. C'est pas mon genre la dépression ! Là, j'ai eu peur, j'étais sûr qu'ils m'avaient suicidé… Je n'ai plus pensé qu'à une chose, c'était de me tirer de cet hôpital avant qu'ils me retrouvent !

Je crois que je me suis plutôt bien débrouillé, l'infirmière… pas la même, elles changent tout le temps, m'avait dit que je n'avais ni papiers ni téléphone… J'ai dû les perdre dans l'eau… Qu'aux urgences ils avaient surement jeté mes fringues. Ils avaient dû les découper, ils n'arrivaient pas à me les enlever. En plus, j'avais vomi et elles étaient pleines de boue. Mais en face de mon box, je l'avais vue ranger des vêtements dans un placard qu'elle avait appelé le vestiaire-patients. Mon bras me faisait mal, alors elle m'a ôté ma perfusion. Je lui ai demandé de ne pas la remettre tout de suite, j'ai dit que je voulais aller aux toilettes et me laver un peu. Elle m'a également enlevé les électrodes. Elle aussi était sympa, j'espère qu'elle n'aura pas d'ennuis… J'ai attendu et quand elle est retournée au box du bout où le type devait être très malade, étant donné qu'elle y passait beaucoup de temps, je suis allé au placard. J'ai pris ce que j'ai pu. J'ai tout enfilé vite fait et je me suis tiré !... J'ai suivi des couloirs… descendu des escaliers… trouvé une porte vers l'extérieur et je me suis éloigné le plus vite possible. J'étais content de moi. C'est là que j'ai traversé le marché et que je t'ai vu. C'était la direction de la gare, je voulais prendre un train et rentrer à ma location… Mais après je ne savais plus trop quoi faire, pour aller où ?... En fait, je ne savais même pas où j'étais !... À l'hôpital, ils m'avaient parlé des pompiers qui m'avaient amené !... Comment retourner à mon logement ? Je n'en avais aucune idée !... J'avais la tête comme un tambour, je n'arrivais pas à réfléchir. J'en avais presque la nausée, je sentais que si je ne m'asseyais pas un peu, j'allais m'évanouir. Alors je suis entré dans le bar, pensant qu'un café me ferait du bien et qu'après je déciderais.

Quand tu es venu t'installer à côté de moi… Je ne sais pas… Tu avais l'air de comprendre, de trouver ça évident que je sois là, sortant de nulle part. Tu m'as aussi sauvé la mise. En entrant dans le bar, je n'avais même pas réfléchi que je n'avais pas un rond, mais j'avais tellement besoin de poser ma tête. Alors, comme après ton départ, je n'ai pas eu une meilleure idée, j'ai décidé de te rejoindre et de voir plus tard !

Jo avait écouté en silence le récit de Kevin, se contentant de sourires encourageants lorsqu'il le regardait. Toutefois, il avait bien noté que l'autre ne lui avait donné aucun détail sur son travail ni sur son identité, et ne semblait pas comprendre ce que ses collègues lui voulaient.

— Bon, tout d'abord, dit-il, comment va-t-elle cette tête ?

Kevin le regarda l'air misérable.

— Ben, pas terrible !

— Donc, première chose, on va s'occuper de ça, tu aurais pu me le dire !

Il partit chercher des cachets, deux verres et une bouteille d'eau fraiche.

— Tiens, avales-en un et bois beaucoup d'eau, ça te fera du bien.

Pendant que Kevin s'exécutait, Jo le regardait en réfléchissant. Un gamin intelligent, malin ! Mais vantard et pratiquant l'autosatisfaction. Je me suis bien débrouillé, avait-il dit ! Hum... Bon, c'est sûr ! Il avait l'esprit d'entreprise et savait prendre des initiatives, néanmoins complètement inconséquent. C'était, d'abord j'agis, après... je réfléchis... Un optimiste fondamental. Il ne pouvait absolument pas être dépressif... Jo avait tendance à croire son histoire, d'autant que la conversation qu'il avait entendue collait bien dans le tableau et si c'était ça, il y avait urgence à mettre le jeune et ses dossiers hors de portée des autres.

— Je ne sais pas si tu as déjà envisagé quelque chose pour la suite, déclara-t-il, à mon avis, la première chose à faire serait de récupérer tes affaires. Tu m'as dit que tu avais loué une chambre. Est-ce que tes petits copains connaissent l'adresse ?

— Non je ne pense pas, répondit Kevin, on n'en a pas parlé, ou je ne m'en souviens pas... la ville tout au plus, puisqu'on avait rendez-vous sur le port... Ce n'est pas trop difficile de trouver le reste, j'ai tout organisé par internet. Il suffit d'ouvrir ma boite mail au boulot, et ils auront toutes les coordonnées, adresse, téléphone. J'ai un code à mon ordi, mais le service d'assistance informatique peut y accéder sans problèmes.

— Ça doit nous laisser un peu de temps. Bien, comme j'ai l'impression qu'il convient de rester méfiant vis-à-vis d'eux, on va y aller en prenant quelques précautions.

Kevin le regarda, étonné d'abord, puis parut soulagé.

— Tu crois ? Peut-être... Je ne sais vraiment pas quoi penser.

— Toi, tu iras comme ça, lui annonça Jo, et moi je vais me préparer un petit peu.

Il sentait de nouveau en lui le frisson de la chasse, de l'action. Finalement, songea-t-il, je n'aurais pas cru, mais ça me manquait tout ça...

Il monta dans sa chambre d'ami, où toute son ancienne vie était empilée dans un mur de cartons. Après son déménagement, il n'en avait ouvert que quelques-uns, préférant renouveler sa garde-robe et n'ayant plus l'usage de tous ces vêtements qui l'avaient protégé du vent, de la pluie et du froid des « années grises ». Il n'avait, bien sûr, pas de « souvenirs » et les quelques autres bricoles qu'ils contenaient ne lui manquaient pas. Ils étaient donc restés dans cette chambre, couvrant un pan de mur… En fait, toute une vie, ça ne faisait pas grand-chose, et comme il était organisé tout était bien rangé, classé, numéroté, il retrouva sans problèmes le carton qu'il cherchait.

Si pour une filature, la discrétion est essentielle, quand on veut passer pour quelqu'un d'autre, il faut avoir l'air de ce que l'on veut être. « Pour tromper le monde, ressembler au monde », l'idée n'était pas de lui… et pas nouvelle non plus ! Il sortit du carton sa tenue de « cadre », imperméable mastic, costume gris, cravate, ceinture, chemise blanche, chaussures noires, chaussettes grises, sous-vêtements, montre « en or », alliance, chevalière. Il gardait toujours ensemble les divers éléments qui faisaient un « look ». Il avait réfléchi et constitué une tenue complète chaque fois qu'il avait dû créer un personnage. Une fois qu'il avait procédé à tous les ajustements nécessaires, en observant bien ceux à qui il voulait ressembler, il la mettait de côté pour une autre occasion, avec une petite page de notes sur la manière de l'utiliser. Pour cela aussi, plus que le costume, c'est le comportement qui fait le personnage.

Il se rasa avec soin et se coupa un peu les cheveux. Il n'avait pas « l'after-shave » qui aurait été de mise et se contenta d'un peu de lavande, qu'il aimait, en se disant « Quand même, ça va suffire ! » Il s'habilla, laissant toutefois le trench de côté, tirant bien la chemise et la cravate. Il se coiffa avec application. Il n'avait pas de gel non plus, mais un peu d'eau fit l'affaire. Puis il descendit rejoindre Kevin qui le regarda arriver, très surpris.

— Hé ben, je ne t'aurais pas reconnu !

— C'est le but, mon bonhomme, c'est le but ! répondit Jo qui se sentait tout heureux de se préparer comme pour une mission, et qui, du fond de lui, contemplait cela étonné.

— Allez, on y va ! enchaina-t-il, on discutera en chemin. Je crois qu'on ne doit pas perdre de temps.

Dans la voiture, il suspendit la veste avec le cintre qu'il avait emporté. Il ne pouvait pas utiliser les sièges arrière, il les avait enlevés pour transporter ses marchandises, les tréteaux et les planches avec lesquels il construisait son étal, ainsi que ses parasols et leurs pieds pour l'été ou les jours de pluie.

Retrouvant facilement les gestes nécessaires, il avait laissé son téléphone portable chez lui et désactiva le GPS du véhicule, ne pouvant ainsi être tracé. Il pensa qu'il en faisait peut-être un peu trop. Mais bon, quitte à faire autant bien faire !

Kevin s'en étonna, comme il lui demandait l'adresse de son logement.

— On ne sait jamais, expliqua-t-il, on ne voudrait pas leur offrir la possibilité de te suicider de nouveau n'est-ce pas ? Donc on va naviguer à l'ancienne, en suivant les panneaux. Je crois que je vois à peu près où c'est.

L'autre le regarda interloqué, mais ne fit pas de commentaires. Il ne dit rien non plus lorsque, pendant le trajet, après lui avoir posé des questions sur le logement et les propriétaires, Jo lui donna des consignes sur ce qu'il devait dire et faire. Il se contenta d'acquiescer d'un air de plus en plus réjoui.

Après être passé une première fois devant la demeure, en

jetant ainsi un coup d'œil aux alentours, Jo gara la voiture à quelques rues de là.

— Je n'ai rien remarqué de spécial, annonça-t-il, mais je vais aller vérifier, ne bouge pas !

Il ôta sa cravate, ouvrit largement le col de sa chemise et descendit de la camionnette. Il s'approcha de la maison, passa devant sans s'arrêter, continua jusqu'au coin de rue suivant. Il n'y avait personne, pas un passant, pas de voiture avec conducteur ou passager semblant attendre. Il se coula à l'ombre d'une haie, regarda les fenêtres voisines, toujours rien. Pas de rideau qui bouge, pas d'ombre qui apparait derrière une vitre. Il patienta encore quelques instants puis repartit en sens inverse, restant aux aguets.

Il ne put s'empêcher de sourire en voyant Kevin. Il semblait s'être pris au jeu et l'observait qui revenait. Il s'était laissé glisser et seuls ses yeux et le sommet de sa tête dépassaient à la fenêtre. Pas vraiment discret ni naturel, un grand gamin qui jouait à cache-cache.

— Ne fais pas ça ! lui conseilla Jo en se rasseyant, comporte-toi normalement. C'est comme cela qu'on passe le mieux inaperçu. Il se reprépara… cravate, coiffure, veste.

— On peut y aller, rappelle-toi ce que je t'ai recommandé, n'en fais pas trop, n'en dis pas trop, pas de détails, reste simple ! Ok?

— Ok, t'inquiète ! Je vais assurer ! répondit l'autre qui partit à grands pas vers la maison, tête levée, menton fier, épaules redressées, sourire aux lèvres, l'air content de lui.

Il va assurer ?!... Et après, sera fier de s'être bien débrouillé… ironisa Jo en lui-même, moitié confiant. Enfin, il n'y a pas trop grand risque, heureusement !

La femme qui vint ouvrir après leur coup de sonnette était petite, ronde, très bronzée et très volubile.

— Oh Kevin ! s'écria-t-elle, ce que je suis contente de

vous voir, elle le saisit en même temps par les épaules pour l'embrasser sur les deux joues, on a été tellement inquiet pour vous. Le premier soir quand vous n'êtes pas rentré, on ne s'est pas fait trop de soucis. On savait que vous alliez rencontrer vos amis, alors on a pensé que vous étiez resté avec eux. Mais hier pas de nouvelles et la nuit dernière quand vous n'êtes toujours pas rentré… Vous ne répondiez pas à votre téléphone, je tombais toujours sur la messagerie. J'ai craint le pire, vous savez ! Et tout à l'heure, lorsque vos amis m'ont appelée pour m'annoncer que vous aviez eu un accident, que vous étiez à l'hôpital, j'ai été soulagée, mais désolée. Vous qui vouliez tellement profiter de vos vacances, quel dommage. Heureusement, ça n'a pas l'air trop grave. Dites-moi un peu ce qui vous est arrivé…

Tout en parlant, elle leur avait fait traverser la maison et les avait conduits jusqu'à la terrasse

— Asseyez-vous ! Asseyez-vous ! poursuivit-elle. Oh, Monsieur, je suis désolée, je ne vous ai même pas dit bonjour.

— C'est Charles, un collègue, réussit à glisser Kevin.

Jo avait soigneusement choisi cette identité. Le prénom convenait à son âge et il existait vraiment un Charles dans l'entreprise de Kevin. Il ne regrettait pas le mal qu'il s'était donné. Les autres n'étaient surement pas complètement amateurs ou étaient extrêmement motivés puisque dans la journée ils avaient trouvé l'adresse et contacté la proprio. S'ils venaient se renseigner sur le retour de Kevin, le choix du prénom et le costume associé pouvaient permettre des quiproquos bien utiles.

La femme continuait de parler, proposant des boissons, de quoi manger, Jo fit un petit signe à Kevin pour qu'il accélère le mouvement.

— Oh, merci Anna, je suis désolé de vous créer tous ces

embêtements. Je n'ai pas pu vous prévenir, j'ai perdu mon téléphone, vos clés aussi, je m'excuse. Je suis juste venu chercher mes affaires, nous devons reprendre le train pour Paris tout à l'heure.

— Ne vous inquiétez pas pour les clés, ce n'est pas grave. Le principal c'est que vous alliez bien. Mais c'est vraiment dommage pour vos vacances, regretta la femme.

Elle se tourna vers Jo et ajouta :

— Quand vous avez téléphoné, je n'ai pas voulu que vous veniez récupérer les bagages de Kevin. Après tout, je n'avais pas son autorisation et j'aurais été responsable s'il n'avait pas été d'accord. J'espère que vous ne m'en voulez pas.

— Non, non, la rassura celui-ci, je vais aider Kevin à faire son sac, ensuite nous irons à la gare.

Il insista sur leur destination, pour qu'elle puisse bien la mentionner aux autres s'ils venaient.

Ils gagnèrent la chambre qu'occupait Kevin. Elle était spacieuse et claire avec une jolie vue sur le jardin et sur une haie de lauriers-roses. Anna partit malgré tout leur préparer du café.

— Bon, allez mon grand, il faut faire vite, parce que tes petits copains, ils te cherchent bien et on risque de les voir se pointer. Heureusement qu'Anna leur a dit qu'elle ne leur donnerait pas tes affaires, sinon ils seraient déjà là, dit Jo à Kevin en commençant à ouvrir les tiroirs et à rassembler les vêtements sur le lit.

— Quand même, reprit Kevin, je me demande bien ce qui se passe. Je n'arrive pas à croire que ce soit eux qui m'aient fait prendre tous les cachets. Mais sinon qui d'autre ?... Moi, je n'en ai jamais eu des somnifères ou des antidépresseurs, et puis pourquoi voudraient-ils récupérer mes affaires ? Mais sinon, qui d'autre aurait téléphoné ?... Il appuya sur la répétition.

— Pour l'instant, on ne sait pas, commenta Jo, on n'est sûr de rien, par contre ce dont je suis sûr, c'est qu'il faut se méfier. Par conséquent, dépêche-toi, range tout ça. J'ai aussi pensé à autre chose. As-tu des parents ?

— Ben oui, s'étonna Kevin puis un éclair de compréhension passa dans ses yeux. Oh ! Tu crois qu'ils vont s'inquiéter ? Non, je ne leur téléphone pas souvent. Ils ont l'habitude de ne pas savoir ce que je fais. Ce sont eux qui préfèrent, insista-t-il, semblant vouloir se dédouaner auprès de Jo, ils disent que je dois vivre ma vie…

— Là, ils pourraient apprendre de mauvaises nouvelles, si tes collègues te cherchent vraiment beaucoup ou si l'hôpital les contacte. Tu vas demander à Anna si tu peux les appeler d'ici, et les rassurer, même si c'est par avance, et surtout, tu ne donnes pas de détails.

— Oui, bien sûr, tu as raison, je n'y avais pas pensé.

Il sortit de la chambre et Jo l'entendit solliciter la permission d'utiliser le téléphone, puis suivit la conversation.

« Allo, M'man, c'est Kevin… Oui, ça va bien et vous ?... Je suis un peu en vacances là, c'est super… Oui, je suis content, je me repose… D'accord, je vous embrasse tous les deux, mais si tu entends quoi que ce soit sur moi dans les prochains jours, ne t'inquiète pas… Pourquoi ? Parce que je crois qu'il y a des imbéciles au boulot qui veulent me faire une blague… Non, ne t'inquiète pas… Bisous, je vous rappellerai… ».

Bien, évalua Jo, il se débrouille, il est resté vague, pas de détails pour angoisser les parents, pas d'accusation. Et l'appel venait d'un endroit où il était censé être, donc pas de problème si ça se compliquait après.

Kevin revint avec deux tasses de café sur un plateau.

— Non, ils ne savaient pas, alors j'ai fait comme tu m'as dit, je n'ai rien raconté ! annonça-t-il avec fierté.

Ils finirent de déposer ses affaires dans le sac de voyage. Il débrancha l'ordinateur portable qui était ouvert sur un petit bureau et le rangea dans un sac à dos.

Ils firent leurs adieux à Anna. Kevin, refusant absolument d'être remboursé, dut lui promettre de revenir prendre de vraies vacances chez elle. Pendant qu'il essayait de contenir les bavardages de la femme pour pouvoir partir, Jo en profita pour aller jeter un œil devant la maison… toujours rien de spécial.

Ils regagnèrent la camionnette de Jo et reprirent le chemin de sa demeure.

Cela faisait drôle à Jo d'être passé de l'autre côté de la barrière, d'être devenu un gibier potentiel. Il s'en voulait un peu. Tout ça, c'était surement « beaucoup de bruit pour rien ». Il s'était enflammé avec cette histoire de Bateleur, sans doute parce qu'il s'ennuyait et ne souhaitait pas le reconnaitre… Mais le gosse était sympa et attachant et puis ça lui faisait comme un petit entrainement…

Pendant le trajet du retour, Kevin s'était complimenté de s'être bien débrouillé.

— Tu as vu, hein Jo ! Je n'ai rien dit de trop, et comme ça, s'ils me cherchent, eh bien, ils iront à Paris. Le pauvre Charles, il ne va pas savoir ce qui lui arrive ! S'ils croient que c'est lui qui était avec moi ! Tu as vraiment eu une idée extra avec ça, bien fait pour eux ! Enfin si c'est eux… conclut-il songeur. Il termina le trajet, silencieux, en regardant par la fenêtre, sauta de la voiture dès que Jo s'arrêta devant le portail et alla l'ouvrir.

Après avoir sorti les sacs entreposés à l'arrière, Jo emmena Kevin à la chambre d'ami. En plus du mur de cartons, elle ne contenait qu'un lit en quatre-vingt-dix, juste un matelas sur un sommier avec des pieds en bois et une petite commode en pin. Le placard, comme souvent dans ces maisons anciennes, était intégré dans la cloison et faisait la largeur de sa porte. Jo avait le même dans sa chambre qui était attenante, il en sortit des draps pour le lit.

Il hésita, puis en fin de compte se dit « Bon, restons pro !... ». Il avait mal passé le virage des nouvelles technologies, l'informatique, les adresses IP, les serveurs... ça n'avait pas été son truc. Ce qui pour son travail l'avait condamné à demeurer piétaille. Il en fallait aussi des comme lui, qui ne comprenaient pas vraiment le fonctionnement des objets qu'on leur demandait de mettre en place, mais parvenaient à le faire en toute discrétion. Il avait tout de même été formé aux risques liés au maniement irréfléchi de tous ces nouveaux jouets... ordi, téléphone... Pour l'instant, rien ne le reliait à Kevin et il valait mieux que cela continue.

— Bien, écoute Kevin ! Évidemment que j'ai internet dans cette maison, le WIFI et tout ce qui va bien. Mais je vais te demander de ne pas utiliser ton ordinateur, de ne même pas l'allumer. Si tu veux, tu peux utiliser le mien, il est dans mon bureau en face. Mais tu n'ouvres aucune de tes boites mail, tu ne vas pas sur Facebook ni sur aucun réseau ou forum où tu es connu. Tu ne donnes de nouvelles à personne. Si vraiment il y a quelqu'un que tu désires contacter, on essaiera de trouver une solution demain.

L'autre le contemplait, les yeux ronds... puis ils s'étrécirent et son sourire s'élargit. Il prit un air rusé. « Oui, je comprends, mais... », et ne termina pas sa phrase, se contentant de hocher la tête.

Jo attendit quelques instants puis constata :

— Ipso facto, on se comprend, « surveille ta langue aussi longtemps que tu vivras »... et tu vivras longtemps, ajouta-t-il, juste histoire de faire un bon mot et de lui mettre un peu la pression. Allez, installe-toi, je vais nous préparer le diner.

Dans la cuisine, il sortit du frigo une longueur de saucisse italienne qu'il avait troquée la veille au marché contre un assortiment d'olives et se servit un verre de vin blanc. Un petit vin bio qu'il achetait à un producteur des alentours, léger et fruité, une merveille ! Dans sa resserre, un empilement de cageots dans le coin le plus frais de la cuisine, il prit quatre tomates bien mures, les coupa en gros morceaux. Il mit à chauffer un peu d'huile d'olive dans une poêle, y émința une gousse d'ail et y fit glisser les tomates. Il laissa le feu vif quelques instants, puis le baissa pour qu'elles cuisent doucement en mijotant. Il posa une grande casserole d'eau salée sur le gaz, et commença à installer le couvert sur la terrasse. La nuit était presque tombée, la fraicheur l'accompagnait. Il enfila une petite veste en polaire et quand Kevin arriva, un moment plus tard, il lui en proposa une aussi.

— Je nous prépare des pâtes à la saucisse ! Veux-tu boire quelque chose ? Un verre de vin ? Ou un autre cachet pour ton mal de crâne ? Kevin opta pour le cachet et trainant les pieds, il alla s'installer sur le fauteuil Voltaire dans la pièce voisine. Un regard vers les Tarots alarma Jo, qui lui demanda, peut-être un peu brutalement, de ne plus toucher aux cartes. Le jeune lui dédia un œil étonné, puis se laissa aller, la tête en arrière, les paupières closes, son verre à la main.

La sauce tomate était presque prête. Jo cueillit quelques feuilles de basilic sur le pot qu'il gardait sur sa terrasse, les déchiqueta grossièrement et les y mélangea avant d'ôter la poêle du feu. Il la remplaça par un gril en fonte sur lequel il fit revenir la saucisse à feu vif, de la bonne charcuterie qui n'échappa pas la moitié de son poids en eau. Il en termina la cuisson à feu doux.

L'eau avait commencé à bouillir, il y versa les pâtes. Il coupa la saucisse en tronçons qu'il déposa dans la sauce tomate et laissa le tout au chaud. Les pâtes prêtes, il les égoutta en prenant soin de récupérer l'eau de cuisson. Il en mit deux grosses cuillères dessus pour empêcher qu'elles collent et alla vider le reste sur les mauvaises herbes qui pointaient par-ci par-là, entre les dalles de sa terrasse. Puis il versa le coulis et les saucisses sur le saladier de pâtes, sortit un morceau de parmesan et une râpe et amena le tout sur la table.

C'est là que, cherchant Kevin des yeux, il s'aperçut qu'il s'était endormi. Il lui secoua doucement l'épaule, se moquant de lui et de la vie mouvementée qu'il avait eue ces derniers jours. Il l'encouragea à prendre le médicament et lui proposa de venir diner. Une fois réveillé, le jeune fit honneur au repas, complimentant Jo sur sa cuisine. C'était encore une fois « vachement bon ! » À eux deux, ils liquidèrent le plat. En dessert, ils terminèrent le melon canari.

Ils parlaient de la mer et des étoiles qui commençaient à apparaitre, du mistral qui maintenait le ciel sans nuages. Kevin se porta volontaire pour la vaisselle ; pendant qu'il s'y attelait, Jo finit son verre de vin. Il méditait en regardant la mer, la lune était presque pleine et l'éclairait d'une longue trainée d'argent.

Lorsque Kevin revint s'assoir, ses méditations l'avaient mené à une proposition.

— Je crois que tu es fatigué et moi aussi. Demain, je dois me lever de bonne heure pour aller au marché, donc je te suggère qu'on aille se coucher, de laisser passer la nuit sur tout ça. Dors bien, pour récupérer, cela t'aidera à te remettre les idées en place. Lorsque tu te réveilles, tu prends ton temps pour réfléchir et décider de ce que tu veux faire, on en reparle quand je rentre.

— Merci, merci pour tout, répondit le jeune, sans toi je ne sais pas ce que j'aurais fait… Tu es vraiment sympa, je ne sais pas pourquoi tu fais tout cela pour moi, mais je t'en suis reconnaissant, car je n'ai aucune idée de comment gérer…

Jo l'arrêta d'un geste.

— On verra demain, allez ! Au lit ! Le marchand de sable est déjà passé une fois. Je partirai sans te réveiller. Profites-en pour te reposer. Kevin monta se coucher pendant qu'il s'attardait à fermer les volets de la cuisine et du salon.

Allongé sur son lit, les bras croisés derrière la tête, Jo regardait la lune. Il avait laissé la fenêtre et les volets ouverts, les attachant pour qu'ils ne battent pas avec le mistral et s'était rajouté une couverture. Il serait peut-être réveillé la nuit par le froid, tant pis… C'était une vision magique…

Au matin, il était effectivement tout ratatiné sous sa couverture. La chambre était glaciale et la nuit encore noire. C'était la partie la moins plaisante de son nouveau job, ces réveils si tôt. À part au début de l'été, il faisait nuit, et dès l'automne il faisait froid. Il se leva, ferma les volets, « Normal, quand on se lève ! », rigola-t-il intérieurement et il enfila les vêtements dédiés qui l'attendaient sur un dossier de chaise. Il avait mis au point une stratégie qui lui permettait de supporter le mieux possible ce moment difficile. Il s'habilla chaudement – vieux pantalon de jogging molletonné, tee-shirt thermique manches longues, petite polaire, plus une seconde bien épaisse et doublée – et partit charger ses marchandises en s'agitant bien. Il rentra préparer son café, se changea et s'installa dans son fauteuil pour finir de se réchauffer en le buvant et profiter d'un temps de repos. Il déjeunerait plus tard dans un bar aux alentours du marché. Il avait ses habitudes en fonction des jours et des lieux.

Il ôta de son paquet de Tarots, les quelques feuilles de sauge purificatrices qu'il y avait déposées la veille. **LE BATELEUR** était encore sur le dessus en protection, parfait ! Il rougit presque de sa bêtise superstitieuse. Il avait aussi eu un peu honte le soir précédent d'attendre que le jeune soit monté se coucher, s'attardant exprès à fermer les volets, pour aller cueillir la sauge. L'autre avait tripoté ses cartes et il se sentait obligé de faire quelque chose pour les nettoyer. Et là, tout en se moquant de lui-même, il ne put s'empêcher de couper le jeu deux ou trois fois de plus que d'habitude. Puis se concentrant sur la journée à venir et les décisions à prendre concernant Kevin, il étala le jeu et laissa sa main choisir une carte. Il retourna **LE JUGEMENT**, arcane XX du Tarot. Il rassembla le paquet, posa la carte dessus, la tapotant de l'ongle de son index. Une lame soi-disant positive qui pourtant ne lui sembla pas de très bon augure. D'où « l'importance de l'interprétation », se dit-il, pensant aux diverses significations de la carte qui lui venaient à l'esprit.

« Ne prends pas pour vérité la prophétie, ce n'est qu'un petit morceau de carton colorié ! » se rappela-t-il en se levant. Il tira la porte derrière lui, mais ne verrouilla pas pour ne pas bloquer Kevin à l'intérieur, monta dans sa camionnette, alluma la radio sur la chaine d'infos en continu et se mit en route. Il écoutait d'une oreille, en conduisant.

« Voici les prévisions météo, du soleil pour le quart sud-est, mais avec du vent, des averses moins nombreuses qu'hier sur l'ouest, cependant toujours marquées à l'est. Les températures restent fraiches pour la saison sur l'ensemble de la France. »

— Super ! se réjouit-il, une belle journée…

« Ouverture d'une information judiciaire par le pôle financier du parquet de Paris pour délit d'initiés, manipulation des cours, abus de confiance, tentative d'escroquerie et blanchiment de fraude fiscale. D'après le juge d'instruction en charge de l'enquête, la société de courtage Cons'actuel suscitait l'intérêt, depuis quelque temps déjà, de la brigade de répression de la délinquance financière. Le directeur fondateur de cette société affirme n'être au courant de rien, mais précise qu'il va mener une enquête interne pour déterminer si des malversations ont pu être commises par l'un de ses employés à son insu. De fait, la police est à la recherche de Kevin Juvaine, collaborateur de l'entreprise, qui a quitté son travail et son logement depuis la semaine dernière et dont personne n'a de nouvelles. Un appel à témoins a été lancé. L'un de ses collègues, à qui nous avons pu parler nous a dit que le jeune homme était étrange depuis quelque temps, peu communicatif et un peu dépressif. »

Jo leva le pied de l'accélérateur, ralentissant brutalement.

« Nom de Dieu ! Sûr que c'est le mien de Kevin… un escroc… J'y crois pas ! » s'indigna-t-il, moitié incrédule, moitié déçu. Il s'arrêta sur le bas-côté pour effectuer un demi-tour et rentrer. Mais le temps de vérifier que la voie était libre, il avait changé d'avis. D'abord, ce n'était peut-être pas le sien de Kevin… Il en doutait ne croyant pas aux coïncidences. Ensuite, il avait fait confiance au Bateleur. **LE JUGEMENT** l'avait prévenu que les choses étaient susceptibles de se compliquer. Mais il pouvait lui accorder les bénéfices du doute et lui-même se donna quelques heures de réflexion supplémentaire. Il allait essayer d'avoir plus d'informations et si l'autre était parti à son retour, tant pis….

Il reprit la route et, comme souvent, parvint tôt au marché.

Il se gara derrière son emplacement et commença à sortir les tréteaux pour son étal. Quelques instants plus tard, le père Antoine, son voisin du jour, arrivait avec sa fourgonnette hors d'âge. Le vieux avait le visage buriné par le soleil, gravé de rides profondes et portait toujours un panama en paille défoncé. Lorsque, par exception, il l'ôtait, l'été par exemple, pour essuyer avec son grand mouchoir à carreaux la sueur qui coulait, il découvrait un rond blanc creusé de rides aussi marquées que celles de sa face qui rejoignait, loin derrière, la limite des cheveux. Il faisait très âgé. Pourtant Jo ne lui donnait pas plus de soixante-cinq, soixante-dix ans. Car il était très alerte, cultivant seul sa terre à son cabanon, et venant vendre sa récolte deux fois par semaine au marché.

— Salut Toine, s'exclama Jo avec jovialité quand il fut garé, fais-moi passer tes tréteaux que je les mette à côté des miens.

Ils installaient leurs stands en continu pour pouvoir circuler de l'un à l'autre avec facilité. Jo alternait entre ses propres préparatifs et le déchargement des cageots de légumes. Ils échangeaient des nouvelles, Toine lui raconta que le sanglier était descendu jusqu'à sa terre et que bientôt, avec la chasse, il lui ferait sa fête. Il lui prédit aussi que le mistral tomberait le jour même… Lorsqu'ils furent prêts, Jo lui proposa d'aller déjeuner. Il savait que le vieux aimait bien faire le tour du marché avant l'arrivée des chalands, pour bavarder à droite à gauche puis passer un moment chez son copain du « Mistral ». Il remplacerait Jo un peu plus tard.

Jo commença à choisir les légumes qu'il voulait dans les marchandises de son voisin, Toine n'avait pas une grosse production et des clients connaisseurs et fidèles. Souvent, dès onze heures, ses cageots étaient vides. Mieux valait se servir avant les autres. Ce serait bientôt la fin des légumes d'été qui l'avaient enchanté. Il jeta donc son dévolu sur aubergines, poivrons et tomates et, pensant au jeune estomac qu'il avait à nourrir, ajouta quelques pommes de terre ainsi qu'un melon vert. Il déposa dans la caisse le montant de ses achats. Pendant qu'il préparait les petits sachets d'épices dont on lui avait passé commande, il réfléchissait à ce qu'il devait faire avec, de, ou pour Kevin.

Toutefois, il se heurtait toujours au manque d'informations. Que fallait-il croire exactement ? Il finit par hausser les épaules en se disant « On verra bien, si ça se trouve les patates, je les mangerai tout seul ».

Au retour de Toine, les allées étaient déjà bien remplies et Jo servait d'un stand à l'autre sans discontinuer. Il attendit que les cageots de légumes soient presque vides pour partir effectuer sa tournée et distribuer les commandes qu'il avait préparées. À la « Boucherie du marché », la bien nommée, la file des clients arrivait jusqu'au trottoir, il posa son paquet sur la caisse en clamant :

— Salut, tout le monde ! Tu me mettras un beau morceau de basse côte, de sa voix forte. La réponse parvint du fond de la boutique « Salut Jo ! D'accord ! » Il poursuivit sa route, s'arrêta au marchand de journaux, tourna un peu en se demandant lesquels choisir. *La Provence* ne semblait pas encore au courant du fait divers, il se décida pour *Les Échos* et *Le Monde*, bien qu'au premier coup d'œil, il n'ait rien vu concernant Kevin.

Il alla s'installer au « Mistral », commanda café allongé et tartines et commença de feuilleter ses achats. Pas facile d'y repérer quelque chose. Il finit par dénicher deux petits articles comportant le nom de la société Cons'actuel, parlant de prises de position risquées sur le marché, de choix stratégiques discutables. Jo resta songeur quelques instants. Discutables pourquoi ? Parce que mal pensés ou malhonnêtes ? Les journaux utilisent souvent ce genre de circonvolutions qui laissent planer le doute. Un des articles évoquait des bénéfices records au premier semestre, des déficits probables… Se demandant bien comment les deux choses pouvaient être associées en si peu de lignes, Jo régla son café et rejoignit son stand en passant par la boucherie où la caissière lui tendit son paquet dès qu'il franchit la porte.

Sur le chemin du retour, la chaine d'infos en continu jouait le rôle des trompettes du Jugement, annonçant à plusieurs reprises pendant le trajet la mise en route de la justice, l'ouverture d'une enquête et promettant procès et punition. Les investigations sur la société Cons'actuel se poursuivaient, on avait retrouvé la trace de Kevin Juvaine dans un hôpital du sud de la France où il avait été admis après avoir essayé d'attenter à ses jours, mais d'où il s'était enfui. On était sans nouvelles de lui, son implication dans les malversations reprochées semblait évidente… Jo poussa un gros soupir en entendant cela, c'était bien son Kevin, aucun doute.

Il s'attendait à trouver l'oiseau envolé. Pourtant lorsqu'il arriva devant son portail, il le découvrit ouvert et le jeune, à côté, sautillait sur place d'énervement.

— C'est pas moi ! Jo, je t'assure que c'est pas moi ! s'écria-t-il d'un ton angoissé, s'accrochant à la portière dès que le véhicule passa devant lui, je n'ai rien fait, je t'assure, tu me crois ? Dis, tu me crois ?

— Euh oui, je pense, lui répondit Jo en ouvrant la portière, on a entendu les mêmes infos je suppose ?

— C'était au journal de treize heures, expliqua Kevin à toute allure, je me suis levé tard, il s'arrêta d'un coup retrouvant le sourire, j'ai super bien dormi, je n'ai plus mal à la tête, c'est vraiment bien ici, super calme… Oh là, là ! s'écria-t-il, se rappelant ce qu'il était en train de raconter. J'avais fait un tour dans ton jardin et en t'attendant, je me suis dit que j'allais regarder un peu la télé. Aux infos, il y avait même ma photo, et mon patron qui disait qu'il ne savait rien alors que c'est lui qui m'a envoyé en vacances… Et les journalistes qui disaient que j'avais essayé d'attenter à mes jours, mais c'est pas vrai, je ne me suis pas suicidé, c'est pas vrai…

Il s'assit sur le muret de la restanque, la tête dans les mains, l'air misérable. Jo vint s'installer à côté de lui, ne sachant pas trop quoi penser. Le jeune semblait sincère et il lui plaisait, sa curiosité sur toutes choses, son enthousiasme, sa bonne volonté. Il appréciait cela et trouvait que c'était « un bon petit gars ».

Pour détendre l'atmosphère, il prit la parole d'un ton léger.

— Ne t'inquiète pas, **LE BATELEUR** ne se suicide pas, je le sais. C'est un optimiste, un enthousiaste, toujours prêt à aller de l'avant, à trouver des solutions. Mais, ajouta-t-il en lui tapotant la tempe de l'index, c'est un irréfléchi, inconscient et inconséquent… Tu as certainement fait quelques conneries pour te retrouver dans cette situation, donc réfléchis-y et en attendant viens m'aider, on va décharger la voiture.

Kevin leva la tête, souriant déjà.

— Je suis content que tu me croies, tu es vraiment un mec sympa et cool… Je ne connais personne qui te ressemble.

Ils entreprirent de ranger les marchandises de Jo, le jeune se mit au lavage des bassines tout en reprenant le récit de ce qu'il avait entendu aux infos. Ce n'était pas plus que ce qu'avait entendu Jo à la radio.

— Ils ont dit aussi que c'était moi le responsable des délits financiers. Mais tu sais, ce n'est pas vrai, j'ai toujours fait que ce que l'on m'a dit de faire… il hésita, c'est vrai que des fois, ce n'était sans doute pas réglo, réglo… Puis il resta silencieux, doutes et perplexité naissant dans ses yeux presque écarquillés.

« Pas trop tôt, pensa Jo, il commence à réfléchir un peu ». Il avait suffisamment surveillé de personnes qui œuvraient dans ce milieu pour avoir compris que la finance et la légalité pouvaient suivre des voies parallèles, avec toutefois, par-ci par-là, des divergences qui les éloignaient, parfois significativement, l'une de l'autre.

Ils avaient fini de ranger et rapportaient les courses de Jo à la maison.

— Bien, tu réfléchiras mieux l'estomac plein, affirma-t-il à Kevin. Il le mit à l'épluchage des pommes de terre pendant qu'il éminçait un oignon et les poivrons, pour des « Pommes de terre à la belle saison » ; une recette familiale qui lui avait toujours plu quand il était jeune. Il poursuivit ses préparatifs tout en étudiant la situation.

Kevin et sa boite avaient dû franchir la ligne jaune et maintenant, ils étaient rattrapés par la patrouille. La question était de connaitre l'implication de son invité là-dedans. Était-il entièrement responsable, comme l'insinuaient les journalistes, ou s'était-il laissé entrainer, plus ou moins conscient des risques ?

Quand la cocotte-minute commença à chuchoter, il baissa le feu et mit le grill à chauffer à côté pour la basse côte. Kevin installait le couvert sur la terrasse. Il bavardait un peu, questionnant Jo sur la recette, sur le melon vert qu'il préparait et descendit au figuier avec les consignes pour choisir les figues du dessert. Souvent, il s'arrêtait, songeur, les yeux fixés sur la mer en contrebas.

Jo interrompit le fil de ses réflexions et l'invita à passer à table. Il lui servit une généreuse portion de pommes de terre ainsi que la moitié de la basse côte, remplit sa propre assiette et s'installa à ses côtés. Il lui proposa un verre de vin et s'en versa un. Comme il s'adossait, les yeux sur la mer et son verre à la main, Kevin le dévisagea avec gêne.

— Je crois que je commence à deviner ce qui se passe…

Jo tourna les yeux vers lui.

— Oui ? répondit-il interrogatif

Au silence qui suivit, il comprit que son jeune invité n'était pas tout à fait prêt à raconter son histoire.

— Ça m'a l'air sérieux comme problème. On va déjeuner d'abord, après je nous fais un café et on essaie de mettre tout cela à plat, suggéra-t-il.

— Oui, tu dois avoir raison, ce n'est pas simple, j'ai du mal à organiser mes idées…

— Alors, mange ! Bon appétit ! Et il attaqua son assiette.

Kevin fit de même et après quelques bouchées s'exclama, enthousiaste :

— Ouah ! C'est trop extra cette viande ! Qu'est-ce que c'est ? Parce que ça n'a pas l'air terrible quand tu la vois.

— C'est de la basse côte, ce n'est pas un très beau morceau effectivement, mais c'est très gouteux… Il faut que la viande soit bonne, d'un bon boucher.

— C'est super, tes pommes de terre aussi sont vachement bonnes comme ça. J'adore ta cuisine, ça n'a pas l'air compliqué, mais c'est vachement bon !

— Euh ! Merci, c'est gentil. En fait, je débute et je n'ai pas beaucoup de recettes à ma panoplie. En plus, je n'ai que le réchaud par conséquent ça limite… Mais, j'achète toujours de bons produits au marché ou ailleurs, c'est ce qui fait la différence.

— Tu vis tout seul ici ? Tu n'as pas de femme ? demanda Kevin.

— Non, répondit Jo, cela ne fait pas longtemps que j'habite là.

Pour détourner la conversation, il s'enquit lui aussi :

— Et toi tu es marié ? Tu as une copine ?

— Non, soupira le jeune homme, en fait je n'ai pas le temps.

— Pas le temps, on a toujours le temps pour ça…

— Non, je t'assure, je travaille dix-douze heures par jour… Jusque-là, je n'avais même pas pu prendre de vacances, un petit weekend de temps en temps, c'est tout… Oh, j'ai rencontré des filles, je m'éclatais bien pendant deux trois jours, par contre ça n'a jamais duré… Mais je gagne beaucoup d'argent…

— « Qui choisit le coffret d'argent aura ce qu'il mérite », répondit Jo en poussant vers lui le melon et les figues, sers-toi, je vais mettre en route le café.

Il alla jusqu'à la cuisine, mit l'eau à chauffer et versa le café dans sa petite cafetière « push ». Il l'appelait ainsi depuis son séjour aux États-Unis où les Américains, eux, l'appelaient « french press ».

— Des fois, tu dis des drôles de choses tu sais, lui lança Kevin depuis la terrasse.

Jo sourit tout seul. Il avait passé un bac littéraire qui avait réussi à laisser quelques traces. Un peu poussé par des circonstances… obligé par son nom… Il s'était intéressé à Shakespeare et souvent des bribes de répliques qui l'avaient marqué lui revenaient. Non pas qu'il veuille « péter plus haut que son cul », mais avec son patronyme, la répartie culturelle avait été, à l'occasion, un moyen de défense vis-à-vis de profs, de supérieurs ou d'autres personnages qui profitaient parfois de leur position dominante pour se moquer à bon compte. Bien que, le manque de culture générale aidant, il n'ait pas été bien souvent dérangé. Il aimait citer le Barde, avec plus ou moins d'exactitude, trouvant que ses paroles, pourtant issues du seizième siècle, s'adaptaient dans bien des cas au monde actuel.

Il revint à table et mangea lui aussi un morceau de melon et quelques figues puis alla verser l'eau sur le café. Pendant que cela infusait, ils débarrassèrent assiettes, plats et couverts.

Le mistral continuait à souffler, il faisait trop frais pour s'attarder à l'ombre sur la terrasse. Jo installa donc le café dans son séjour, tirant un des fauteuils de la cheminée près de la fenêtre. Il indiqua à Kevin de s'y assoir. Pour le coup, celui-ci avait cessé de bavarder et se tenait, tout penaud sur le bord du siège, les mains entre les genoux. Jo servit le café et se carra dans son Voltaire, adossé, les jambes allongées, sa tasse à la main et le regard vers la mer.

— « Il ne suffit pas de parler, il faut parler juste », alors c'est le moment… annonça-t-il.

Kevin s'agita un peu puis poussant un long soupir, se laissa aller en arrière, les yeux tournés vers le plafond.

— Tu sais, je suis super intelligent !

En voilà une bonne nouvelle, pensa Jo, ça commence bien… Il ne fit cependant pas de commentaires et l'autre poursuivit sans le regarder.

— J'ai eu mon bac S, option maths, mention très bien, à dix-sept ans. J'avais un an d'avance, j'ai été pris dans une des meilleures prépas de la région parisienne… En trois demi, j'ai été admis à tous les concours que j'avais présentés et j'ai choisi d'intégrer Centrale… avec un double diplôme en actuariat à Dauphine, indiqua-t-il avec fierté. Sais-tu que je suis l'élite de la nation ?

Il se tourna vers Jo, un sourire plein de dents éclaté sur son visage.

— Non pas vraiment… répondit celui-ci qui n'avait pas trop compris ce que l'autre lui racontait, mais décida de ne pas poser de questions, les gardant pour plus tard.

— Si, l'avenir économique du pays ! J'ai suivi la voie de

l'excellence dans une école prestigieuse !

— Ah bon, si tu le dis…

— Non, ce n'est pas moi qui le dis, c'est ce que tout le monde dit

— Tout le monde… ?

— Oui, les profs, les élèves, tous les intervenants, tous les recruteurs… Je n'avais même pas encore mon diplôme que j'avais déjà six propositions d'embauche.

— Ah ! émit Jo qui n'entendait parler que de chômage ces dernières années.

— Oui, et j'avais à peine fini mon dernier exam que je bossais déjà, commenta Kevin toujours fier de lui, Cons'actuel, c'était une petite boite, mais j'avais un super salaire, de l'intéressement, des primes aux résultats géantes, un téléphone, un ordi, une voiture de fonction. J'ai choisi une Jaguar, précisa-t-il l'air gourmand. Bon une petite ! ajouta-t-il avec un sourire en coin, les yeux pleins d'étincelles, et Jo retrouva **LE BATELEUR** prêt à dévorer la vie avec ardeur. On nous avait dit, continua Kevin, que le premier job, c'était pour deux ou trois ans, que ça servait de tremplin pour la suite… Je n'envisageais pas d'y rester plus longtemps, c'était pour démarrer… J'ai été super bon…

Ben voyons ! pensa Jo, qui s'empêcha de hausser les sourcils et de lever les yeux au ciel.

— Je leur ai fait gagner un pognon fou, on travaillait pour des banques, des fonds de placement, des assurances, il y avait aussi quelques portefeuilles d'investisseurs. Il faut comprendre comment ça marche. Par exemple, je jouais à la baisse, en fait je vendais les actions avant de les avoir achetées. Sur de gros volumes comme je pouvais le faire, même sur un court laps de temps, tu gagnes beaucoup comme ça, raconta-t-il avec ferveur et pétulance avant de redevenir sérieux. J'ai toujours tout fait dans les règles même si parfois c'était un peu limite, mais j'étais pris dans ce truc-là. Tu sais, tout va super vite… Et je n'ai pas fait attention à ce qui se passait autour et maintenant je me rends compte que je me suis certainement fait avoir… Ça remonte à quelque temps, un matin au staff, mon patron…

— Vaironne ? s'enquit Jo.

— Oui, comment le sais-tu ? Ah ! tu l'as entendu à la radio ?…

— Je te raconterai après, donc ton patron ?

— Oui… il me demande de venir dans son bureau et me dit que, pour certains de nos clients, je dois faire des transactions : achats, ventes… et cetera… avec telles et telles actions.

Kevin agitait la main, décrivant de multiples tonneaux avant de stopper et de lever l'index.

— C'est là, qu'il ne faut parfois pas trop approfondir sur le comment il les choisit… En général, il me laissait me débrouiller tout seul, je prenais toutes les décisions. Toutefois, il m'avait déjà fait ce genre de requêtes et tout s'était passé normalement alors je n'ai pas fait attention plus que ça… Bon, je fais tout ça, je surveille les cours… ce n'était pas trop bon, ça n'allait pas dans le bon sens… Je fais un mémo… Il me répond « Continue… » par conséquent je continue.

Le jeune homme vivait maintenant dans son récit, se désignant du doigt, mimant des frappes sur ordinateur, faisant semblant d'étudier ce qu'affichait son écran virtuel. Il finit par se lever et poursuivit son histoire en déambulant de droite et de gauche et en associant gestes explicites et débit verbal de plus en plus rapide.

— Mais en même temps, je fais un tas d'autres choses. J'y reviens quelques jours plus tard et là, ça virait cata… J'essaie d'en parler au staff… Il me dit « On verra » et… pas de nouvelles… J'envoie un mail, c'est là qu'il a commencé à me dire que je n'avais rien compris, que j'avais pris des risques… Moi je n'avais fait que ce qu'il m'avait dit… Mais d'un autre côté, je fais tellement de choses en même temps que je n'avais pas surveillé ça de très près. Après tout, c'était son projet, il aurait dû s'en occuper et en plus je l'avais averti… J'ai essayé de rattraper le coup. C'est là qu'il m'a obligé à partir en vacances, parce que j'étais en burn-out… mon œil !

Les déplacements de Kevin l'avaient amené devant les portes-fenêtres, il se tourna vers Jo, joignit le geste à la parole et tira exagérément sa paupière droite vers le bas avec son index. Puis il détourna vers l'extérieur, appuya son front contre la vitre et poursuivit d'un ton las.

— Maintenant que j'y pense… il s'est débarrassé de moi ! J'ai rédigé un rapport pour dire où j'en étais et faire des propositions pour gérer la suite, et quand je le lui ai envoyé avant de partir, il m'a dit d'arrêter de m'occuper de ça et que je devais laisser mon ordi au bureau, soi-disant pour pouvoir me reposer… Maintenant, je pense que c'est pour me faire porter le chapeau. Ils vont trafiquer mon rapport c'est sûr… et je me demande aussi, s'il n'y avait pas plus là-dessous qu'une simple erreur de jugement. Aux infos, ils ont parlé de délit d'initiés, de manipulation des cours, c'est grave ça, tu sais… ce n'est pas juste une perte d'argent, ça te mène en prison.

Kevin se retourna et hochant la tête avec accablement, les épaules basses, sa tristesse affichée sur son visage en général si joyeux, il revint s'assoir dans son fauteuil. Les coudes appuyés sur les genoux, il se pencha vers Jo qui avait évité de bouger pendant toute la narration pour ne pas l'interrompre. Il s'était contenté de petits « hum, hum ! » compréhensifs et de vagues mouvements de tête.

— Au début, souffla le jeune homme d'un ton hésitant, j'ai dit que Tom et Alex m'avaient suicidé... C'est l'idée que j'avais eue à l'hôpital, mais j'avais la tête en vrac et pas les idées très claires... Depuis, je me disais que je me trompais, qu'il y avait surement une autre explication... Mais là, je pense que non, qu'ils ont vraiment essayé de se débarrasser de moi... pour de bon... Il se laissa aller en arrière sur son fauteuil et resta silencieux.

— Oui, je crois que tu as raison, lui confirma Jo usant d'un ton à la fois catégorique et compatissant.

Kevin gémit.

— J'aurais tellement aimé que tu me dises que c'était n'importe quoi, que je me faisais des idées...

— Tes petits copains Alex et Tom, hier matin au marché, je ne les ai pas seulement vus, je les ai aussi entendus. Sur le moment, ce qu'ils disaient n'était pas vraiment significatif. Avec ce que tu m'as raconté, cela le devient, et c'est Vaironne qui contrôle tout, à part éventuellement pour le suicide. Pour cela, je pense qu'ils ont pris une initiative malencontreuse...

— Tu ne me l'avais pas dit ! fit remarquer Kevin, hargneux maintenant.

— Toi non plus, tu ne m'avais pas tout dit ! contra Jo, souriant en coin et lui adressant un clin d'œil.

— Oui, c'est vrai, admit Kevin, penaud, mais je ne te connaissais pas, je ne savais pas si je pouvais te faire confiance, si tu n'allais pas appeler les flics ou l'hôpital... En fait, maintenant non plus je ne te connais pas, je ne sais pas pourquoi tu m'aides.

— Ne t'en fais pas, je suis avec les gentils, et puis tu connais mon nom et tu sais où j'habite.

— Et moi, comment sais-tu que je suis avec les gentils ?

— Ben, tu n'as pas vraiment l'allure d'un méchant et pour

l'instant tu tiens plus du gibier que du chasseur.

En prononçant ces mots, Jo se demandait surtout quelles étaient la taille et la puissance du chasseur. Était-ce un petit braconnier isolé qui essayait de faire sa pelote en bordure des grandes chasses dans les bois prospères de la finance ? Ou une émanation de l'une d'elles envoyée braconner discrètement sur les terres protégées par les édits royaux ?… Ou par l'un de ses membres peu satisfaits de sa part à la curée ?… Jo penchait plutôt pour la première option, Alex et Tom lui avaient paru plus opportunistes que professionnels. Mais au cours de ses missions, il avait maintes fois eu affaire à ce qui semblait n'être que du menu fretin et s'étaient révélés être en fait de gros poissons ou les poissons-pilotes d'un large banc de requins.

Il ne fréquentait pas les milieux de la finance et de la banque. Du reste, à cette époque-là, il ne fréquentait pas grand monde, la solitude ayant été sa plus fréquente compagne. Mais pour meubler les longues heures d'attente, il avait eu le temps d'étudier bien à fond, les *Monde*, *Les Échos* ou tout autre journal ramassé dans l'avion qui l'amenait sur le théâtre de ses opérations. Et qu'il avait souvent lus plusieurs fois, de la première ligne au dernier entrefilet, n'ayant rien d'autre pour s'occuper l'esprit et avoir l'air occupé… Il en gardait l'impression d'un vaste terrain de chasse mondial où les plus gros essayaient de devenir toujours plus gros et où les petits vindicatifs voulaient rejoindre le banc pour tous se nourrir sur le dos des plus mal armés pour la lutte.

— Du gibier ! Non, mais, tu te rends compte de ce que tu dis ! s'exclama Kevin catastrophé. Crois-tu qu'ils vont encore tenter de me tuer ? Mais je ne vais pas me laisser faire, enchaina-t-il le regard étincelant. D'abord, ils ne savent même pas où je suis… N'est-ce pas ?

— Non, tu peux en être certain, on a fait ce qu'il faut, lui répondit-il sans en rajouter.

Bien qu'il ait ressenti un petit moment l'envie de faire un peu peur au jeune pour se moquer de lui… Il y avait renoncé, Kevin lui paraissant rajeuni de dix ans tellement il avait l'air désemparé, un grand gamin…

— Cependant, tu ne vas pas pouvoir rester ici éternellement, non pas que je te mette dehors, ajouta-t-il très vite en voyant la panique apparaitre dans les yeux de Kevin. Il se félicita de ne pas avoir cédé à la tentation de plaisanter, l'équilibre était fragile entre la confiance et l'inquiétude… Mais il va falloir trouver une solution à ton problème.

L'autre hocha la tête tristement.

— Bien, je vais essayer de résumer la situation pour voir si j'ai bien compris ce que tu m'as expliqué. Ton patron t'a sollicité pour faire quelque chose qui pourrait être ou être devenu illégal. Tout semble laisser supposer qu'il souhaiterait t'en attribuer la responsabilité et que surtout si tu n'étais pas là pour te défendre, ça l'arrangerait beaucoup… Qu'en penses-tu ?

— Quand tu le racontes comme ça, on dirait le scénario d'un film policier, je n'arrive pas à croire que ça m'arrive à moi… Tout ce que j'ai fait était dans les règles, je t'assure… C'est vrai que tout ne s'est pas passé comme d'habitude… J'aurais dû être plus attentif… Mais je devais gérer tellement de dossiers en même temps que je n'ai pas prêté plus attention à celui-là. Pourtant je l'ai tout de même suivi. J'avais remarqué qu'il y avait quelque chose d'anormal et j'avais envoyé un mémo…

Kevin s'était relevé et parcourait la pièce en gesticulant. Il se tourna vers Jo et leva un index combatif.

— En fait, je peux prouver tout ce que j'ai fait. J'ai des dossiers bien classés dans mon ordi… Je tiens tout à jour au fur et à mesure… Je suis super bon, je te dis ! J'ai fait quelques lignes de code pour un programme et chaque fois que je fais quelque chose, achat, vente, transfert… Hop ! Archivage direct dans le bon dossier… Un mail, un coup de fil… Hop ! Enregistré… Je reçois une info RSI… Hop ! Le dossier concerné s'ouvre… Tout est indexé… Je cherche quelque chose… un mot clé et poum ! Je le trouve… J'ai dû bricoler pas mal pour mettre tout ça en route, mais maintenant ça tourne super… J'ai essayé d'expliquer aux autres, mais ils ne comprennent rien… raconta-t-il d'un air ravi.

— Tout ça, ton patron peut-il y avoir accès ?

— Bien sûr, c'est lui le patron, il a la main sur tous les ordis…

Suite à cette affirmation, le doute envahit son visage et son débit verbal ralentit.

— Mon programme, il n'est pas vraiment sécurisé… C'était juste pour moi… Alors, il peut tout effacer ou juste certaines choses, modifier des dates, des chiffres dans les rapports, tout ce qui l'arrange lui… pour que j'aie l'air d'avoir tout fait tout seul… Ouh là, là ! Je suis mal, gémit-il en s'affalant dans le fauteuil… Et tu crois qu'en plus il veut me tuer ?

— Non, comme je te l'ai dit, je ne le pense pas, je présume plutôt que tes copains ont fait du zèle et se sont un peu laissés aller. Ils voulaient sans doute savoir si tu avais apporté avec toi des documents qui pourraient contrarier les plans de ton patron de te faire endosser toute la responsabilité. Pour t'aider à parler, ils ont pu te faire prendre quelques-uns de leurs propres médocs, avec un peu d'alcool, pour te rendre bavard inconsciemment. Ils ont eu la main un peu lourde et si tu as perdu connaissance, ils ont préféré te jeter dans le port plutôt que d'avoir des ennuis. Ils pensaient peut-être ainsi plaire à leur patron… Ou, ajouta-t-il voyant que les yeux de Kevin se remplissaient de larmes, ils t'ont laissé endormi quelque part et c'est toi qui, ne sachant plus où tu étais, es tombé dans l'eau… Ça, on ne le saura jamais.

En fait, Jo estimait que tout cela avait bien pu être préparé et que le suicide de Kevin, qui aurait été relié à sa culpabilité, aurait bien arrangé tout ce beau monde.

— Mais non, mais non ! s'exclama Kevin d'un coup en claquant des mains et en se redressant, il ne va pas pouvoir m'arnaquer comme ça et aller trafiquer mes dossiers sans que personne ne le sache… J'ai tout chargé dans mon disque dur avant de partir… et là ça montrera bien ce qui s'est passé réellement… Oh, mais s'ils sont vraiment si malhonnêtes, ils peuvent m'accuser d'avoir trafiqué moi-même les preuves pour m'innocenter… Ouh là là ! Je suis mal… ! répéta-t-il en s'abandonnant dans le fauteuil et en se tenant la tête entre les mains.

Jo soupira. Pour de bon, la situation n'était pas brillante. Certes, le disque dur ouvrait peut-être des possibilités d'action. Bien que, pour l'instant, il ne voie pas lesquelles. Ses yeux se portèrent sur **LE JUGEMENT** posé sur le tas de Tarots, à côté de sa tasse à café. Il tapota la carte de l'index, la désignant à Kevin.

— On va essayer de trouver quelque chose pour t'aider. Tu vois lui, il était au fond du trou et s'en est sorti et tu vas faire pareil… Là, comme ça, tout de suite, je n'ai pas d'idée. Donc, dans l'immédiat, je vais aller prendre ma douche et peut-être en émergera-t-il quelque chose, plaisanta-t-il, faisant référence pour lui-même, aux symboliques de la renaissance de la lame, comme de l'eau… – Ne touche pas le jeu ! ordonna-t-il, voyant Kevin se pencher dessus.

— D'accord, d'accord, dit l'autre en reculant, tu l'as tirée ce matin celle-là ? Qu'est-ce qu'elle représente ?

— C'est **LE JUGEMENT**, l'arcane XX, la fin du parcours et la résurrection du Bateleur… Plutôt bon signe pour toi, fit-il remarquer pour donner une note optimiste à l'avenir de Kevin. Sa signification matérielle peut être une annonce en relation avec la justice… On en a eu une bonne démonstration ce matin. Sur un plan plus spirituel, c'est la résurrection, la naissance d'une conscience, d'une vocation et bien d'autres choses encore.

— Trop fort ! s'ébaudit Kevin.

— « Ne prends pas pour vérité la prophétie », ce n'est qu'un petit morceau de carton colorié, s'empressa d'énoncer Jo utilisant une phrase qu'il employait souvent pour lui-même. Ne t'emballe pas, tout est dans l'interprétation. Ne crois pas qu'une carte va te donner la solution de ton problème, c'est son analyse et la réflexion qui vont t'aider… Alors au boulot ! Cogite ! ajouta-t-il en se levant, moi je vais me laver.

Il se dirigeait vers l'escalier lorsqu'il songea d'un coup à une précaution à prendre.

— Ton disque dur, tu t'en es servi quand pour la dernière fois ?

— Ben… en fait, pas depuis que j'ai tout téléchargé à mon bureau avant de partir… J'envisageais de travailler un peu pendant mes vacances, mais au début le temps est passé vite. Le soir après avoir fait du bateau et de la plongée, j'étais claqué et je me suis endormi tout de suite, puis je me suis retrouvé à l'hosto… et maintenant ici…

— Ça, c'est pas mal. Surtout, tu n'y touches pas !

— Hum ! émit Kevin qui le dévisagea avec attention, oui, je comprends… C'est pour la date de modification… Tu penses à tout toi… Comme ça, je pourrai l'utiliser comme preuve… Puisque je n'aurais pas pu le modifier depuis… Tu sais, il y en a que ça n'arrête pas… qui savent faire ça.

— Oui, mais on va avoir une idée ! Hein ! Un petit gars super intelligent comme toi va nous trouver quelque chose, se moqua gentiment Jo en commençant à monter les marches.

Une question surtout l'obnubilait. « Mais dans quoi t'es-tu fourré ? »

Si son service s'était intéressé à Vaironne, sa boite ou un de ses collaborateurs, il y aurait eu toute une équipe sur le coup. Chacun des hommes de base aurait eu sa cible à tracer, se faisant relayer si nécessaire, les téléphones auraient été pistés, les comptes, les clients de la boite passés au crible. C'était une grosse logistique d'organiser tout ça… Et surtout, ça ne se mettait pas en place pour des petits poissons… Il fallait surement que l'impact des délits puisse être national. Jo n'avait généralement pas connu le pourquoi de ses missions. Si, dans la plupart des cas, il n'avait jamais plus de nouvelles, il arrivait quand même que, plus ou moins longtemps après, la lecture des journaux ou la télé l'informent des résultats. Il reconnaissait les noms, les lieux et il en ressentait une certaine fierté.

Il avait bien pensé prévenir quelqu'un, mais qui ?... C'était assez cloisonné comme milieu. Ses anciens supérieurs n'étaient pas forcément joignables, et il se voyait mal en train de leur expliquer qu'il avait rencontré **LE BATELEUR**, que des méchants voulaient le tuer, qu'il était soupçonné de fraude, mais que lui, Jo, avait confiance en lui… Passer par la DRH qui s'était occupée de sa retraite lui semblait encore plus improbable… S'adresser à d'autres qu'il ne connaissait pas vraiment, ce n'était pas possible. Il n'y aurait jamais accès, même en faisant valoir son ancienne appartenance… et puis les médias étaient déjà sur l'affaire, ça irait vite maintenant.

Il se sentait un peu seul… De plus, le sentiment qu'il allait éventuellement franchir la ligne jaune de la légalité le contrariait. Il s'efforça d'évacuer toutes les pensées qui tournaient dans sa tête en revenant à des idées plus terre à terre. Qu'allait-il bien pouvoir préparer pour le diner ? Il avait mal jaugé les quantités nécessaires et le jeune avait liquidé ses plats… pas de restes. Il finit de s'habiller et descendit vers la cuisine pour évaluer ses stocks.

Il y avait pas mal de pain, dans le frigo un demi-melon vert, dans une cagette sur le sommet de la pile, cinq tomates, trois aubergines et une demi-douzaine d'œufs. Il ferait frire les aubergines, ajouterait les tomates et quand cela serait cuit en mettrait la moitié de côté pour accompagner des pâtes demain midi. Pour ce soir, il casserait des œufs sur le reste… ce serait très bon.

Par la porte-fenêtre, il voyait Kevin assis au soleil, sur un des murets en bas de la terrasse. Le terrain s'étendait à flanc de colline et devait avoir été cultivé jadis par un maraicher, car il était constitué de quatre larges restanques, maintenues par d'anciens murs montés en pierres sèches d'environ un mètre de haut.

Jo se contentait pour l'instant d'y passer la débroussailleuse lorsque c'était nécessaire. Actuellement, après l'été, tout était sec, à part quelques touffes rampantes d'herbes jaunes qui apparaissaient par plaques, la terre craquelée dominait. Elle reverdirait dès les premières pluies.

Il avait aussi des projets de ce côté-là, un potager, quelques fleurs… Pour l'instant tout ce qu'il avait réussi à planter, c'était la sauge et bouquet garni oblige… un laurier qui ne mesurait encore que vingt centimètres, plus des pieds de thym et de romarin qu'il avait déraciné avec soin en colline. Il avait eu beaucoup de travail pour rendre sa demeure à peu près habitable et il faisait un marché quasiment tous les jours l'été. Le figuier, les deux petits pêchers, le vieux prunier et l'abricotier de derrière la maison lui avaient fourni des fruits régulièrement. Ces cueillettes l'avaient bien occupé cet été, et l'avaient même dépassé quand l'abricotier avait donné à plein. Il avait bien fait quelques pots de confiture, en avait offert partout où il pouvait et en avait finalement ramassé des cageots entiers qu'Antoine avait vendus avec les siens. C'était du boulot un jardin, en conséquence pour l'instant, la débroussailleuse était tout ce qu'il utilisait dedans.

Il alla s'assoir près du jeune qui se tourna vers lui, de la lumière plein les yeux.

— J'adore cet endroit.

— Moi aussi, lui répondit Jo. Ils restèrent ainsi silencieux quelques instants…

Puis Kevin se leva d'un coup et se mit à aller et venir à grands pas.

— J'ai réfléchi, annonça-t-il.

Il jeta vers Jo un coup d'œil en biais, comme pour s'assurer qu'il n'allait pas se moquer.

— Oui ? se contenta de questionner celui-ci, avec un sourire encourageant.

— On pourrait croire que le plus simple serait d'aller trouver les flics, de leur raconter l'histoire et de leur donner le disque dur…

Jo regarda autour de lui, puis se leva, un peu gêné. Les voisins n'étaient pas très proches, cependant, il valait mieux faire attention. « Décidément, tu es complètement formaté, mon pauvre Jo », se moqua-t-il en pensée.

— Je ne veux pas avoir l'air parano, mais viens, on va continuer à l'intérieur, je préfère…

Kevin regarda aussi aux alentours avec inquiétude.

— Tu crois qu'on risque quelque chose ici ?

— Non, non ! Toutefois, quelques précautions ne coutent

rien !

Jo retourna donc s'assoir dans son fauteuil, Kevin resta debout devant lui, dans l'attitude du prof qui va commencer son cours.

— Je parlais de la police ! Leur apporter directement le disque dur… mais ça ne me parait pas la solution adéquate. Outre le fait d'être soupçonné de l'avoir moi-même trafiqué, ce que je risque surtout c'est qu'ils ne me croient pas. Même moi, je ne me croirais pas si je venais me raconter une histoire comme ça !

Jo opina de la tête, il était parvenu à des conclusions identiques.

— Donc, continua Kevin, le mieux serait que ce disque dur apparaisse dans un endroit où je n'ai pas pu accéder depuis la semaine dernière, mais où il serait normal de le trouver… mon bureau par exemple. Je peux très bien avoir fait une sauvegarde de sécurité avant de partir en vacances. C'est tout à fait justifiable… et avoir rangé soigneusement le disque dur pour ne pas qu'il s'égare… ou que n'importe qui le découvre pour en faire un mauvais usage, ajouta-t-il avec un clin d'œil vers Jo.

Celui-ci acquiesça de nouveau et lui rendit son clin d'œil. Oui, c'était un petit malin celui-là !

— Voilà ce que j'ai pensé faire, je rentre à Paris et lundi matin avant que tout le monde arrive je me glisse discrètement dans mon bureau… Le dimanche, ce n'est pas possible, il faut passer trop de sécurité. L'immeuble est fermé, car il n'y a que des bureaux, ils contrôlent tous ceux qui entrent et sortent. Mais lundi, si j'arrive assez tôt je serai le premier… J'ai mon badge pour entrer à notre étage, je l'avais laissé dans mon sac à dos heureusement. Mon bureau c'est le premier à droite… J'ai un beau bureau pour moi tout seul, tu sais, avec deux grandes fenêtres, une machine à café toujours approvisionnée… C'était chouette, soupira-t-il. Là, j'ai une cachette, où je garde un double des clés de chez moi et de la voiture. Parce que ça m'est déjà arrivé de m'enfermer dehors. Ça paraitrait normal que j'y aie rangé le disque dur. C'est derrière mon caisson de tiroirs, il faut le tirer et j'ai scotché une pochette avec mes clés dedans. J'y mets le disque dur, puis je me barre vite fait. Je reviens plus tard, l'air de rien, comme si c'était la première fois et je m'arrange pour ne pas entrer dans mon bureau. Vu le ramdam qu'il y a à la télé, ça ne devrait pas être trop difficile, dès qu'ils vont me voir arriver, ils vont se précipiter sur moi et après… je verrai comment ça se passe et j'agirai en fonction.

Il écarta grand les bras et regarda Jo tout sourire, l'air content de lui.

— Pas mal hein ! Qu'est-ce que tu en penses ?

Oui, c'était pas mal, estima Jo et ça pouvait marcher si… si les choses étaient aussi évidentes qu'elles semblaient l'être. Or il en doutait, il envisageait tout à fait que Kevin puisse être attendu et que le risque qu'on désire le faire disparaitre n'était pas à négliger. Il ne voulait surtout pas qu'il arrive quoi que ce soit à ce gamin… plein d'idées, très courageux – il n'avait pas imaginé ne pas prendre le risque lui-même – par contre, inconscient du risque justement.

Kevin le regardait toujours, l'air interrogateur, mais semblait de moins en moins sûr de lui.

— Toi, tu as vu beaucoup de films, lui répondit Jo, je pense qu'il faut faire plus simple – et moins risqué, objecta-t-il à part lui – ce disque dur, c'est moi qui vais l'amener chez toi, où tu peux très bien avoir laissé ta sauvegarde de sécurité. Très bonne idée que tu as eue là. L'autre se rengorgea et sourit de satisfaction. Toi, tu ne vas surtout pas t'approcher de Paris, tu vas rester ici… ses yeux se portèrent sur **LE JUGEMENT** posé à côté de lui, il réfléchit quelques instants…

ou plutôt tu vas faire un retour à la nature.

C'était une des significations potentielles de la lame. Un éveil à sa nature profonde ou dans une interprétation « terre à terre » un éveil à la nature tout court, le personnage central se levant face à de vertes collines… Tsss ! se dit encore Jo, c'est parce que ça t'arrange bien surtout.

— Ce n'est pas possible, s'écria Kevin, tu ne peux pas faire ça… Pourquoi ferais-tu ça pour moi ? voulut-il savoir en s'effondrant dans le fauteuil voisin. Je me rends compte qu'il y a quelque chose de très louche là-dedans, mais c'est moi qui m'y suis fourré. Il continua, gardant la tête basse, je pense que si je n'avais pas voulu gagner tout cet argent si vite, je ne serais pas dans cette situation.

— C'est bien possible, mon grand.

Jo se demanda ironiquement dans le même temps, si après avoir pris en compte « l'éveil à la nature », il n'était pas en train d'assister à la naissance d'une conscience, comme promis par **LE JUGEMENT**.

— En fait, enchaina-t-il, mon idée fait juste suite à la tienne. Si tu n'es pas venu à Paris, par conséquent le disque dur y était avant que tu partes. En plus si tu entres dans les locaux de ton entreprise avec ton badge, cela laissera probablement une trace. Au fait as-tu la clé de chez toi ?

En disant cela, Jo pensait que ça n'avait guère d'importance, il savait ouvrir une porte et il aurait l'autorisation de l'occupant donc, aucun problème.

— Euh oui… j'avais laissé tout ce dont je n'avais pas besoin dans mon sac à dos dans ma chambre… avec moi, j'avais juste mon téléphone et mon portefeuille avec mes papiers et ma carte bleue… Ils doivent se trouver maintenant au fond de la mer, ajouta-t-il semblant de nouveau au bord des larmes.

Pour alléger l'ambiance, Jo reprit avec gaité.

— Donc c'est bien ! Moi, ça va me faire un weekend à Paris logé gratis… et toi, tu vas aller te reposer au vert, après ce qui t'est arrivé une petite convalescence à la montagne te fera du bien.

Kevin se laissa aller en arrière sur le fauteuil, leva les yeux, s'absorba dans la contemplation du plafond et s'étonna d'un ton rêveur.

— C'est dingue quand même que je t'aie rencontré… Tu as l'air de trouver tout ça naturel, habituel… moi… en fait moi ! Je ne me croirais même pas, si je me racontais cette histoire… Il ramena son regard vers le paquet de Tarots… Si j'avais tiré une carte l'autre matin, je me demande bien ce que j'aurais eu… Tu y crois à tes cartes hein ?

Jo se sentit un peu pris au piège, il ne voulait discuter d'aucun des deux motifs qui le poussaient à s'impliquer dans l'existence du jeune. Les Tarots lui avaient annoncé que **LE BATELEUR** avait besoin d'aide et il les avait suivis… La situation, sans lui être habituelle, ne lui était pas inconnue et il avait plaisir à retrouver cette ambiance… Il avait déjà du mal à l'admettre en son for intérieur alors il n'allait surement pas l'avouer à Kevin.

Il laissa passer quelques instants, en profitant pour réfléchir à son plan d'action. Puis comme son compagnon ne semblait ne pas attendre de réponse à sa question gênante, il reprit :

— Oui, ce sera plus simple ainsi, demain je t'emmène chez des copains à la montagne, puis je prends le train pour Paris. Je vais chez toi, je dépose le disque dur quelque part… Après, il va falloir que tu ailles trouver la police… Non, ne t'affole pas, dit-il comme Kevin le regardait inquiet, je t'explique : il faut qu'officiellement tu sois loin de Paris. Comme tu dis, avec le ramdam qu'il y a aux infos cela semblera naturel que tu te pointes au commissariat ou à la gendarmerie de là-bas pour donner de tes nouvelles, même avec deux ou trois jours de retard. Où je t'emmène, ils sont un peu en dehors du temps, ça ne posera pas problème. À un moment de la conversation, tu t'arranges pour placer l'histoire du disque dur qui est chez toi…

Jo s'arrêta, se disant qu'ils mettraient au point les détails plus tard, d'autant plus que Kevin ne paraissait pas l'écouter. Il restait allongé dans le fauteuil, pensif et avait repris son étude approfondie du plafond.

— Oui, toi tu es vraiment sympa… et trop cool de faire tout ça… Mais eux… seront-ils d'accord ? Pourquoi feraient-ils quelque chose pour moi ? Ils ne me connaissent même pas !

— Ne t'inquiète pas, tu vas leur plaire… Ce sont des copains à toi !

L'autre le considéra étonné.

— Oui des gens comme toi… super intelligents ! se moqua Jo.

Kevin eut le bon gout de rougir un peu, il baissa les yeux et transféra son intérêt pour le plafond à ses pieds. Jo ne put s'empêcher d'un petit grognement de rire contenu avant de poursuivre :

— Plein d'études, des boulots très très rémunérateurs… et un jour… ils ont fait un pas de côté !

— Un pas de côté !?

— Oui, c'est comme cela qu'ils disent… Ils ont plus ou moins tout laissé tomber et sont partis s'installer au bout de rien.

C'est lors de sa convalescence, après sa blessure, que Jo avait rencontré la petite communauté. Elle existait depuis une dizaine d'années. C'était d'abord un ingénieur agronome et sa femme bibliothécaire, qui avaient racheté une ancienne ferme pour opérer leur retour à la terre. Ou plutôt leur arrivée, ils étaient par le fait des citadins pur jus… Mais lui ne supportait plus que son métier consiste essentiellement à essayer d'éradiquer des espèces végétales. Ce n'était pas pour cela qu'il avait tellement travaillé et choisi cette voie. Plus tard, d'autres les avaient rejoints et ils avaient ainsi réhabilité un petit hameau de trois fermes au fond d'une vallée verdoyante et fleurie.

Jo était logé au village voisin, et c'est pendant une des grandes randonnées qu'il faisait pour retrouver son souffle qu'il était arrivé chez eux. Le courant était tout de suite passé, ils avaient bavardé longuement, comme on peut le faire quand la rencontre a plus d'importance que le temps qui passe. Il était revenu pour terminer sa rééducation en bêchant le potager, en jointoyant et enduisant des murs, en déplaçant à la fourche le foin de la petite meule vers la mangeoire des quelques vaches et de leurs veaux… Il avait fini par emménager là lui aussi. Il y était resté le temps de se remettre en forme et d'organiser sa reconversion.

Il avait hésité à s'y installer définitivement. Mais il avait trop envie de soleil, de chaleur, de lumière et de voir la mer…

Il savait que là-bas, Kevin serait bien accueilli, et que le jeune, d'après ce qu'il avait pu en voir, saurait bien s'intégrer. Il l'imaginait bien courant après les poules et les petits veaux, se roulant dans le foin de la grange, comme le grand gamin qu'il était.

— Ils sont vraiment très sympas et très cools eux aussi ! Je suis certain que tu te plairas.

— Oui, reprit Kevin après avoir encore réfléchi, je comprends ce que tu veux faire, j'ai déjà entendu ça, à la radio ou à la télé, quand un suspect se présente spontanément à la gendarmerie la plus proche, il s'assombrit. Qu'est-ce que je vais leur raconter à la police ? Ils vont bien me demander comment je suis arrivé là !

— Pour ça, je vais m'arranger avec Patrick, c'est un copain de la ferme, il a mon âge… Le mieux serait que tu sois arrivé chez eux directement après l'hôpital. Pour l'instant les dernières nouvelles qu'on pourrait avoir de toi c'est lorsque tu as quitté ton logement chez Anna avec Charles, pour aller à la gare, c'était hier… Tu peux l'avoir rencontré à la gare et comme tu le connaissais… Là ! s'interrompit-il, il faudra trouver comment vous avez pu vous connaitre, mais ce n'est pas urgent, on verra sur place. Tu devras te comporter comme chez Anna, en dire le moins possible et uniquement répondre aux questions. N'oublie pas que pour l'instant, tu n'es pas officiellement suspect ou recherché… Donc il ne faut pas en faire trop, ce n'est pas naturel. Bon, je reprends, tu rencontres Patrick à la gare… il voit que tu ne vas pas bien… tu lui dis que tu étais à l'hôpital… il t'invite à venir te reposer à la montagne… tu dis d'accord… tu pars avec lui… là aussi, on verra les détails… et Charles lui, rentre à Paris. Ce Charles du reste, si on te pose des questions, tu ne te souvenais plus bien de lui, tu croyais le reconnaitre, mais tu ne te rappelles toujours pas bien de ce qui s'est passé avant l'hôpital et lui semblait te connaitre. Dans ces conditions, tu l'as suivi quand tu l'as rencontré en allant à la gare… et moi tu ne m'as jamais vu !

L'autre le dévisageait, bouche bée.

— Et tu dis que je regarde trop de films policiers… Toi, tu penses vraiment à tout. Juste une chose, pourquoi tu ne veux pas qu'on se connaisse ? Pour « Charles », je comprends qu'il doive disparaitre puisqu'en fait, il n'existe pas… Seulement, ce serait plus simple si, comme ça va être ce que l'on va faire, je racontais que c'est toi qui m'as emmené là-bas.

Jo résista à l'envie de dire « Laisse faire les professionnels ! » Il se contenta de répondre :

— Parce que moi, je vais à Paris et que rien ne doit donner l'idée que tu as pu y faire parvenir ce disque dur.

— Tu crois vraiment que quelqu'un s'intéressera à ce genre de détails ?

— Peut-être pas, j'espère… mais peut-être bien !

Surtout si certains préfèrent que ce soit toi le coupable… et qu'ils insistent assez pour que l'enquête soit approfondie, raisonna Jo. En plus, si ça tournait mal pour lui à Paris pour une raison ou une autre. Il en imaginait bien quelques-unes, comme la surveillance du domicile de Kevin… Rien ne le relierait au jeune… Il devrait faire ce qu'il faut pour que cela ne puisse venir à l'idée de personne.

— Bien, as-tu d'autres questions ?

— Non, c'est un plan super génial, répondit Kevin tout sourire, prêt à jouer au « grand jeu ». Ah si ! Quand veux-tu qu'on parte ? Tout de suite ?

Jo réfléchit quelques instants, peaufinant son projet.

— Non, demain il faut que j'aille faire le marché, je vais déjà manquer celui du dimanche, ce sera suffisant… Cela n'a pas d'importance, précisa-t-il devant l'air gêné de Kevin, je n'ai de comptes à rendre à personne et ça me fait plaisir d'aller voir mes potes là-haut.

— Merci, vraiment merci, je ne sais pas ce que j'aurais fait sans toi, tu me sauves la vie et, conclut-il tristement, ce n'est pas juste une expression, c'est peut-être bien pour de vrai !

— Bien, ajouta Jo sans commenter la dernière remarque du jeune, si je dois monter à la capitale, je vais aller préparer un petit bagage, demain on se mettra en route dès mon retour quand j'aurai déchargé la voiture, comme ça on arrivera en fin d'après-midi, ils auront fini de travailler ; j'appellerai dans un moment pour les prévenir.

Il se leva et se dirigea vers l'escalier.

— As-tu besoin d'aide ? Veux-tu que je fasse quelque chose ? se renseigna Kevin.

— Non, ça va. Tu m'aideras tout à l'heure pour le diner.

— Oh oui bien sûr… et en attendant, est-ce que je peux utiliser ta console ? J'ai vu que tu en avais une, demanda le jeune d'un air penaud et emprunté.

C'est ça, pensa Jo, il y a trois minutes, tu craignais pour ta vie et maintenant tu veux jouer… Bateleur va !...

— Pas de problème, fais ce que tu veux !

Il monta préparer ses affaires. Dans l'escalier, se surprenant à siffloter le générique de *La guerre des étoiles*, il haussa les épaules et se moqua de lui-même. « Ça te manquait, hein ! tout ça. Tu ne voulais pas le savoir, préférant penser que ta vie au soleil était parfaite, et pourtant… ».

En premier lieu, il prit dans son tiroir, à côté de son lit, son livre électronique et son mp3, ils avaient été les fidèles compagnons de ses dernières années de travail et allaient, comme lui, reprendre du service.

Il avait béni l'avènement du livre électronique. Pendant des années, il avait dû se contenter de n'emporter pour ses missions que quelques formats poche – volume limité de bagages oblige –, quelle que soit la durée de celles-ci. Tant qu'il était en France, cela ne posait pas de problèmes, il se réapprovisionnait régulièrement, toutefois à l'étranger, il était souvent malheureux. La liseuse lui permettait d'avoir avec lui deux cents, trois cents bouquins (et même plus s'il en avait envie). Au début, l'offre avait été restreinte. Mais, il avait relu ou lu avec plaisir des classiques – tombés dans le domaine public… Comme si c'était une chute, une déchéance… ! Et la team, bien sympa, lui avait fourni quelques nouveautés. Maintenant, ça allait mieux, il commençait à y avoir du choix.

Le mp3 était apparu quelques années auparavant, faisant

suite au baladeur qu'il utilisait déjà pour écouter de la musique. Mais il était plein de reconnaissance pour les podcasts de Radio-France. Pour toutes ces incursions en philosophie qui lui avaient réchauffé l'âme à défaut des pieds. Pour ces plongeons en histoire qui l'avaient fait voyager dans le temps, lui permettant d'oublier celui qui passait si lentement pour lui immobile sur son bout de trottoir. Pour ces promenades par monts et collines, dans les prés et les sous-bois pendant les longues nuits urbaines. Pour les bavardages de comiques cultivés qui l'avaient fait rire tout seul dans son coin sombre.

Il vérifia donc d'emblée que ses petits compagnons étaient en forme, batteries chargées et avec suffisamment de contenus pour l'occuper. Puis il alla chercher son sac de voyage. Cela faisait longtemps qu'il avait opté pour un sac à dos, format bagage de cabine, qui lui évitait d'avoir une valise à trainer derrière lui, quand parfois les choses se précipitaient.

Il ouvrit deux ou trois de ses cartons de rangement pour y récupérer ce dont il avait besoin, se disant que finalement, le bon côté de toute cette histoire, c'était que cela allait l'obliger à finir d'emménager dans sa maison. Il retrouva sa trousse de toilette spéciale « voyage léger » avec encore à l'intérieur son gel pour cheveux, son eau de toilette « de luxe » et ses flacons aux formats autorisés qu'il alla remplir à la salle de bain de shampoing et de gel douche. Il choisit parmi ses tenues préparées celle d'« artisan du bâtiment ». Avec peu d'ajustements, elle lui permettait de passer pour un plombier, un électricien, un chauffagiste ou n'importe qui dans ces de corps de métier.

Il n'avait pas vraiment expliqué son plan à Kevin. Il ne voulait ni éveiller l'attention de celui-ci sur ce que pouvait être son ancienne profession ni l'inquiéter en insistant sur les précautions qu'il allait prendre parce que si son intuition était bonne, il risquait de rencontrer, au mieux la police, et au pire des gens vraiment dangereux… En tout cas, il n'allait pas se rendre chez le jeune pour y passer la nuit. Des fois qu'un concierge ou un voisin bien intentionné avertisse les flics ou quelqu'un d'autre, genre « Allo, vous m'aviez demandé de vous appeler pour vous prévenir, ça y est le jeune homme d'à côté est rentré… ». Donc lui se pointerait le lendemain matin, façon « Je suis le plombier », prêt à toutes les éventualités.

Quand il eut fini de préparer son bagage, il téléphona à la ferme pour annoncer sa venue et celle d'un invité. Il ne donna pas de détails, on ne lui posa pas de questions, mais il savait qu'il était attendu avec plaisir. Il prévint aussi sa mère et sa tante qu'il partait quelques jours chez des copains. Elles aimaient lui rendre visite le dimanche au marché et il déjeunait avec elles ce jour-là. Elles se seraient inquiétées de son absence.

Il redescendit au salon et trouva Kevin en train de faire faire des cabrioles à Mario, qui sautait de plate-forme en plate-forme pour attraper un maximum de pièces. Comme l'après-midi était plus qu'avancé, il passa à la cuisine en l'informant :

— Si tu veux venir m'aider, il y a corvée d'épluchage !

Il rinça rapidement les légumes et le temps qu'il sorte sa planche à découper, le jeune montra son nez à la porte.

— Oh oui, bien sûr ! assura-t-il, que veux-tu que je fasse ?

— Tiens, installe-toi là et coupe les aubergines en cubes.

Il lui désigna la planche à découper et lui tendit un couteau.

— C'est à toi la console ? Tu sais jouer ? demanda Kevin. Si étonné que Jo se sentit dépité.

« Si vieux que ça j'ai l'air pour de jeunes yeux ? » songea-t-il s'imaginant en Yoda. Tout en versant l'huile d'olive dans la sauteuse qu'il avait mise à chauffer, il s'indigna :

— Tu apprendras gamin, que j'ai eu la première console dès qu'elle est sortie et que j'avais emmené Link délivrer la princesse Zelda quand tu n'étais même pas né !

Comme il ramassait un peu brutalement les morceaux d'aubergine pour les jeter dans l'huile, Kevin comprit qu'il l'avait vexé.

— Désolé, je ne voulais pas...

— Tiens, maintenant coupe les tomates ! Attends qu'on ait mis le diner en route... et je te fous une raclée !

L'autre le regarda, vaguement inquiet puis au sourire de Jo, il saisit qu'il parlait de jeux vidéos.

Celui-ci fit bien revenir les aubergines, les saupoudrant d'origan séché en expliquant à son hôte qu'aubergine et origan formaient un couple parfait, il ajouta les tomates en morceaux, du sel, du poivre, un peu de piment doux et de paprika pour relever. Il baissa bien le feu pour laisser mijoter et se tourna vers Kevin.

— Allez, mon jeune apprenti ! Viens que je te montre comment on conduit un pod...

Cinq défaites plus tard, son adversaire plein d'admiration n'arrêtait pas de répéter « Ben ça alors, je n'aurais pas cru ! » Jo, ne voulant pas descendre du piédestal sur lequel il venait d'être hissé, ne lui raconta surtout pas le nombre d'heures qu'il avait occupées à jouer à tout et à n'importe quoi (même à des trucs fort improbables et souvent débiles) avec ses collègues lorsque la mission nécessitait la présence d'une équipe. Ils étaient tous loin de leurs amis et de leur famille, s'ils en avaient une, et passaient de bien longues heures ensemble dans des appartements meublés pendant leur tour de repos. À part dormir, regarder la télé et jouer il n'y avait pas grand-chose à faire. Il avait toujours aimé ça, fan dès son premier casse-brique !

— Allez, viens ! C'est l'heure de diner, annonça-t-il simplement en se levant.

Il mit de côté la moitié des légumes et cassa les six œufs sur le reste qu'il fit chauffer à feu vif. Quand ce fut prêt, il coupa de larges tranches de pain et ils s'installèrent sur la terrasse. Il faisait sombre, les journées de presque automne étaient déjà bien raccourcies, mais le mistral était tombé, comme l'avait prédit Toine. Il faisait bon être dehors et Jo désirait en profiter le plus longtemps possible.

À la fin du repas, Kevin se proposa encore pour la vaisselle.

— Je savais que tu étais un petit gars bien sympa, lui répondit Jo qui resta assis à regarder la mer, la tête pleine de pensées sur l'aventure dans laquelle il s'embarquait.

— Veux-tu que je vienne avec toi demain pour t'aider ? demanda timidement le jeune lorsqu'il revint après avoir rangé leurs deux assiettes et la poêle.

— Tu es vraiment un bon petit gars toi ! Mais non il ne vaut mieux pas.

Il se rappelait ce que Kevin lui avait raconté. « Avec ta tête qui passe à la télé, il ne faudrait surtout pas que quelqu'un te reconnaisse ».

— Tu n'as pas encore très bonne mine, demain matin tu te reposes ! Après tu prépares tes affaires et quand j'arrive tu es prêt à partir… Je ramènerai ce qu'il faut pour qu'on mange. Maintenant, moi je vais dormir, je n'ai pas fait la sieste aujourd'hui et je suis claqué.

— Je suis désolé…

— Fais comme chez toi, continua Jo sans tenir compte de l'interruption, mais ne te couches pas tard tout de même, je te le dis, tu as encore mauvaise mine…

Il l'abandonna sur la terrasse pour regagner sa chambre. Comme la veille, il s'allongea sur le lit, fenêtres ouvertes pour regarder la lune. Il croyait qu'il allait avoir du mal à s'endormir avec tout ce qui lui tournait dans la tête… ce fut sa dernière pensée consciente.

VII

Le lendemain, après avoir préparé sa voiture, Jo s'installa à sa place habituelle, son café à la main. Il contempla l'aube grise sur la mer grise, coupa son jeu de Tarots et l'étala en s'imaginant demander « Alors, les cartes, que me proposez-vous pour aujourd'hui ? » Il ferma les yeux quelques instants, en saisit une et la regarda, **LE CHARIOT**. Il rassembla son paquet, posa la lame sur le dessus et se leva en souriant « Eh bien ! En route ! »

Le samedi, c'était un gros marché et plutôt que de déranger un de ses voisins pour qu'il le remplace pendant sa pause, Jo avait un arrangement avec un des jeunes de chez Arrizzi. Il n'avait pas cours et moyennant un pourboire, il venait tenir le stand lorsqu'il avait fini de mettre ses tomates et ses courgettes en tas soignés. Après, il y restait pour l'aider, préférant la compagnie de Jo à celle de son père et de son oncle, jusqu'à ce que ceux-ci le fassent revenir à grands cris pour recharger leurs étalages. Il partit dès l'arrivée du jeune homme, souhaitant faire ses courses avant qu'il y ait foule chez ses collègues.

Quitte à manger des casse-croûte ce jour-là, il faudrait que ce soit bon. Il commença par acheter trois belles tranches de jambon à l'os. Avec le pain de campagne au levain, il choisit aussi des navettes et des croquants pour grignoter dans la voiture, des brioches au sucre pour son remplaçant et deux petits pains du sportif pour lui. Il s'agissait de mini boules de pain cinq céréales, bien garnies de raisins, abricots secs, amandes, noisettes… Il les aimait beaucoup. Il n'avait plus le temps de s'arrêter au bar, mais y passa, se faisant déposer sur un plateau un café au lait pour son aide et un café allongé pour lui qu'il ramena à son stand. Les allées se remplissaient. Les deux hommes purent juste prendre leur petit déjeuner en bavardant quelques instants avant de commencer à servir les clients. Jo en profita pour annoncer son absence du lendemain et chargea son compagnon d'avertir le placier et ses voisins du dimanche. L'autre fit grise mine voyant s'échapper son pourboire, mais assura qu'il préviendrait. Le lundi ne posait pas de problème, Jo ne travaillait jamais ce jour-là. Pour le mardi, il serait de retour, ne comptant pas s'attarder à Paris plus que nécessaire.

Le mistral était tombé, le soleil brillait, il faisait chaud, tout le monde prévoyait pour le weekend apéro et barbecue. Jo, que le beau temps rendait encore plus enthousiaste que d'habitude, vantait d'une voix forte avec l'accent plein de soleil de la Provence, sa tapenade, ses olives et ses mélanges d'épices ou d'herbes pour grillades, commentant le choix de ses clients et les conseillant sur d'autres achats.

Lorsque le jeune dut obéir aux appels familiaux lui enjoignant de revenir dare-dare remettre des melons sur le stand, Jo lui demanda de remporter au café le plateau et leurs tasses vides et de lui ramener du raisin plus tard. Il le paya largement, ce qui contrariait la famille, car s'ils voulaient bien donner de l'argent de poche à leurs enfants, ils ne voulaient pas s'aligner sur les tarifs de Jo. Lui leur répondait que ce n'était pas pareil, qu'il ne les avait pas à table tous les soirs, ne leur lavait pas le linge… Là, il lui donna même un peu plus, pour compenser son absence du lendemain.

Le beau temps avait attiré du monde et le marché finit tard ce jour-là, deux heures étaient passées quand il arriva chez lui. Il avait écouté les infos en rentrant, mais la radio, ainsi que la police et la justice semblaient s'être mises en mode weekend. À part un court commentaire sur le fait que l'enquête se poursuivait, il n'y avait pas eu d'autres informations sur l'affaire de Kevin.

Celui-ci avait ouvert le portail et l'attendait sur le muret de la restanque, il ne paraissait pas très en forme et se montra taciturne pendant qu'ils déchargeaient et rangeaient les marchandises.

Dans la cuisine, lui présentant les provisions qu'il avait rapportées, Jo lui demanda de faire les sandwichs et de laver le raisin pendant qu'il allait prendre sa douche et finir de se préparer. Le jeune lui assura qu'il était prêt, toutefois son masque maussade l'inquiéta.

— Tu n'as pas l'air en forme, tu ne te sens pas bien ?

— Si, si ! Ça va ! lui répondit l'autre d'un ton morne.

— On ne dirait pas pourtant, tu as entendu de nouvelles infos, il s'est passé quelque chose ?

— Non, non ! Ça va !... Je t'assure, ajouta-t-il en commençant à couper le pain.

— Bon d'accord ! alors je vais me laver, annonça Jo qui s'éloigna ennuyé par cette attitude. Même à moitié mort, **LE BATELEUR** n'avait pas fait montre d'autant de mélancolie.

Lorsqu'il redescendit avec son bagage, Kevin l'attendait dans le salon, son sac de voyage et son sac à dos posés à côté de lui. Il restait assis dans le fauteuil, pensif, le pique-nique sur les genoux. Jo prit dans le tiroir de sa petite table la pochette en soie qu'il avait rapportée de Chine, y glissa son jeu de Tarots et mit le tout dans le rabat de son sac à dos comme il l'avait si souvent fait.

Il ferma soigneusement sa maison, jeta un dernier coup d'œil à la mer resplendissante sous le soleil, avant de se diriger vers sa voiture et d'y ranger leurs bagages. Ils quittèrent rapidement les faubourgs de la petite ville et partirent vers le Nord à travers les collines.

La roche blanche et torturée se découpait nettement sur le bleu dense du ciel, quelques pins, nés d'endroits improbables, se dressaient au milieu des touffes de genévriers, de romarins et de chênes kermès. Jo se demandait souvent ce que ce paysage abrupt, rugueux et éblouissant de clarté pouvait avoir en commun avec la définition de « colline » qu'il avait lu dans un dictionnaire, « relief isolé, de faible hauteur, de forme grossièrement circulaire, à la pente généralement douce et au sommet arrondi ». Ici, tout n'était qu'angles : aigus, obtus, à l'endroit, à l'envers, de trente à trois cent trente degrés on pouvait tout voir… sauf la douceur des courbes promises par le dico. C'était sec, désolé, minéral et magnifique.

Kevin restait silencieux, regardant par la fenêtre. Jo, que ce paysage remplissait de contentement, s'enquit :

— Ça te peine de quitter tout ça ? Tu as l'air triste…

— Non… enfin si… je n'étais jamais venu dans le coin et j'ai adoré, bien que je n'aie pas pu vraiment en profiter, soupira-t-il, posant sa tête contre la vitre.

Jo essaya encore quelques questions, pour lesquelles il n'obtint que des réponses laconiques et moroses. Il sentait bien qu'il y avait quelque chose. Mais bon ! Le jeune lui en parlerait quand il voudrait et s'il voulait. Finalement, il lui réclama son sandwich et ils mangèrent en silence. Jo tentait bien de temps en temps de relancer la conversation sur les endroits qu'ils étaient en train de traverser, il avait toutefois l'impression de discuter tout seul et finit par se taire.

Lorsqu'il estima être à peu près à mi-chemin, il s'arrêta sur une aire pour se dégourdir un peu les jambes et aller aux toilettes. Ils s'offrirent une boisson chaude au distributeur. Ceux-ci s'étaient bien améliorés ces dernières années et les cafés proposés étaient vraiment bons.

Quand ils reprirent la route, Kevin se réinstalla contre la portière, toujours songeur. Mais après quelques instants, il se décida à s'ouvrir.

— Sais-tu ce que j'ai fait ce matin ?

Bon Dieu ! pensa Jo, se forçant à garder les yeux sur la route, nous y voilà ! Pas des conneries, j'espère !

— Non, répondit-il à voix haute, mais ça ne t'a pas rendu gai en tout cas !

L'autre lui dédia un sourire las qu'il aperçut du coin de l'œil.

— Non, il n'y a vraiment pas de quoi être gai, ni de quoi être fier, du reste… J'étais très fier de moi, tu sais, continua-t-il en réponse au coup d'œil interrogateur de Jo, mes parents aussi étaient fiers de moi.

— Eh bien, il n'y a pas de raison… commença Jo.

— Dans ma famille, je suis le seul à avoir fait des études. Mes parents travaillent tous les deux, mon père est ouvrier dans une petite entreprise de la région parisienne et ma mère, employée de bureau à la mairie. Ils ne sont pas très riches, mais moi, je n'ai jamais manqué de rien. Ils étaient tellement fiers de moi ! Premier de la classe depuis la maternelle… commenta-t-il plein de triste ironie. En plus, je suis leur seul enfant, alors ils ont tout fait pour moi… Comme d'avoir passé toutes leurs vacances chez ma tante en Charente. Moi je ne me rendais pas compte, j'étais content. Il y avait des cousins, c'était sympa… En fait, l'argent de leurs vacances, ils l'avaient dépensé pour moi. J'ai tout fait… colo de voile, surf, équitation, musique, arts du cirque, du ski l'hiver, des séjours linguistiques… Rien n'était trop beau. J'étais leur merveilleux petit garçon, si brillant, si intelligent… En réalité, ça ne me coutait rien d'être bon à l'école, tout était facile. J'avais dix-huit tout le temps, mais je ne travaillais pas tant que ça, et en fait, j'aimais ça. Faire un devoir de maths, tu vois, c'était comme de jouer à Tetris, tu fais un truc, un autre, tout s'emboite, ça va tout seul… Bon, s'interrompit-il, retrouvant le sourire, je ne le disais pas trop, je serais passé pour un dingue… Après, j'ai compris tout ce qu'ils avaient fait pour moi… C'est pour ça que j'étais content de gagner autant d'argent… Je leur ai payé des vacances dans les endroits où ils m'avaient envoyé en colo, on trouvait ça rigolo, ils étaient heureux et encore plus fiers. Et puis, ce matin…

Il baissa la tête quelques instants, comme pour rassembler ses idées, Jo se demandait bien où il voulait en venir.

— Ce matin, reprit-il, je désirais savoir un peu ce qui se passait, pour cela je suis allé sur internet…

Jo dut avoir l'air alarmé, car Kevin s'interrompit pour le rassurer.

— Ne t'inquiète pas, j'ai utilisé ton ordi comme tu me l'avais dit et je suis juste allé de site en site… Je n'ai pas mis mon nom, pas regardé mes mails, rien…

— Ok, Ok ! Pas de problème…

— Et là, en surfant comme ça de site en site, j'ai compris que je n'avais fait que des conneries… qu'il n'y avait vraiment pas de quoi être fier ! Je n'y avais jamais réfléchi, mais maintenant je pense que c'est ignoble ce qu'on m'a demandé de faire et moi qui me trouve si intelligent ! Eh bien ! Je suis un grand débile de l'avoir fait !

Il se tapa le front du poing en prononçant ces mots. Son ton était monté petit à petit, sa voix se chargeant de colère. Il avait les larmes aux yeux.

— Tout ce fric que j'ai gagné, à faire gagner encore plus de fric à des gens qui en avaient déjà tellement… En fait, c'est du fric qui produit du fric et rien d'autre… Je n'y avais pas pensé, mais ces tonnes de blé même pas poussé que j'achetais pour les revendre et les racheter dès que les cours baissaient, et les revendre encore plus cher… Malin comme je suis, j'avais mis au point un petit algorithme qui faisait ça tout seul. C'était comme Tetris et les devoirs de maths, ajouta-t-il sarcastique, c'était amusant ! Il est évident qu'au bout du compte, le paysan lui, avait vendu une misère le blé qu'il s'était échiné à faire pousser, alors que la mère de famille paie le pain toujours plus cher et moi je suis trop débile pour avoir réfléchi à tout ça… Et je t'en passe des meilleures, tout ce qu'ils disent, qui rend les pauvres encore plus pauvres et les riches encore plus riches… je l'ai fait… se désespéra-t-il en venant se taper la tête contre sa vitre. Il garda les yeux fermés, des larmes coulaient sur ses joues.

Jo profita de ce qu'il arrivait à une aire de repos pour s'arrêter. Il ne pouvait pas continuer à conduire et discuter avec Kevin de tout cela. Il avait identifié le mode émotionnel, avec lequel **LE BATELEUR** fonctionne de manière privilégiée, dans ce qui submergeait le jeune homme. De même qu'il avait reconnu son esprit joueur, motivé par le plaisir, le besoin de plaire, d'être aimé, dans la description qu'il avait faite de ses activités, même si, dorénavant, il les regrettait. En réfléchissant, il se dit qu'il avait assisté à une belle naissance. Kevin venait de se voir doté d'une conscience comme promis par les lames… dans la douleur, certes, mais c'est souvent ainsi, les naissances. Il fallait fêter ça, c'est ce qu'il allait lui raconter, ces histoires de Tarots apporteraient un peu de légèreté à la discussion.

Il ouvrit sa portière et sortit en déclarant :

— Viens, on va marcher un peu ça te fera du bien !

Le jeune était plus grand que lui, il ne pouvait pas lui poser un bras sur les épaules, il se contenta de lui prendre le bras pour le réconforter.

— Toi, tu es vraiment un bon petit gars, lui affirma-t-il, tes parents doivent t'adorer.

L'autre garda la tête basse, mais souleva les sourcils et haussa les épaules comme pour dire « Eh oui ! Bien évidemment ! »

— Ils ont raison, tu es intelligent, enthousiaste, gentil ! Mais comme je te l'ai déjà dit, tu es aussi irréfléchi, immature et inconséquent, tu es **LE BATELEUR**… Et là, je te félicite, tu viens de parcourir tout le chemin initiatique en quelques heures pour arriver à ta résurrection. Vraiment, insista Jo tout sourire, félicitations pour la naissance de ta conscience.

Kevin le regarda, ne sachant plus trop s'il devait rire ou continuer à pleurer.

— Non, mais Jo, s'exclama-t-il, c'est sérieux, tu ne te rends pas compte de ce que j'ai fait !

— Le principal, lui assura Jo, c'est que toi tu t'en rendes compte. De fait, « C'est la plaie du temps quand les fous mènent les aveugles ! » ajouta-t-il en lui donnant un coup de coude.

Il conduisit Kevin à un banc, face à une jolie vue sur la campagne environnante, ils s'y installèrent tous les deux, côte à côte.

— Tu as vraiment subi de gros stress ces derniers jours… Tu as failli mourir, puis tu t'es rendu compte que c'était peut-être des gens que tu considérais comme des amis qui avaient tenté de te tuer… qu'on veut te faire passer pour le coupable dans une affaire de délit financier et que tu risques la prison. Là, on est tous les deux, plus ou moins en fuite, à essayer de contrer tout ce beau monde… Et lundi, tu vas aller trouver la police pour leur faire ton numéro de « C'est pas moi, je ne suis au courant de rien ! » C'est beaucoup à gérer… Ce que tu as lu sur internet, c'est la goutte d'eau qui a fait déborder le vase… Tu as fréquenté le côté obscur de la finance et tu as peur que l'empereur ne te détruise et que le jeune apprenti ne devienne Dark Vador.

Il donna un nouveau coup de coude au jeune, espérant que sa plaisanterie le sortirait un peu de son marasme. Celui-ci le remercia de ses efforts d'un sourire triste et s'essuya les yeux et le nez avec la manche de son tee-shirt. Jo n'avait pas de mouchoir à lui proposer, il se contenta de poursuivre ses encouragements.

— Mais tu sais, cela fait longtemps que le monde fonctionne comme ça, c'est le propre du règne animal, quand les gros mangent les petits…

— Ouais, du règne animal… comme tu dis ! l'interrompit Kevin, hargneux, pourtant nous, nous sommes des humains. Nous sommes censés penser, être intelligents.

Jo se sentit mal embarqué dans ses explications, il n'avait pas choisi un bon exemple. Il essaya de corriger le tir.

— Tu sais là où on va… les gens qui y vivent… C'est beaucoup pour ça qu'ils ont fait un pas de côté. C'est bien qu'on y aille… Certains d'entre eux ont des histoires un peu comme la tienne… ou faisaient des jobs qu'ils ne supportaient plus. Tu pourras parler de tout cela avec eux.

Et essayant de mettre le plus d'enthousiasme possible dans son ton, il compléta son argumentaire.

— Oui, c'est vraiment bien que l'arcane du Jugement

nous ait suggéré ce retour à la nature. C'est l'une de ses significations, précisa-t-il en voyant le regard en coin de Kevin, comme cela tu vas pouvoir les rencontrer. Oui, vraiment une très bonne idée !

L'autre releva la tête, son sourire était légèrement moins triste.

— Toi, tu y crois à tes cartes, hein ! soupira-t-il, puis il demanda avec une lueur d'espoir dans les yeux, et celle d'aujourd'hui, qu'est-ce qu'elle disait ? J'ai vu qu'il y en avait une nouvelle sur ton paquet ce matin.

Alors qu'en général, il se serait fait arracher la langue plutôt que de le reconnaitre, Jo se laissa aller à hocher la tête. Après tout, c'était vrai qu'il avait confiance dans ses cartes. Si cela pouvait aider Kevin et lui donner de l'espoir ! Eh bien, tant mieux ! Elles étaient là pour cela : aider.

— Ce matin, c'était **LE CHARIOT**, l'arcane VII, sa signification la plus évidente c'est le voyage, et tu vois, on est là ! s'exclama-t-il moqueur, mais…

— Oui, je sais ! Il ne faut pas tout croire ! l'interrompit Kevin, c'est fort quand même, ajouta-t-il pensif.

Jo ne fit pas de commentaire. S'il fallait que le jeune se raccroche à quelque chose, au moins pendant un temps, autant laisser faire. Il reprit son explication.

— C'est une carte d'action, action de la volonté sur la matière. La recherche de l'équilibre entre les forces du jour et de la nuit… **LE BATELEUR** doit devenir maitre de son existence. Elle est souvent considérée comme une bonne carte, une lame positive, **LE BATELEUR** part conquérir le monde dans son char triomphant. Néanmoins, il faut faire attention, les notions de victoire, triomphe, réussite… qui y sont associées peuvent avoir pour corollaire imprudence, surmenage, orgueil, arrivisme voire même mégalomanie… Je te l'ai dit, avec les Tarots, l'interprétation est très importante et pas facile, en fait.

Comme Kevin semblait mieux et souriait, il poursuivit son œuvre de distraction.

— Et nous, on devrait aussi rejoindre notre char triomphant et se remettre en route, sinon on va arriver en retard pour l'apéro !

Ils se levèrent, pendant qu'ils regagnaient la voiture Kevin lui serra l'avant-bras avant de se lancer dans une tentative d'explication bredouillée.

— Encore une fois merci… Tu as raison, je pense que là… j'ai craqué… Tu sais… j'ai quand même vachement la trouille… Je ne te l'ai pas dit, parce que toi, tu as l'air de trouver tout ça normal… Moi, j'ai du mal à croire à ce qui m'arrive…

— Je sais que tu es un petit gars très bien et que tu es courageux. Le courage, ce n'est pas de ne pas avoir peur, c'est de la surmonter. Tes parents, ils ont bien raison d'être fiers de toi !

— Oui, et je vais faire ce qu'il faut pour me sortir de tout ce merdier ! Comme ça, ils le seront toujours ! Je vais y arriver, c'est sûr ! lui assura-t-il avec fermeté en s'installant à sa place.

Ah, l'optimisme du Bateleur ! Jo en leva les yeux au ciel.

Kevin restait songeur, le regard fixé sur la route. Jo fouilla dans ses souvenirs. L'histoire du jeune lui avait rappelé un livre qu'il avait lu ! Ah oui ! Un bouquin de science-fiction, de vieux militaires tout auréolés de leur grade et de leur ancienne gloire apprenaient à des ados géniaux le combat quantique ou quelque chose comme ça… via des ordinateurs reliés à des drones, en utilisant des simulations virtuelles. Et, alors que les enfants imaginaient s'entrainer sur ces simulations, ils détruisaient une civilisation, sacrifiant à cette fin leurs vaisseaux, pilotés par de vrais humains. Cela pour complaire à la figure paternelle qui les encadrait. Or, ce n'était plus virtuel ! On s'était bien gardé de les en informer… Comme on se garde bien de souligner aux jeunes traders les effets que peuvent avoir leurs actions sur la vie des humains, qu'ils soient cultivateurs, mineurs, etc. Ils sont aussi sacrifiables que les pilotes d'aéronefs de combat… Oui, les manipulations d'argent, comme les combats, c'était virtuel, et normal, surtout quand c'est encouragé par une figure tutélaire en qui on a confiance à l'image du vieux général ou d'un patron sympa ! Le gamin, il avait joué avec les millions comme on joue à Tetris !... Sous l'œil approbateur de son chef !... *La stratégie Ender*, il se souvenait du titre, il faudrait qu'il le relise un de ces quatre.

Pour se sortir de ses idées moroses, il demanda à Kevin :

— Passe nous les petits biscuits, un peu de sucre après toutes ces émotions, ça va nous faire du bien.

Pendant qu'il grignotait les croquants, Kevin lui raconta son enfance et ses études.

— Mes parents, ils m'ont surement beaucoup trop gâté. J'avais tout ce que je voulais, ordi, jeux vidéos… Je trouvais ça normal, mes copains étaient souvent punis quand ils ne travaillaient pas bien… Pas moi, évidemment, j'étais toujours premier. Encore maintenant, ils me disent que j'ai été leur plus grande joie… Pourvu que ça marche notre histoire et qu'elle ne se transforme pas en désespoir ! conclut-il en soupirant.

— Ça, je ne crois pas que cela arrivera jamais ! lui garantit Jo, pensant en même temps « Oui ! Tu devais être un enfant agréable, toujours content, bien mignon, sympa et très bon élève, le rêve de tout parent ! Tu as sans nul doute été très aimé et tu n'étais pas prêt du tout pour un monde de requins !... Trop confiant !... »

— Bien sûr, je savais qu'ils n'étaient pas très riches, c'est pour cela que j'ai choisi Dauphine, ils n'auraient jamais pu me payer un an aux États-Unis ou ailleurs. Même moi, à la fin de mes études, je gagnais quasiment autant qu'eux. Je donnais des petits cours de maths et je boursicotais avec un club de mini-investisseurs… Tu vois, c'est ça qui ne va pas ! J'y ai investi ce que je recevais pour mes cours et je gagnais quatre, cinq, dix fois plus… En fait, maintenant, travailler pour de vrai, ça ne sert à rien !... Il vaut mieux profiter du travail des autres en manipulant de l'argent fictif.

Jo lui jeta un petit coup d'œil inquiet, pour voir s'il n'allait pas recommencer une crise de conscience, mais le jeune regardait la route sans la voir, fixé sur son cheminement intérieur.

— La société où je bosse, elle s'appelle Cons'actuel, cela veut dire : conseils actuels en actuariat et gestion de patrimoine. Moi, maintenant je pense que ça veut dire : comment faire du fric avec du fric sans s'occuper d'éventuels dégâts collatéraux… Sais-tu comment on nomme les gens qui font ce genre de choses ?

Il tourna la tête vers Jo, interrogateur… et sans attendre la réponse, annonça :

— Des zinzins ! Et si tu crois que cela veut dire qu'ils sont fous, eh bien, tu te trompes… ou plutôt tu as raison, corrigea-t-il tristement en aparté. En fait, c'est parce que ce sont des zinvestiseurs zinstitutionnels. Ce sont des banques, des grands fonds de pensions, d'investissement, des sociétés de trading… Moi, bêtement, je trouvais ça rigolo comme surnom, zinzimbécile que je suis ! Il donna un petit coup de poing dans la portière.

Jo tenta d'intervenir « Mais non ! Mais non !... »

— Il y a un de ces fonds de placement, poursuivit Kevin sans tenir compte de l'interruption, sais-tu ce qu'il avait dans sa pub pour que les riches, qui voulaient être encore plus riches, viennent chez lui ? « Tirez opportunité de la pénurie d'eau et de terres agricoles exploitables… » J'avais quand même réussi à trouver ça gonflé !

Il soupira… réfléchit et reprit après quelques instants, l'œil toujours introspectif.

— Tu sais, j'ai eu des cours là-dessus, j'avais même fait un petit mémoire et j'avais eu une super note !... Comme d'hab remarque ! il ricana un peu jaune. Le marché des contrats à terme, ça s'appelle. Cela consiste à acheter une production à venir, comme la récolte de blé. Avant, c'était des entreprises qui avaient des intérêts particuliers pour cette production, comme des minoteries ou des firmes de l'industrie alimentaire, qui agissaient ainsi. Maintenant, les zinzins pratiquent l'hyper spéculation ! Des banques, des fonds de pension sont propriétaires d'entrepôts de stockage et régulent à leur avantage les flux sur le marché. Ce qui peut entrainer une hausse du produit de cent cinquante à deux cents pour cent, et bien sûr que cette manipulation des cours leur procure de gros bénéfices !... En ce moment, ce sont les matières premières qui sont la cible privilégiée de ces spéculateurs, toutes les matières premières. Il y a un de mes profs qui nous avait dit, tout content de lui, « La financiarisation des marchés agricoles entraine une hausse du prix des denrées alimentaires ». Soi-disant, c'était super bien, car sans tous ces mouvements d'achats et de ventes, le marché ne serait plus assez liquide. Cela augmenterait la violence des mouvements et pourrait déstabiliser la filière agricole, récita Kevin, didactique. Oui, j'ai pu le croire !... conclut-il, avant de se défouler de nouveau du poing sur la portière… En fait, ce sont des affameurs, les zinzins, et ils sont zinzins pour de bon !... Il fit tourner son index sur sa tempe. Il y a un truc que j'ai vu ce matin sur internet qui m'a marqué, il disait « à la faim – il épela pour Jo : F. A. I. M. –, c'est toujours la finance qui gagne », c'est bien vu en fait…

Sautant du coq à l'âne, et de la faim à ce qu'il était en train de manger, il s'interrompit pour constater :

— C'est trop délicieux ces petits biscuits ! Qu'est-ce que c'est ?

Et, voilà ! pensa Jo, **LE BATELEUR** ! Encore et toujours ! Assez inconséquent pour passer, en un instant, de sa philosophie financière à son estomac.

— Ce sont des croquants aux amandes, répondit-il. Oui, c'est délicieux, tellement délicieux que moi, je trouve même que c'est addictif !

Il rit de voir rire Kevin à sa plaisanterie.

Si, à leur départ, le ciel était magnifiquement bleu, plus ils avaient avancé sur leur route plus les nuages s'étaient accumulés. D'abord de gros flocons blancs posés de-ci de-là sur le bleu, puis ils étaient devenus de plus en plus denses et de plus en plus gris. Comme ils quittaient la nationale, une petite pluie fine se mit à tomber.

« Pays de sauvages ! » marmonna Jo en mettant en route les essuie-glaces.

Le paysage avait évolué vers le végétal et le verdoyant, les feuillus avaient remplacé les pins, et les prairies, la garrigue. Au fur et à mesure des embranchements, les voies qu'ils suivaient devenaient de plus en plus étroites. Ils finirent par tourner à droite après un petit pont pour s'engager sur une petite route qui longeait un pré avec un ruisseau en contrebas. Elle faisait à peine la largeur de la voiture et bientôt, était constituée de plus de nids de poule que d'asphalte.

Après quelques centaines de mètres, la route faisait un virage à gauche. À droite, on découvrait une minuscule bâtisse, bien restaurée et manifestement habitée, avec des rideaux et des géraniums aux fenêtres. Derrière s'étendait un vaste jardin potager, une belle terre noire, qui descendait jusqu'à l'eau. Elle donnait vie à d'énormes plants de courges avec des fruits comme des roues de charrette, de grands rangs de rames encore chargées de feuilles vertes et assurément de haricots et bien d'autres végétaux, tous très verts et vigoureux. Tout était propre, bien tenu, avec des fleurs par-ci par-là qui mettaient des touches de couleurs.

— Voilà, commenta Jo, on arrive ! Ici, c'est « La Cour », certains du groupe y habitent et c'est le potager de toute la communauté. J'ai participé à la rénovation de la baraque. On n'a aucune idée, quand on la voit ainsi, de ce que c'était au départ, quasiment une ruine. Et le potager, je peux t'assurer qu'il est grand, j'ai dû le bêcher à la main, il parait que ça protège la vie de la terre. Tu vas voir, ils ont de drôles d'idées ici !

Il prit le virage, il n'y eut bientôt plus d'asphalte du tout et le chemin de terre se poursuivit, montant encore sur deux cents mètres environ.

— Là, on arrive au Mas, c'est là que tout a commencé, indiqua-t-il avant de garer la voiture devant une grange.

Ils en descendirent, contents d'être parvenus à destination. Kevin examina les alentours, il s'agissait d'une ferme très ancienne assurément, les murs des différents bâtiments étaient tous en pierre. Tout semblait avoir été restauré et en activité. Ses yeux s'attardèrent sur le vallon à l'herbe verte et drue, en contrebas à gauche. Cinq belles vaches brun clair, avec chacune un petit veau qui lui tournait autour, y broutaient en agitant la queue. Il prit une grande inspiration et la tension qui l'habitait ces derniers jours s'allégea.

Comme ils atteignaient le bâtiment principal, un corps de ferme tout en longueur, la porte s'ouvrit. Elle était un peu basse, sans doute conçue par des générations plus petites, et le grand homme costaud qui sortit dut baisser la tête pour la franchir. Il s'exclama d'une voix tonitruante et avec un grand rire :

— Salut Jo ! Te voilà enfin ! Tout le monde est là, on n'attendait plus que toi, ce soir c'est auberge espagnole… Je viens de le dire à Eli, on va servir l'apéro, ça le fera arriver… J'en étais sûr, rien de tel que l'odeur d'un petit coup à boire pour te faire venir… Entrez donc ! Ne restez pas sous la pluie, je sais que tu n'aimes pas ça.

Il empoigna Jo, le serra dans ses bras puis le propulsa vers l'intérieur, il saisit aussi Kevin par le coude et l'emmena avec lui.

— Ce petit-là, expliqua-t-il à la cantonade en montrant Jo, il n'en a pas l'air, mais il est en sucre, sous la pluie, il fond ! Il s'esclaffa au milieu des rires des autres occupants de la salle.

Ils étaient entrés dans une vaste pièce, avec en son centre une gigantesque table ovale entourée d'une quinzaine de chaises, sur laquelle étaient posés de nombreux plats et saladiers. À droite de la porte se trouvait une immense cheminée à l'ancienne – un homme pouvait quasiment se tenir debout dedans – avec deux petits bancs en bois à l'intérieur des parois latérales. Sur tout le mur du fond était installée une cuisine très bien équipée, meubles de rangement, grand évier double, lave-vaisselle. Une magnifique cuisinière moderne type piano jouxtait un fourneau à l'ancienne, en fonte et à bois.

Vers la gauche, la pièce continuait avec une partie salon. Il fallait descendre deux marches pour y accéder, car le bâtiment suivait la pente du vallon. Les murs y étaient entièrement recouverts d'étagères pleines de livres, les seuls espaces libres étaient les deux petites fenêtres qui donnaient sur le pré en pente. Une combinaison hétéroclite de canapés et de fauteuils autour d'un poêle à bois formait un ensemble chaleureux et accueillant. Une dizaine de personnes y étaient rassemblées.

— Comme on savait que tu arrivais avec ton sang de navet, j'ai mis le poêle en route ! signala Patrick en riant.

Jo se sentait bien, il était content d'être de retour, de se sentir attendu avec plaisir. C'est Patrick, avec qui il avait sympathisé dès le premier regard, qui avait inspiré son personnage du marché. Il avait maintenant l'impression que son imitation faisait bien pâle figure à côté du modèle. Pourtant, malgré son allure brusque, bourrue et extravertie, le grand gaillard était plein d'attentions. Il s'était rappelé que lors du séjour de Jo parmi eux la pluie, le froid et surtout la grisaille humide étaient sa hantise… Pour Jo, la chaleur du poêle à bois n'était rien en regard de la chaleur de l'accueil.

— Je savais que vous ne commenceriez pas sans moi, affirma-t-il en tendant à Patrick le sac qu'il n'avait pas oublié de prendre en descendant de voiture, j'ai apporté ce qui vous manque ici, un peu de soleil !

Pendant que Patrick sortait les sachets d'olives, les deux bouteilles de pastis et le cubi de rosé, il distribua aux alentours embrassades et poignées de main, dans un joyeux brouhaha.

Le silence se fit quand Jo se tourna vers Kevin qui restait planté là, un peu en retrait.

— Je vous présente Kevin, c'est un petit gars super intelligent… et en plus maintenant, il pense !

Kevin baissa la tête, rouge comme une pivoine, pendant que tous se remettaient à rire.

En utilisant les mots que le jeune avait employés à plusieurs reprises ces derniers jours, Jo savait que les autres comprendraient l'allusion. La conscience sociale… la responsabilité des classes intellectuelles dirigeantes… de tous ceux qui, comme eux, avaient fait de longues études aux frais de l'État et de la communauté. Le modèle obsolète de la croissance qui, de profs en élèves et de cooptation en cooptation, est reconduit sans réflexion globale. La nécessité de penser l'avenir différemment… de s'engager individuellement dans des choix éthiques… Tous ces thèmes faisaient souvent partie de leurs discussions philosophiques, parfois un peu alcoolisées, d'après-diner.

— Holà ! s'exclama Patrick, on a assez patienté ! On va servir l'apéro et je ferai les présentations après.

Pendant qu'il distribuait les boissons en fonction des gouts de chacun, d'autres allèrent chercher sur la table deux ou trois plats d'amuse-gueules qui attendaient au milieu d'un large choix de victuailles.

C'était ça « auberge espagnole », Jo se souvenait avec plaisir de ces soirées. Dans le petit groupe, chacun vivait plus ou moins chez soi, mais pour une occasion, une fête, un anniversaire ou juste la satisfaction d'être ensemble, ils se retrouvaient pour la soirée. Cela se passait au Mas, la salle pouvant y accueillir tout le monde. Chacun arrivait avec quelque chose pour que le travail soit partagé et personne ne partait tant que tout n'était pas en ordre.

Jo prenait des nouvelles des uns et des autres et en donnait de lui, se faisant aussi complimenter pour sa bonne mine et son bronzage. Lorsque chacun fut servi, Patrick reprit la parole de sa voix forte.

— Allez ! Asseyez-vous, installez-vous confortablement, je vais faire les présentations. Même toi Jo, tu ne connais pas tout le monde !

Il montrait un homme d'une trentaine d'années, assis dans un des fauteuils.

— Voici Abdel, qui est arrivé parmi nous il y a quelque temps, il vit à La Cour avec Stéphane.

Il fit un petit aparté, s'adressant toujours à Jo.

— Tu as vu en arrivant qu'on a fini les travaux, c'est habitable maintenant, c'est pas mal, hein ? sans attendre la réponse, il poursuivit, Stéphane, toi tu le connais !

Il indiqua à Kevin l'homme assis sur l'accoudoir du fauteuil d'Abdel, un bras protecteur allongé sur le dossier.

— C'est notre expert-comptable. Tous les deux, ils s'occupent du jardin en bas et Stéphane fait les comptes et gère notre budget, je crois qu'on est une SCI ou une SCAE ou une CAEC enfin un acronyme quelconque…

Stéphane, tout sourire, fit un geste de la main, l'air de dire « Une cause perdue, il n'y comprendra jamais rien », Abdel à côté de lui, ne bougeait pas et paraissait gêné.

— Voici ma femme Élisabeth, ma moitié, précisa le grand gaillard dans un nouvel éclat de rire auquel se joignit le reste du groupe.

Il désigna une petite femme, toute menue et tranquille assise à gauche de Jo sur un canapé. Elle ne dit rien, mais lui sourit gentiment ainsi qu'à Kevin.

— Elle s'occupe parfois de nourrir notre corps… mais également notre esprit.

D'un geste circulaire, Patrick indiqua les murs couverts de livres.

Jo gardait un excellent souvenir des repas partagés autour de la grande table ovale et préparés par Eli. C'était elle qui avait en charge l'intendance lorsque la communauté se lançait dans un chantier collectif comme la restauration de la maisonnette de La Cour. La petite femme manœuvrait avec virtuosité ses grosses gamelles familiales qui mijotaient ensuite longuement sur le fourneau à bois. Les portions qu'elle servait à Jo, sous prétexte qu'il était en convalescence et qu'il avait besoin de reprendre des forces, étaient gargantuesques et suscitaient des regards jaloux de son mari qui n'était pas aussi bien servi, mais qui n'osait rien dire quand elle lui tapotait le ventre d'un petit air entendu. Si pleine que fût son assiette, Jo n'avait jamais eu de mal à la finir tellement c'était bon.

Patrick, toujours en verve, continuait les présentations.

— Elle vit bien sûr avec moi, ici au Mas, la considérant avec un grand sourire, il prit une pose avantageuse, une main sur le cœur… À part le potager, je m'occupe de tout ce qui pousse chez nous.

— Oui ! Il cultive avec amour les ronces et les mauvaises herbes ! commenta, joyeusement sarcastique, une femme assise sur un canapé.

— Tu sais très bien, femme de peu de foi, lui rétorqua Patrick, qu'aucune herbe n'est mauvaise… Il n'y a que des mauvaises langues… et l'ensemble du groupe s'esclaffa de nouveau.

— Julien, notre homme à tout faire, occupe le studio, au-dessus de la grange.

Il désigna un petit homme malingre, d'une quarantaine d'années assis entre deux femmes sur un canapé, à la longue figure chevaline et à la gestuelle très efféminée

— Le gadz'art, ça sait tout faire, contrairement à d'autres ingés qui ne sont bons à rien, mais prêts à tout.

Il adressa un clin d'œil à un grand balèze tout en muscle, affalé dans un fauteuil, qui le lui rendit. Julien le remercia du compliment d'un sourire et d'un geste de la main plus que féminin et précieux comme pour dire « Mais non, très cher, ce n'est rien voyons ! » qui redéclencha l'hilarité générale.

Lors de son séjour, Jo avait eu du mal avec Julien, jusqu'à ce qu'il comprenne, aux remarques acerbes du petit homme, que c'était surtout Julien qui avait du mal à s'accepter. Son physique peu avantageux, son homosexualité… bien des choses lui étaient difficiles. Le changement était évident, il riait comme tout le monde et semblait réconcilié avec lui-même.

— Les autres, les familles ! Ils habitent au Breil, de l'autre côté du vallon, Patrick indiqua les fenêtres d'un geste dédaigneux, nous on est le secteur propre et tranquille et eux le secteur sale et bruyant ! sentence qui généra de nouveaux éclats de rire. Là-bas, ils ont de tout, expliqua-t-il à l'intention de Kevin, des gros chiens, une étable avec des vaches, des poules, des gosses… Mais où sont les enfants ?

La femme sur le canapé qui avait déjà parlé signala, goguenarde :

— C'est étonnant que tu ne t'aperçoives que maintenant de leur absence, vu le bruit qu'ils font et la place qu'ils prennent quand ils sont là. Ils vont arriver dans un moment. Tu sais qu'ils se préfèrent entre eux plutôt qu'avec nous, les vieux. En plus, comme ce sont de bons enfants, bien élevés par leurs parents ! Ce soir, ils s'occupent des bêtes, ils leur donnent à manger et les rentrent pour la nuit.

— Humpf ! émit Patrick, esclavagistes ! Je le savais ! L'exploitation de l'homme par l'homme, le mal éternel ! Tu vois petit, assena-t-il à Kevin qui n'en pouvait plus de rire, voilà un exemple qu'il ne faut pas suivre… Je vais tout de même te présenter les parents indignes. Jean-Marc, notre électricien, il montra le costaud dont il s'était moqué un peu auparavant. Avec Julien, il s'occupe de tout ce qui a trait aux bâtiments : réparation, amélioration, restauration… Là, c'est sa femme, Patricia, il indiqua la voisine de Julien qui avait plusieurs fois pris la parole, la langue de vipère, elle préfère les bêtes aux hommes, c'est notre véto. De l'autre côté de Julien, voici Anne-Marie, sa copine, notre chimiste, la reine des confitures et des petites douceurs ! Elle dose, elle touille, elle agite, elle chauffe, elle distille ! Bon, en minuscules quantités, mais je ne désespère pas !

Il afficha un air dépité en regardant Jo. Il exagérait son abattement, faisait le spectacle et tous le récompensèrent en s'esclaffant devant sa mine de chien battu et misérable. Il pointa ensuite du doigt le dernier membre du groupe, un grand homme long et brun, couché au travers d'un fauteuil, les jambes sur un accoudoir et la tête sur l'autre.

— Et là, pour finir, Claude, son compagnon, notre commercial. C'est lui qui valorise tout ce qu'on produit ici.

Il frotta son index contre son pouce avec le geste habituellement utilisé pour évoquer l'argent.

Celui-ci salua en levant son verre vide.

— Et voilà, à trop bavarder, je ne m'occupe pas du bien-être de mes hôtes, se récria Patrick, et les verres sont vides. Menez-les par ici si vous voulez que je les remplisse.

Il s'ensuivit encore une fois, un joyeux brouhaha. Les autres se moquaient à leur tour du maitre des lieux en se faisant resservir, puis chacun reprit sa place et Jo sentit que c'était à lui de parler.

— Je suis vraiment content d'être là, de retour parmi vous. Vous m'avez tous manqué ! Ma nature frileuse et introvertie m'a empêché de revenir vous voir avant. Mais je le regrette, assura-t-il se tapant le cœur avec le poing, jouant lui aussi le jeu de l'humour… et suscitant les rires à son tour.

— Mea culpa, mea culpa ! D'autant plus mea culpa que j'ai honte de revenir juste aujourd'hui parce que j'ai un service à vous demander.

Pendant le discours de Patrick, Jo s'était vraiment senti envahi de culpabilité. Après son départ, entre son nouveau job au marché, l'achat de sa maison, les travaux qu'il avait dû y faire, le temps avait passé très vite pour lui. Il n'avait donné que peu de nouvelles et n'était pas revenu, comme il l'avait pourtant promis. La chaleur immédiate de l'accueil et le plaisir qu'il avait à les retrouver lui faisaient regretter ce manque de parole. Mais la certitude de pouvoir compter sur eux l'avait poussé, sans qu'il réfléchisse trop longtemps, à faire appel au groupe.

Il leur raconta les mésaventures de Kevin, celui-ci assis à sa droite sur le canapé, se tenait collé à lui, la tête baissée, comme un petit enfant, qui a peur des étrangers, se serre dans les jupes de sa mère. Jo resta concis, se contentant d'un résumé des faits et des doutes qu'ils avaient concernant l'honnêteté du patron et des collègues de Kevin, il ne dit rien de leurs projets.

À la fin de son récit, il y eut un moment de silence, jusqu'à ce que Patrick, toujours le plus prompt à s'enflammer, tape son poing gauche dans sa paume droite ouverte en rugissant.

— Eh bien ! Une histoire qu'on connait déjà ! Hein ! Les repris de justice, voilà un copain pour vous !

Un froid s'abattit comme Abdel, blême, se levait, tournait les talons sans rien dire et quittait la pièce, suivi par Stéphane qui fusilla Patrick du regard.

Les autres restèrent silencieux, Patricia applaudissait sans bruit, en souriant avec ironie, mais Patrick ne se laissa pas démonter.

— Ne vous inquiétez pas, ça va lui passer ! Il va se calmer, Stéphane va le ramener ! vaguement penaud, il ajouta, il avait pourtant l'air de s'être décontracté ces derniers temps. Malgré tout, on a des invités, j'aurais dû en tenir compte.

Après avoir balayé le reste du groupe d'un coup d'œil circulaire et avoir reçu de chacun un signe d'approbation, il se tourna vers Jo et Kevin.

— Lui, ce n'est pas un « col blanc », il a un peu du mal avec nous. Jo, tu sais que nous avons servi de référents et d'employeur à Stéphane, lors de sa liberté conditionnelle. Il a demandé à ce que nous en fassions autant pour Abdel, ils se sont connus là-bas. Steph l'a aidé pour ses études et pour qu'il passe des exams pour obtenir une réduction de peine et sa conditionnelle et Abdel le protégeait de la vie de la prison. Abdel, c'est une tronche. Très, très intelligent le gars ! Mais il n'est pas né du bon côté de la vie, alors l'école, les études, il est passé au travers. Par contre comme caïd de cité, c'était un champion : bagarres, coups et blessures, trafic de drogue, vol… mais il était trop intelligent et pas assez méchant. Il avait des principes, genre « on ne touche pas aux enfants ». Il faisait de l'ombre à d'autres, beaucoup plus méchants… Par conséquent, ils l'ont donné aux flics, en échange de quelques avantages pour eux. Son monde s'est écroulé, la solidarité fraternelle des cités, à la vie à la mort pour les potes, la bande… Tout ce à quoi il croyait ! Il aurait trouvé normal de tomber pour ce qu'il avait fait et sans doute en aurait-il été fier !... Mais de ça, il ne s'en remet pas.

Il conclut en regardant Kevin :

— En extrapolant un peu, son histoire ressemble à la tienne, non ? Stéphane lui, a été condamné pour évasion de fraude fiscale. Il avait permis à des très riches d'éviter de payer des impôts, mais il n'y a que lui qui a été condamné, les autres ont été blanchis ! Ça aussi, ça t'évoque quelque chose hein ? Heureusement, ils n'ont pas pris trop cher ni l'un ni l'autre. Ne crois pas que l'on protège le crime, cependant nous pensons que parfois, ce ne sont pas les plus criminels qui paient. Jo le sait, il sait qu'il peut compter sur nous pour t'aider à ne pas payer pour les autres.

Kevin était blême, Jo lui passa un bras sur les épaules, le tapotant doucement pour le rasséréner un peu.

— On ne peut pas dire que tu fasses dans la finesse, déclara-t-il à Patrick, et les autres acquiescèrent bruyamment. Mais, je te remercie et vous tous aussi, de savoir qu'« auprès de plus mauvais encore, n'être pas le pire c'est déjà mériter l'éloge ! ».

Seule Élisabeth, la silencieuse érudite, l'approuva d'un battement de paupières et d'un léger sourire… Il changea donc de référentiel de citations.

— Et qu'il y a du bon en chacun !

Là, ils comprirent tous l'allusion et se remirent à rire.

— C'est effectivement parce que je sais que je peux compter sur vous que je suis venu solliciter de l'aide. Néanmoins, avant de vous engager, il faut que vous sachiez ce que je veux vous demander de faire.

— Moi, je te l'accorde d'avance, assura Patrick, mais vas-y, on t'écoute !

Tous les membres du groupe se penchaient avec attention vers Jo.

— Nous avons mis au point un petit plan. Pour qu'il soit crédible, nous aurions besoin que Kevin soit arrivé ici jeudi, avec l'un d'entre vous qu'il connaissait déjà et non pas avec moi qu'il ne doit pas connaitre. Il l'aurait rencontré par hasard à la gare, où il venait prendre un train pour rentrer à Paris. Et lundi, il faudra l'accompagner à la police et confirmer cette histoire. Et moi, je pars à Paris demain.

Il avait l'impression d'avoir été un peu trop succinct et s'apprêtait à fournir plus d'explications, mais il avait affaire à des gens intelligents. Après un petit instant, toutes les têtes se tournèrent vers Claude. Patrick éclata d'un rire tonitruant en se tapant sur la cuisse avec le plat de la main.

— Et voilà, c'est le commercial qui s'y colle. C'est notre meilleur menteur, tout le monde le sait, même lui !

L'intéressé leva la main pour signifier « Ok, j'assume ! » pendant que le groupe repartait à rire et que l'ambiance s'allégeait d'un coup. Kevin parut soulagé, un premier pas venait d'être fait vers la solution à son problème.

Patrick reprit, s'adressant à Claude :

— Tu verras avec lui à quelle rencontre d'anciens élèves machin ou club des jeunes entrepreneurs truc, vous avez pu vous connaitre ! Et comment et pourquoi tu es allé là-bas jeudi…

— Oui ! l'interrompit celui-ci, je sais faire ! Comme tu dis, arranger des histoires c'est ma spécialité ! En plus, je les raconte très bien !

— C'est tout à fait vrai ! confirma Patricia, tu ferais acheter des réfrigérateurs aux Esquimaux et du sable aux Bédouins !

Les rires repartirent encore une fois à ces sarcasmes joyeux, cocardes décernées aux qualités d'un bon vendeur. Chacun commença à donner son avis sur la manière de procéder. Jo s'amusait de les voir s'enthousiasmer pour le projet, même la silencieuse Eli prit la parole, indiquant à Claude de ne pas en faire trop, que ça ne paraitrait pas naturel. Kevin, de nouveau plein d'entrain, racontait ce qu'il avait prévu de dire à la police et écoutait en souriant les conseils venant de tous côtés.

D'un coup, le niveau sonore monta d'un cran et la mise au point du plan d'action fut interrompue par l'arrivée des enfants. Ils étaient cinq entre douze et seize ans, Jo les trouva bien grandis depuis son départ, ce qui lui donna à nouveau des regrets de ne pas être revenu plus tôt. Il se leva pour aller les embrasser.

D'un signe de la main Patrick signifia à tous « Ça suffit, on en reparle après… » et annonça :

— Voilà le signal du diner, à table ! Allez vous servir !

Il montra à Kevin, le seul à ne pas connaitre les coutumes du lieu, la pile d'assiettes, la boite de couverts et les plats sur la table. Chacun se servait et allait s'installer où il voulait, à table ou au salon. De petits groupes se formaient et les conversations reprenaient. Jo resta un moment avec les enfants qui s'étaient assis ensemble à un bout de la grande table, leur demandant des nouvelles de l'école, de leurs animaux… leur racontant les marchés et sa nouvelle maison.

Un peu plus tard, il se retrouva tout naturellement à côté de Patrick sur un canapé.

— J'aurais dû revenir avant, reconnut-il. C'est un tel plaisir de vous revoir !

— Nous aussi, on est content de te voir… Je suis certain qu'on te manquait. Mais tu avais peur d'avoir froid hein ?! Je vois que tu as bonne mine, tu es bien bronzé et tu as pris du gras, constata-t-il en lui pinçant la taille, méfie-toi ! Eli ne va plus te chouchouter.

Lorsque Jo était arrivé parmi eux pour sa convalescence, il était en triste état, maigre et blafard, ayant séjourné plusieurs semaines à l'hôpital après sa blessure et Eli l'avait materné, au grand dam de Patrick.

Stéphane et Abdel étaient revenus à la suite des enfants et tous avaient fait comme si rien ne s'était passé. Ils mangeaient maintenant, chacun discutant dans un groupe différent.

— Ils sont ensemble tous les deux ? demanda Jo à Patrick.

— Non, on ne croit pas, ce n'est pas leur nature, je pense… Pourtant ils partagent le même lit, c'est sûr ! Tu sais comment c'est en bas ! En fait, aucun des deux ne peut plus dormir seul !... Le grand costaud s'affaissa, soupira et insista sur le mot dormir.

Jo, qui y avait travaillé, connaissait bien « La Cour ». Il s'agissait plus ce que l'on aurait appelé dans le temps, une chaumière plutôt que d'une maison. Elle n'était constituée que d'une seule pièce pas très grande. Du côté opposé à la cheminée, ils avaient installé une mezzanine faite de longues planches de bois épais, à laquelle on accédait par une échelle. C'était bas de plafond du fait de l'isolation et seul un grand matelas pouvait y prendre place.

Patrick reprit :

— C'est dur, tu sais, ce qu'ils ont vécu. C'est pour ça qu'on va tous faire ce qu'il faut pour éviter ça à ton jeune. Stéphane a bien récupéré. Il est d'une nature optimiste et a fait un gros travail sur lui. Cependant, il a toujours des cauchemars. Il sait ce qu'il doit à Abdel qui lui a épargné bien des désagréments, à lui, le « col blanc »… Mais l'autre, il est encore plein de colère. Il en veut à ceux qu'il croyait ses frères, il s'en veut à lui-même pour la vie qu'il menait, et au monde entier pour la vie qui l'a mené à la vie qu'il menait. Eli l'a pris en main et l'abreuve de saines lectures qui, d'après elle, doivent lui permettre de se reconstruire. En ce moment, c'est Stendhal, *le Rouge et le Noir*, *la Chartreuse de Parme*… Il parait que c'est excellent pour la construction des jeunes hommes !

Comme Kevin s'était approché d'eux alors qu'il prononçait ces derniers mots, il lui promit :

— Si tu ne les as pas lu, c'est sûr que tu y as droit. Ce ne sera pas un problème, on en a plusieurs exemplaires ! il éclata, encore une fois, de son grand rire sonore.

Kevin avait retrouvé son enthousiasme habituel, c'est d'un air ravi qu'il annonça à Jo qu'il allait en face visiter Le Breil avec les gamins et voir les animaux. Lorsqu'ils furent sortis, le calme revint dans la pièce. Patrick alla remplir de vin son verre et celui de Jo et se réinstalla à côté de lui.

— Un qui va mieux, comme tu peux le voir, c'est Julien ! Il copine avec les filles, il indiqua le groupe que formait Patricia, Anne-Marie et Julien, et laisse s'exprimer son côté yin ! Il continue la plomberie, la menuiserie et tout le reste, mais maintenant, il coud aussi les rideaux, les ourlets et nous a brodé des napperons pour toutes les surfaces planes et horizontales de la maison.

Il tapota de l'index un petit morceau de tissu coloré posé sur la table basse à côté d'eux.

— J'avais remarqué, lui répondit Jo, je crois que je ne l'avais jamais vu aussi détendu.

— Et toi ? demanda Patrick, dis-moi un peu, tu t'en es sorti de tes travaux ?

Jo commença à évoquer le plaisir qu'il avait à vivre dans sa nouvelle maison malgré son confort rustique. Les autres se rapprochèrent et le cercle se reforma sur les fauteuils et les canapés du salon. Ils l'écoutèrent, en souriant, raconter les mallons trébucheurs et les fenêtres à fuites, mais aussi sa vue magnifiquement grandiose, et comment il dormait encore la fenêtre ouverte en regardant la lune. Il leur décrivit en riant son jardin en restanques et ses mauvaises herbes brulées par le soleil, s'excusant de ne pas avoir le temps de s'en occuper et disant que, de toute manière, il n'obtiendrait jamais quelque chose d'aussi beau et d'aussi vert qu'eux. C'était trop sec le midi, et tout le monde rit quand il ajouta que c'était fait pour lui !

Depuis qu'il parlait de son jardin, Patrick et Anne-Marie échangeaient des mimiques et des regards entendus. Lorsque Jo s'en aperçut, il s'arrêta et les dévisagea interrogateur, c'est Patrick qui, comme d'habitude, prit la parole.

— Je crois que notre communauté va pouvoir s'externaliser et que nous allons ouvrir une succursale au soleil.

Les autres semblaient avoir compris et leurs sourires s'agrandirent, Jo ne voyait pas vraiment où Patrick voulait en venir.

— Je t'explique, dit-il en lui tapant sur l'épaule, nous mettons en route un projet de fabrication d'huiles essentielles. Pour l'instant, nous en sommes aux études préparatoires, Steph nous calcule un budget en fonction des investissements et des rentrées possibles. Claude, avec son efficacité habituelle, nous a déjà trouvé les débouchés potentiels. Anne-Marie fait les premiers essais en laboratoire, avec une toute petite colonne à distiller, il prit un air malheureux déclenchant de nouveau les rires du groupe. Les deux bricolos commencent à faire des plans pour aménager les locaux et moi j'ai déjà démarré la plantation de menthe poivrée et de laurier. On pense aussi faire du persil, mais ça se cultive plus au jour le jour.

Patricia l'interrompit.

— Oui, ça va nous changer des orties, prêles, plantains et autres mauvaises herbes qu'il cultive habituellement, en contrevenant à toutes les directives européennes ! Ce qui prochainement l'aurait conduit à rejoindre le club ! l'asticota-t-elle.

Les yeux pétillants de malice, elle désigna Stéphane et Abdel d'un large geste du bras. Non sans s'être assurée d'un regard vers Stéph, avant de lancer sa taquinerie, qu'elle recevait son approbation.

Jo se demandait bien ce qu'il allait se passer. Mais ce devait être une plaisanterie récurrente, servant à dédramatiser la situation des deux hommes, car la gaité monta encore d'un cran quand Stéphane posa sa main sur le genou d'Abdel et le poussa du coude.

— On ira le voir au parloir, n'est-ce pas ? On connait le chemin !

Ce qui réussit enfin à lui arracher un sourire que le groupe accueillit avec applaudissements et tapements de pieds. Patrick essayait de calmer tout le monde d'un geste de la main, mais de toute manière, sa voix couvrait le charivari.

— C'est bien ce que je disais, tu es une langue de vipère ! Je parlais sérieusement. Tu vas nous casser la baraque et Jo ne va pas nous prendre au sérieux.

Anne-Marie l'interrompit à son tour.

— Jo ne va pas nous prendre au sérieux, si tu racontes n'importe quoi. Il s'agira d'une distillation par entrainement à la vapeur d'eau, ce n'est pas comme ça qu'on fait l'alcool, je te l'ai déjà expliqué !

— Oui ! rétorqua Patrick avec une moue dédaigneuse, mais je suis persuadé que c'est parce que tu ne veux pas faire d'effort !

Jo se tenait les côtes, il avait adoré la convivialité de ce genre de soirée où sérieux et détente se mêlaient naturellement. Levant la main pour calmer le jeu, Patrick reprit :

— Mais l'étude de marché vautré là, dans le fauteuil !

Il montra Claude effectivement étalé en travers de son siège, et même Abdel se mit à rire franchement.

— Je disais, continua-t-il, en élevant la voix, que l'étude de marché dit que ce qu'il nous faut, c'est de l'hélichryse italienne !

— Beaucoup de demandes, peu d'offres, commenta Claude, une très bonne opportunité !

— On l'appelle aussi « Immortelle Corse », c'est une plante endémique des régions méditerranéennes. Pour faire court, finit-il par ajouter à l'intention de Jo, l'idée c'est qu'on cultive ça sur ton terrain ! Ici, ça ne pousse pas, par contre chez toi, ça ira très bien ! Comme ça, tu serais obligé de venir nous voir pour nous apporter la récolte. Et nous aurions le plaisir de ta visite !

Jo était content qu'ils aient immédiatement pensé à utiliser son terrain. Ils ne semblaient pas douter de sa réponse positive, il était toujours l'un d'entre eux, comme s'il n'avait jamais préféré partir, aucun ne lui en voulait d'avoir fait ce choix. Il appréciait vraiment tout le groupe, le respect et l'acceptation d'autrui dont chacun faisait preuve.

Patrick en était l'âme fondatrice. Il avait acheté Le Mas et ses terres qui descendaient jusqu'à la rivière – La Cour était presque en ruine et servait de hangar à cette époque – une dizaine d'années auparavant, pour sa crise de la quarantaine, comme il disait. Il était ingénieur agronome et s'était installé là avec Élisabeth, sans autres idées que de cultiver son jardin et de vivre de sa production.

Un gros tas de livres régulièrement renouvelé et la présence de Patrick suffisaient au bonheur d'Eli, l'endroit où ils étaient lui importait peu. D'autant plus qu'elle avait rapidement retrouvé un emploi comme correctrice pour une maison d'édition qui lui permettait de travailler à domicile et l'obligeait, à sa grande satisfaction, à lire encore plus.

Patrick lui, avait vite déchanté. La terre n'est pas tendre pour ceux qui ne la connaissent qu'intellectuellement et ne l'ont pratiquée que virtuellement ou sur le papier. Heureusement, Le Breil était à ce moment-là occupé par Fernand, qui lui avait donné aide et conseils, avec toute la gentillesse qui le caractérisait, et lui avait permis de vivre de son projet. Patrick parlait toujours de lui avec beaucoup d'émotion. Il était malheureusement décédé d'une crise cardiaque deux-trois ans plus tard.

Ses neveux avaient mis Le Breil et son vallon en vente et Jean-Marc et Patricia étaient arrivés. Elle, c'était une vraie fille de la campagne, élevée à la ferme, elle aimait les animaux et avait fait tous les efforts nécessaires pour devenir véto. Pendant ses études, elle avait rencontré Jean-Marc, ingénieur en électricité, ils s'étaient mariés, avaient eu des enfants et jusque-là, elle avait suivi son mari dans ses différentes affectations. Toutefois, elle n'en pouvait plus des chats-chats et des chiens-chiens que son métier de vétérinaire citadin lui faisait fréquenter, elle voulait des bêtes, pas des p'tits chéris !... Et lui, pour lui plaire, pour que leurs enfants mènent une vie saine et sereine avait quitté EDF.

Patricia avait un caractère bien trempé et avec Patrick, cela avait débuté par des étincelles, mais elles avaient mis en route le moteur de la coopération et les deux familles avaient commencé à travailler ensemble sur des objectifs communs.

Le Breil, c'était grand. Fernand avait eu sept frères et sœurs et les grands-parents y avaient aussi vécu avec la famille, soixante-dix ans auparavant. On pouvait y loger deux familles modernes. Et Anne-Marie, la copine d'enfance de Patricia, était venue s'y installer avec enfants et bagages, pour que Claude, son compagnon et le père des enfants, puisse en finir avec ses démons intérieurs…

Il n'aimait pas parler de son passé, mais Jo avait appris, un soir qu'il était absent et qu'ils regardaient tous ensemble *Lord of War*, qu'il avait travaillé dans le commerce des armes et que cela avait fini par lui devenir impossible, le rendant dépressif, insomniaque et finalement accro aux médocs et à d'autres substances plus illicites. Il s'était sevré durement de tout cela, de son propre chef, dès son arrivée sur le site, passant du jour au lendemain du tout au rien ! Patrick ne le chambrait jamais sur ses activités antérieures. Même pour lui, il y a des choses dont on ne rit pas, et la guerre en est une.

Anne-Marie était chimiste, c'est pour elle que le Mas était devenu le secteur propre. Les animaux étaient restés au Breil avec Patricia et on avait commencé à transformer l'étable du Mas en laboratoire. Le groupe désirait se lancer dans la confection de confitures, biscuits et autres articles pour valoriser leurs productions et l'obligation de respecter des normes de sécurité sanitaire les avait conduits à cette décision.

C'est pour les aider à mettre en œuvre ce projet, trop ambitieux pour leurs aptitudes que Claude leur avait ramené

Julien. Il l'avait rencontré sur une foire, lors d'une de ses tournées de prospection pour trouver des débouchés à leurs produits et de nouvelles idées d'activités. Il se renseignait justement pour la construction du labo sur un stand de matériaux et Julien, qui ressemblait pourtant au plus vilain et au plus inadapté des petits canards au milieu de ses collègues costauds et hâbleurs, l'avait aidé avec tant d'expertise, semblant maitriser parfaitement toutes les étapes de la construction, que Claude avait déployé tout son charme et sa faconde de parfait commercial pour le convaincre de venir au Mas avec lui pour le weekend. L'autre, bien que n'en ayant pas du tout envie, n'avait pas pu résister ! L'accueil qu'il avait reçu et le sentiment d'être, pour une fois, reconnu pour ses compétences et accepté tel qu'il était, l'avaient fait revenir de weekends en vacances et finalement s'installer définitivement.

Stéphane n'était arrivé que peu de temps avant que Jo ne vienne pour sa convalescence dans les environs, c'est son avocat qui avait un copain… qui avait un ami… qui connaissait Patrick. Celui-ci avait immédiatement consenti à embaucher l'expert-comptable pour sa conditionnelle et le juge d'application des peines, satisfait de la réputation de la petite communauté, avait donné son accord.

Steph était doté d'une nature optimiste et extravertie, il était arrivé plein de bonnes intentions, prêt pour un nouveau départ dans la vie. Il vouait une reconnaissance éternelle au groupe qui, sans jamais douter de lui, et parce qu'il leur paraissait normal d'utiliser ses compétences, lui avait confié d'emblée ses comptes et son budget.

Jo, lui aussi à son arrivée avait été intégré sans arrière-pensées. Comme il avait répondu évasivement aux premières questions sur ses blessures et son travail, personne n'avait insisté et ne lui avait rien demandé de plus que ce qu'il pouvait dire. Il s'était senti vraiment bien ici, au milieu d'eux et regrettait presque de n'être pas resté. Seul le souvenir de l'angoisse que l'approche de l'hiver à la ferme avait éveillée en lui et de la joie profonde qu'il éprouvait au soleil sur sa terrasse, lui laissait penser que finalement, sa décision avait été la bonne.

Cependant, il n'allait pas rater l'occasion de se joindre à eux sur leur projet d'hélichryse italienne, même s'il n'avait pas la moindre idée de ce que c'était. Patrick avait toutefois parlé d'immortelles corses.

— Des immortelles, il y en a un peu sur mon terrain, quelques touffes au pied des restanques, dit-il.

— Ce doit être de l'immortelle commune, c'est ce qui pousse spontanément par chez toi, c'est une bonne chose, cela veut dire que la terre est propice. Bon, puisque tu es d'accord, à l'automne il va falloir que tu nous prépares le terrain... Tu te rappelles comment on fait ? Hein ?

Jo, qui n'avait absolument pas donné son accord, même s'il savait au fond de lui qu'il allait accepter, gémit en pensant à la dureté du sol de son jardin, il allait devoir retourner tout cela à la bêche, Patrick ne voulant pas entendre parler de motoculteur ! Il demanda d'un ton plaintif « Même la première fois ? » s'assurant ainsi l'amusement bruyant de tous les autres.

Les enfants et Kevin firent irruption dans la pièce avec tout l'enthousiasme de leur âge. Les plus jeunes expliquaient haut et fort qu'ils l'avaient ramené pour qu'il n'ait pas peur et ne se perde pas dans le noir en traversant le vallon. Les ainés annonçaient qu'ils n'allaient pas rester, ils voulaient rentrer et regarder un film. Mais tous commencèrent par s'approcher de la table et se servirent dans les plats de gâteaux et tartes qui avaient été préparés.

En entendant cela les deux pères, avaient levé la tête vers

la pendule et dit d'une seule voix « Un seul et après vous vous couchez ! » entrainant les rires des autres adultes, auxquels s'ajoutèrent ceux des enfants qui répondirent avec ensemble « Oui ! Oui ! comme d'hab ! »

Le groupe avait mutualisé certains équipements et une pièce avait été aménagée au Breil. Pour les loisirs audiovisuels, expliquait ironiquement Patrick. S'y trouvaient télé et consoles de jeux pour les enfants… et les plus grands… Jo y avait passé quelques soirées épiques, particulièrement avec Steph, les enfants autour d'eux, l'observant avec admiration dans ses œuvres et attendant leur tour pour jouer contre lui. La communauté possédait aussi un bel équipement de « home cinéma » et souvent l'hiver, quand les soirées sont longues, ils s'y retrouvaient en famille très élargie.

Patrick se leva, entrainant Jo par le bras et se tapotant le ventre avec l'autre main.

— Viens ! Ils ont raison les jeunes. C'est l'heure du dessert.

Tout le groupe les suivit jusqu'à la table et chacun se servit de ce qui lui faisait envie. Les enfants repartirent rapidement, avec le bruit d'une envolée de moineaux.

Le calme revint et ils se réinstallèrent au salon avec leurs assiettes de gâteaux. Julien avait préparé le café et faisait le service, avec ces manières élégantes et précieuses que l'on apprenait aux jeunes filles des familles bourgeoises au début du siècle dernier. Il apportait délicatement sa tasse à chacun en proposant sucre ou lait. Tous jouaient le jeu, remerciant et se saisissant de leurs tasses plus ou moins habilement. Le « Merci très cher » de Patrick réamorça les rires. Julien lui répondit d'un sourire et d'un gracieux geste de la main « Mais de rien, je t'en prie ! »

La conversation reprit sur le projet de l'hélichryse. Claude annonça qu'il allait commencer à chercher des boutures à un prix intéressant. Patrick demanda la surface exacte des restanques pour calculer le nombre de pieds et le rendement possible. Anne-Marie certifia qu'ils auraient un label bio puisque le terrain n'avait pas été cultivé depuis des années. Stéphane conseilla à Jo d'attendre une grosse pluie d'orage pour attaquer la préparation du sol, s'il était aussi sec qu'il le disait. Patrick approuva, il les informa qu'il n'était pas urgent de planter, le terrain de Jo étant très proche de la mer, il n'y avait pas à craindre de gelée. Il lui tapota l'épaule, lui assura que ce ne serait pas difficile, il ne fallait pas qu'il bêche trop profond, à peine une demi-hauteur de pelle pour aérer la couche superficielle. Au milieu des rires, Jo lui répondit qu'il était vraiment soulagé de n'avoir que cela à faire.

Kevin avait compris la situation et promit à Jo, avec son entrain habituel, qu'il viendrait l'aider. Lorsqu'il rectifia un peu tristement « Enfin si je peux », Abdel, son voisin, lui posa une main rassurante sur le genou en lui assurant « Ne t'inquiète pas, ça va aller ! » Ce que tous les autres confirmèrent avec vigueur.

Jo se sentait vraiment bien, la nourriture et le vin ajoutaient encore à ce sentiment de plénitude. Il était content d'avoir amené Kevin ici, le jeune serait entouré comme il faut après son départ. Cela lui éviterait, au moins, le souci de se tracasser pour lui !

Patrick se leva et commença à débarrasser les assiettes à dessert et les tasses à café.

— On va passer à des choses plus intéressantes. Parce que la petite, il désigna Anne-Marie, quand elle veut se donner la peine, elle fait des trucs valables !

Dans une rigolade générale, il sortit d'un placard des bouteilles d'alcool qu'ils préparaient eux-mêmes, de toutes formes et de toutes couleurs ainsi que toute une collection de petits verres.

— Honneur aux invités ! Jo, que veux-tu ? Du genièvre comme d'habitude ou une des nouveautés d'Anne-Marie ?

Jo opta pour le genièvre, et pendant que Patrick continuait à servir, il s'enquit de leurs projets en cours.

— J'ai vu que vous aviez toujours les veaux, dit-il à Patricia.

Cela avait été leur premier projet commun à elle et à Patrick, Fernand élevait des petits veaux pour la boucherie. Ils avaient repris l'idée, avec un troupeau de quatre ou cinq vaches qu'elle inséminait et quand le veau atteignait six à huit mois, il partait à l'abattoir local. En fonction de leurs besoins, soit ils vendaient ou gardaient la viande, soit ils en troquaient une partie avec un éleveur de porcs voisin. Régulièrement avant qu'elle ne devienne trop vieille et lorsqu'ils avaient une petite velle qui plaisait à Patricia ou aux enfants, ils faisaient abattre une des vaches.

— Oui, lui répondit-elle, on a un label bio de veau élevé sous la mère, ça marche bien… On a encore les poules et les lapins. Cependant avec les enfants qui grandissent, il y a beaucoup de débit et on consomme quasiment tout. Le potager marche super bien, surtout depuis qu'il est cultivé à quatre mains. On a eu des récoltes magnifiques cet été, on a tout ce qu'il faut pour l'hiver prochain au congélo et en bocaux… Pour manger, ajouta-t-elle, on n'a pas de soucis, mais le ciment et les clous ne poussent pas dans la terre et il faut payer l'eau, l'électricité et les impôts. Alors, pour faire rentrer un peu d'argent, on a triplé la culture des ronces !

C'est ainsi qu'elle appelait les muriers de Patrick, à la fois pour le faire râler et parce que c'est ainsi qu'ils étaient considérés dans sa culture paysanne. Celui-ci la regarda en fronçant les sourcils et en la menaçant du doigt. Malgré cela, son large sourire fier montrait qu'il était très content de lui.

Elle poursuivit son compte rendu sans se laisser impressionner.

— Car les confitures d'Anne-Marie ont beaucoup de succès, surtout la confiture de mures ! Mais je crois que tu étais là quand on a restructuré la terre du bas.

— Beaucoup de demandes, peu d'offres, une excellente opportunité la confiture de mures ! Une étude de marché bien conçue et bien réalisée ! commenta Claude d'une voix un peu pâteuse, faisant à son tour rire tout le monde.

— Oui, ça marche vraiment bien ! confirma Patricia, on en a fait une autre parcelle, plus propre… On fournit tous les hôtels du coin, il y a même des palaces parisiens qui nous en commandent, mais les autres fruits plaisent aussi beaucoup. Cet été, au marché paysan qui se tient une fois par semaine vers le camping, Claude a vendu plus de cinq cents pots de notre production. Et il va pouvoir en emporter autant à la foire d'automne ! Les confitures de mures, Anne-Marie est en plein dedans en ce moment, il pourra en emporter aussi.

Patrick se rengorgea.

— Et il y en aura encore pour toute l'année, on a un rendement du tonnerre ! On a une belle récolte, des belles grosses mures, magnifiques, bien noires, sucrées et juteuses !... Heureusement que je suis là pour assurer la survie financière de cette communauté, parce que, pour répondre à ta question Jo, nous avons aussi un projet pour diminuer nos dépenses d'électricité ! Les Arts et Métiers et Supelec, il montra Julien et Jean-Marc assis côte à côte sur un canapé, sont censés nous installer une éolienne, or ils la sculptent à la main. Leurs profs doivent s'en retourner dans leurs tombes, s'ils y sont déjà, ou s'y précipiter dans le cas contraire. À ce train-là, on n'est pas prêt de la voir tourner !

Les deux autres se défendirent joyeusement, enjoignant à Patrick de venir les remplacer s'il était pressé.

— Encore une excellente étude de marché, une différence de rentabilité d'un à mille entre la fabrication et l'achat d'un produit fini ! émit Claude au milieu des rires, allongé en travers de son fauteuil, les yeux mi-clos.

Stéphane ajouta, pour venir en aide à Patrick.

— Il y a aussi un truc qui a bien rapporté cette année, c'est la prêle !...

— Et voilà, qu'est-ce que je disais ?! Je suis le plus rentable !... Quand je pense qu'il y en a qui critique ! Qui parle de mauvaises herbes !... Il désigna Patricia d'un index accusateur et afficha un air sévère.

Les rires tournèrent au délire, lorsque Julien, s'allongeant à demi sur l'accoudoir de son canapé, les yeux mi-clos, comme Claude… susurra en agitant gracieusement sa main calleuse.

— Beaucoup de demandes, peu d'offres, une excellente opportunité l'herbe folle ! Encore une étude de marché bien conçue et bien réalisée !...

« Oui, le rire était médecin, un excellent médecin même, pour les âmes meurtries et tourmentées », pensa Jo, qui en avait mal au ventre de rire comme cela. Depuis qu'il était parti, cela ne lui était plus arrivé. Kevin en avait les larmes aux yeux. Lui aussi avait, au moins temporairement, oublié ses tourments.

Lorsqu'ils se furent tous à peu près calmés, avec la tacite entente de ceux qui se comprennent vraiment bien, quand les mots et les explications ne sont plus nécessaires, ils se levèrent et commencèrent à débarrasser et à ranger la pièce. Ils avaient tous passé une excellente soirée et ce n'était pas la peine d'en dire plus. Bien sûr, les taquineries et chamailleries se poursuivirent pendant les rangements, sur la manière de remplir le lave-vaisselle, la notion de propre de l'évier, le nombre de verres utilisés…

Jo soupira, et pensa que le lendemain il allait moins s'amuser. Il rejoignit Claude, souhaitant lui parler et ils sortirent ensemble pour aller chercher les bagages restés dans la voiture. Comme il commençait à lui demander de bien préparer Kevin pour sa rencontre avec la police, Claude lui posa la main sur le bras et le rassura, lui disant qu'il avait réfléchi pendant la soirée, que ce qu'il avait imaginé tiendrait la route et qu'il essaierait de rester le plus possible avec le jeune. Jo fut soulagé et insista pour qu'ils ne cherchent surtout pas de le contacter, c'est lui qui donnerait des nouvelles. Il en profita pour demander quel train il avait le plus intérêt à prendre pour être à Paris pas trop tard dans la soirée et à quelle heure il devait quitter la ferme pour être à la gare à temps. Il savait que l'autre saurait le renseigner, il faisait régulièrement le trajet pour son rôle de « commercial » de la communauté.

À leur retour, le reste du groupe les attendait, debout dans la grande salle.

— À quelle heure veux-tu partir demain Jo ? demanda Patrick.

— Vers midi, midi et demi ! l'informa celui-ci, suivant les conseils de Claude

— Donc, demain brunch ici, vers onze heures, annonça le grand bonhomme à la cantonade.

Jo sentit monter en lui une bouffée de gratitude. Ils viendraient tous pour le voir encore un peu et après son départ, Kevin ne serait pas seul. Il savait que tous, comme Claude, feraient le nécessaire pour l'aider et le préparer pour la suite.

Pendant qu'ils discutaient de qui apporterait quoi le lendemain, Claude et lui montèrent les bagages au dortoir. Tout le grenier de la grande pièce avait été aménagé, on y accédait par une échelle de meunier passant par un large trou percé dans le plancher et sécurisé par une balustrade. Une dizaine de lits, de toutes formes et de toutes tailles, y était disposée, dans les coins, dans les espaces libres entre les poutres ou en long au centre de la pièce.

C'est là que logeaient les amis et les familles lorsqu'ils venaient en visite. Jo y était installé pendant son séjour, dans le lit le plus proche du tuyau du poêle qui émergeait du plancher en provenance du salon en dessous et qui chauffait la chambrée. C'est naturellement là qu'il alla déposer son sac. Claude avait laissé ceux de Kevin en haut de l'escalier et s'était couché sur un grand lit au milieu de la pièce.

— On a vraiment une bonne vie ici ! annonça-t-il les yeux levés vers le Velux, qui le jour éclairait la pièce, mais qui, pour l'instant, ne contenait que la nuit pluvieuse.

— Oui et vous la méritez, le conforta Jo.

Il savait pourquoi Claude agissait ainsi, il l'avait déjà vu faire quelquefois pendant son séjour. Stéphane, avec qui il partageait le grenier à cette époque, lui avait expliqué que c'était dans ce lit que Claude avait passé les dures nuits de son sevrage. Il lui avait raconté le récit que Jean-Marc avait fait de l'arrivée de Claude, un jour qu'il s'était étonné de le voir rester allongé les bras en croix et les yeux au plafond, comme ils travaillaient tous les trois à installer des prises électriques dans la vaste pièce.

Lorsque Claude et Anne-Marie avaient emménagé, ils étaient d'abord venus quelques jours tous les deux avec les meubles et les bagages, puis étaient repartis chercher leurs enfants qui les attendaient chez les grands-parents. C'est là que, avant de se mettre en route pour une nouvelle vie avec sa famille, Claude avait jeté tous ses stocks. À leur arrivée au Breil, cela faisait déjà deux cents kilomètres qu'Anne-Marie conduisait en transe et le plus vite possible. Claude, à ses côtés, était blême, tremblant, claquait des dents et transpirait à grosses gouttes.

Patricia, qui connaissait le problème, avait rapidement évalué la situation. Pour préserver les enfants, elle avait envoyé Claude avec Jean-Marc au Mas, prétextant une aide urgente dont Patrick avait besoin en raison d'une grosse fuite d'eau. Et pendant qu'elle s'occupait d'installer la petite famille, leur présentant les chiens, les chats, les poules et les vaches… Jean-Marc, Patrick et Eli s'occupaient de Claude. Aucun d'eux n'était vraiment préparé à ça, Eli avait lu des trucs là-dessus… comme sur beaucoup d'autres choses… et croyait se rappeler qu'il fallait le faire boire beaucoup. Par conséquent, ils l'abreuvèrent de tisanes sucrées avec du miel et d'eau avec du jus de citron, Eli croyait aussi se rappeler qu'il fallait de la vitamine.

Ils réussirent à le faire dormir par intermittence sur le canapé et au moins l'un d'eux resta à ses côtés toute la nuit. Eli avait farfouillé dans ses livres, retrouvé des informations et au matin, ils avaient mis au point un plan d'action. Dès son réveil, hagard, ils le poussèrent sous la douche et Jean-Marc l'emmena courir, marcher, courir… dans les chemins alentour… l'obligeant à boire régulièrement l'eau au citron. À leur retour, Eli les attendait avec du thé léger au miel, des tartines grillées beurrées et des fruits épluchés et coupés en petits morceaux, puis Patrick avait pris le relais l'emmenant bêcher, planter… Les journées passaient ainsi, d'exercices physiques en nourritures saines, pour réunir la famille et perturber le moins possible les enfants, ils prenaient les repas ensemble au Mas. Eli s'était mise aux fourneaux et s'essayait à la cuisine familiale à grande échelle… Cela avait été leur premier chantier collectif, avait précisé Jean-Marc en souriant.

C'était aussi Eli qui assurait le relais la nuit, dans le grenier. Après la tisane au miel, Claude s'endormait épuisé et elle s'installait à côté de lui avec ses livres et sa veilleuse. Elle était là, à chacun de ses réveils hurlants, tremblants, sanglotants, grelottants… le faisait boire et lui lisait *Le Seigneur des Anneaux* pendant que, recroquevillé contre elle, il essayait de se rendormir.

Claude s'était laissé faire, exécutant stoïquement tout ce qu'on lui demandait, les yeux fixés droit devant lui et serrant les dents. Trois semaines plus tard, le Mordor était vaincu et Claude allait bien.

Ce jour-là, Claude avait écouté toute l'histoire racontée par Jean-Marc, immobile sur son lit et le regard rivé au plafond, avait conclu Steph, à la fin il s'était redressé et avait reconnu, un grand sourire aux lèvres.

— J'ai été con, hein ! J'avais tellement répété à Anne-Marie, pendant des années, que je pouvais m'arrêter quand je voulais que je l'ai cru moi-même et sans vous, j'aurais replongé !

Quand Claude redescendit l'escalier derrière Jo, tous les autres étaient là et les attendaient en souriant. Ils savaient, eux aussi, très bien pourquoi il avait monté les bagages. Anne-Marie s'approcha de lui, le prit par la taille et l'embrassa… Ils partirent vers le Breil, la main dans la main, suivis de Jean-Marc et Patricia, Stéphane et Abdel vers La Cour et Julien regagna son studio au-dessus de la grange.

Jo et Kevin s'attardèrent encore un peu, autour de la grande table, devant un dernier verre avec Patrick et Eli, Patrick finissait de lui donner des nouvelles de la petite communauté.

— Tout va bien pour nous, on est vraiment bien intégrés par ici maintenant, on passe toujours pour des hurluberlus, mais il y en a quelques-uns qui commencent à penser comme nous, les mentalités changent ! En plus, ils apprécient nos compétences. Patricia soigne les bêtes du voisinage, en échange, on a le maïs et le foin pour les vaches et le grain pour les poules. Steph fait la compta pour deux ou trois fermes et leur a permis de ne plus être déficitaires, simplement en regroupant leurs prêts, en modifiant les dates des échéances et quelques autres astuces comptables, mais légales ! ajouta-t-il en levant l'index. Ils l'adorent et ne savent pas quoi faire pour lui faire plaisir !... Jean-Marc et Julien vont dépanner aux alentours et cela nous fait des petites rentrées d'argent.

— C'est ce que me disait Claude là-haut, commenta Jo, vous avez une bonne vie ici !

Patrick approuva bruyamment et Eli hocha la tête en silence. Lorsqu'ils se quittèrent quelques verres plus tard, après avoir réveillé Kevin qui s'était assoupi sur la table, la tête sur ses bras croisés, Jo eut du mal à monter l'échelle.

Il montra à Kevin le placard où étaient rangés les draps, ils firent rapidement leurs lits. Kevin avait demandé timidement s'il pouvait prendre celui juste à côté du sien et Jo lui ayant donné son accord, il s'installa tout joyeux, commentant la soirée. Jo, qui sentait d'un coup qu'il avait vraiment trop bu, se laissa tomber sur le lit et quand il s'endormit, l'autre parlait encore.

XIIII

À son réveil, Jo avait « mal aux cheveux » et la bouche pâteuse ! Les Velux laissaient passer la triste lumière d'un jour gris et pluvieux. Il s'assit lentement au bord de son lit, évitant les mouvements brusques qui lui secouaient la tête. Kevin dormait toujours sur le lit voisin, couché sur le dos, ses longs bras et ses longues jambes étalés dans tous les sens. Sa tête, posée sur l'oreiller, avec ses boucles blondes et son air de juvénile innocence, évoquait un ange mal rasé !

Avant de descendre à la salle de bains, Jo prit sa trousse de toilette dans son sac. Il sortit également son jeu de Tarots et alignant ses cartes sur ses draps, fit son tirage habituel qui lui apporta **TEMPÉRANCE** ! Il aimait bien **TEMPÉRANCE** et tapotant la lame de l'index, comme il le faisait souvent, il lui déclara « Trop tard, ma belle ! Il fallait le dire avant ! » Ce qui le mit de bonne humeur. Il posa son paquet,

TEMPÉRANCE sur le dessus, sur la table basse qui séparait son lit de celui de Kevin. Laissant le jeune dormir, il descendit se restaurer la tête sous la douche.

Comme il sortait de la salle de bains qui donnait dans la grande salle, Patrick descendait les quatre marches qui menaient à sa chambre, derrière l'immense cheminée. La ferme était construite sur la pente et s'il fallait descendre pour aller au salon, il fallait monter pour accéder à la chambre de Patrick et Eli. Ils l'avaient aménagée dans ce qui ressemblait à une petite tour. C'était une vaste pièce carrée, très agréable, avec des fenêtres sur trois côtés, un petit espace sanitaire semi-fermé avec douche et lavabo occupait un angle. Dans un autre coin, un escalier en colimaçon menait au grenier de la tour. Eli y avait installé son bureau et son aire de lecture, les murs étaient, là aussi, couverts d'étagères et de livres du sol au plafond, une fenêtre sur chacun d'eux donnait sur la campagne et les sommets environnants, Eli avait positionné un confortable fauteuil devant chacune d'elles.

Patrick ne paraissait guère plus en forme que lui, il se passait une main dans les cheveux puis serrait ses tempes entre ses paumes, affichant une mine dégoutée. Eli étalait une pâte au rouleau en buvant son café avec son air serein habituel. Elle leur indiqua sans un mot le pot de café posé sur la table. Elle n'était déjà pas bavarde en général, mais le matin, ce n'était même pas la peine d'espérer entendre le son de sa voix.

Patrick se racla la gorge et, se grattant le menton, interpella Jo.

— Tu te rappelles que c'est une ferme ici ! La vie ne s'arrête pas parce que c'est dimanche. Je dois aller cueillir des mures, sinon elles vont se perdre. C'est presque la fin, néanmoins je peux en avoir encore quelques kilos… Tu viens avec moi ?

— Oui, bien sûr, mais je n'ai pas grand-chose pour m'habiller, je n'ai rien prévu pour ici, je ne voulais pas avoir un trop gros sac.

— C'est ça ! Cherche-toi des excuses ! Pas de chance, on a tout ce qu'il faut, riposta son copain, en indiquant du pouce un grand placard près de la porte, et en commençant à rire. Il s'arrêta rapidement pour se prendre la tête entre les mains.

— Bien fait pour toi ! commenta Jo.

Il termina son café, se leva pour aller jusqu'au placard choisir un gros pull, une cape de pluie et une paire de bottes. Une fois prêts, les deux amis descendirent vers La Cour sous une petite pluie fine et pénétrante.

— J'ai vraiment passé une super soirée hier, déclara Jo à Patrick, c'était bien de vous retrouver tous et je me suis demandé pourquoi j'avais décidé de partir. Mais ce matin, je me rappelle très bien pourquoi !

Il rabattit en grognant sa capuche sur sa tête. Ils s'esclaffèrent tous les deux et continuèrent à blaguer ainsi jusqu'au jardin. Abdel et Stéphane y travaillaient déjà. À leur arrivée, ils levèrent la tête. Après les avoir salués, Stéphane leur annonça en souriant largement :

— Abdel est allé aux champignons ce matin, il est revenu avec une grande poche de girolles. On les a préparées. Patricia a dit qu'elle apporterait des œufs, ça nous fera une bonne omelette tout à l'heure ! Maintenant, on finit de cueillir les haricots et on les cuisinera à la tomate, « very british for a brunch », souligna-t-il avant de reprendre son activité.

Patrick envoya Jo ramasser des noisettes à l'orée du petit bois qui bordait les muriers. D'après lui, la récolte des mures demandait un coup de main qu'il n'avait pas. Les noisettes, il ne risquerait pas de les écraser.

À remuer les branches couvertes de gouttes d'eau pour y

cueillir les petits fruits en bois, Jo fut rapidement trempé. Il persévéra malgré tout vaillamment et garnit ses deux paniers. Quand ils furent pleins, il rejoignit Patrick qui en avait terminé aussi et rempli la petite hotte qu'il utilisait à cette fin. Stéphane et Abdel étaient rentrés préparer leurs haricots. Ils en cuisineraient une partie pour le repas et Anne-Marie mettrait le reste en bocaux l'après-midi. Elle lancerait également la confiture de mures, car, expliqua Patrick à Jo, humides comme elles étaient, elles ne se tiendraient pas. Ce à quoi Jo répondit que s'il fallait attendre qu'il arrête de pleuvoir, ils n'étaient pas prêts de les ramasser ! Ils retournèrent au Mas en riant et en plaisantant sur le thème…

En arrivant, ils déposèrent leurs récoltes dans le sas du labo. Anne-Marie était très pointilleuse, pas question d'aller plus avant habillés comme ils l'étaient.

Sur la table, dans la grande pièce étaient déjà disposés tartes, miches de pain, pots de confiture, miel… Le couvert était mis et sur la cuisinière des pots de café, thé et lait se tenaient au chaud.

Jo monta se changer, boucler son sac et réveiller Kevin. Lorsque celui-ci ouvrit les yeux et qu'il vit le sac sur le lit de Jo, il s'affola.

— Tu t'en vas déjà ?

— Non, pas tout de suite, le rassura Jo, je finis de préparer mes affaires. On va aller manger et je pars après. Fais-moi passer tes clés et le disque dur, il ne faudrait pas que je les oublie.

Kevin les sortit de la poche de devant de son sac à dos, le disque dur était protégé par un étui en néoprène noir, ce qui était une bonne chose, pensa Jo, les empreintes ne prenant pas trop là-dessus, il l'attrapa cependant précautionneusement avec un de ses tee-shirts, l'y emballa et le rangea ainsi dans son sac.

Le jeune l'observait, assis au bord de son lit, tout pâle, il déglutit avec difficulté. Voyant Jo saisir son paquet de Tarots sur la table, il demanda avec anxiété :

— C'était quoi la carte aujourd'hui ?

« Ça y est, il a la trouille ! » comprit Jo. Il lui répondit d'un ton léger :

— Aujourd'hui, c'est la belle **TEMPÉRANCE**, l'arcane XIIII, elle sait que j'ai trop bu hier et elle est venue me le reprocher.

Il estimait qu'un peu d'humour serait le bienvenu pour que Kevin puisse dominer sa peur. Effectivement, l'autre le regarda avec des yeux ronds.

— Trop fort ! s'exclama-t-il avant de lever l'index et d'ajouter en souriant, oui ! je sais !... Mais quand même !

Jo lui montra la carte en lui expliquant :

— Certains disent qu'on ne sait pas si c'est un homme, une femme ou un ange asexué. Moi, je la vois toujours comme une femme. **TEMPÉRANCE**, c'est « une » ange gardien, je l'aime bien ! C'est un arcane d'harmonie, une lame rassurante et positive. Elle promet guérison et réconciliation. C'est une modératrice... elle rétablit l'équilibre, elle aime la compréhension et l'intelligence du cœur... Comme tous ceux qui vivent ici. Et comme elle, ils vont te protéger.

Kevin le remercia d'un petit sourire triste.

— Mais attention ! signala Jo, dans son sens négatif, c'est l'envie d'abandonner, le doute, le découragement... Tu ne vas pas t'y laisser aller ! N'est-ce pas ?

Le jeune homme hocha la tête d'un air convaincu. Le brouhaha qui monta d'en bas leur annonça l'arrivée des autres et Jo commença à ranger ses cartes dans sa poche habituelle sur le rabat de son sac. Kevin lui demanda, tête baissée :

— Et pour demain, tu ne peux pas savoir ?

Jo avait toujours eu conscience que l'interprétation des lames pouvait être subjective en fonction de l'humeur ou des inquiétudes du moment, surtout avec le tirage d'une seule carte qu'il effectuait ! Mais, là comme ça !... Il ne se sentait pas capable de faire un tirage en croix… Il ne le faisait jamais pour d'autres que lui. Il craignait de se laisser influencer par son propre état d'esprit pour l'interpréter. Tirer pour soi-même était facile, pour un autre, cela demandait de la pratique et une forme de don.

De plus, il ne voulait pas que Kevin doute de lui le lendemain ni qu'il soit trop confiant, ce qui pourrait être le cas s'il ne s'en sortait pas bien avec son interprétation. Il devrait donner le meilleur de lui-même ! En conséquence, il répliqua en continuant à boucler son sac :

— Demain sera ce que tu en feras, les cartes ne doivent pas te dicter ta conduite, elles peuvent juste t'aider à comprendre… Ce ne sont que des petits morceaux de cartons coloriés, ne l'oublie pas !

— Oui, je sais ! Mais quand même… soupira Kevin en commençant à s'habiller.

De bonnes odeurs de saucisses en train de griller parvenaient jusqu'à eux en provenance du rez-de-chaussée. Jo descendit son sac. À son arrivée, ceux qu'il n'avait pas encore vus le saluèrent, les enfants vinrent l'embrasser. Ça parlait, ça rigolait déjà de tous les côtés. Eli, à son plan de travail, cassait une montagne d'œufs dans un gigantesque saladier, un second presque aussi grand contenant les girolles attendait à côté et laissait penser à Jo que la poche du matin devait faire au moins dix litres… La poêle posée sur la cuisinière dans laquelle elle allait faire cuire l'omelette était large comme une roue de charrette.

L'apparition de Kevin derrière lui suscita également des

exclamations de bienvenue qui rassurèrent Jo « Oui, le gamin serait bien ici ! ».

Ils s'installèrent tous à table, Jo se vit servir une pleine assiette de haricots, saucisses et une belle part d'omelette, la voix forte de Patrick couvrit celles des autres.

— Et voilà que ça recommence ! Eli ! Tu n'as pas vu qu'il a pris du gras ?!

Une vague d'hilarité déferla sur la table. Le repas se poursuivit au milieu d'un gai chahut. Les filles avaient apporté du Breil des pots en grès contenant de la compote et du fromage blanc, ce qui suscita les sarcasmes de Patrick.

— Tu vois, c'est la dernière invention de Madame, expliqua-t-il à Jo en désignant Anne-Marie, les nouveaux copains de Steph, qui souhaitent à tout prix le remercier, lui déposent deux ou trois fois par semaine un grand bidon de lait. Il a intérêt à le remonter vite fait parce que sinon, ça la rend hystérique…

Anne-Marie n'essaya même pas de se défendre se contentant de rire avec bonne humeur. Elle connaissait le bonhomme et savait où il voulait en venir.

— Tu comprends, enchaina Patrick, l'hygiène, les bactéries, le lait cru, le froid, le chaud… elle nous poursuit avec tout ça ! Bon, je dois dire qu'elle oblige Jean-Marc à nous baratter un beurre tout à fait valable.

Celui-ci joua le jeu et fit le spectacle, gonflant les pectoraux et faisant saillir ses biceps, bras levés à l'horizontale, coude à quatre-vingt-dix degrés et poings fermés, sous les joyeuses acclamations des enfants et des plus grands.

— Avec le reste, elle nous fait du fromage blanc, mais pas dans ses belles gamelles brillantes et aseptisées ! Ça, c'est pour les autres ! Pour nous, c'est dans des pots en grès qu'elle laisse moisir toute une journée bien au chaud, derrière une vitre au soleil l'été ou toute la nuit à côté du poêle l'hiver. Elle te fait égoutter tout ça et hop ! c'est prêt ! Et ça se dit scientifique !...

Toute la table riait de bon cœur.

— Je dois encore reconnaitre que le résultat n'est pas mauvais, et quand elle veut se donner du mal, elle nous fait un petit fromage frais ail et fines herbes, un délice ! Mais ça, ce n'est pas tous les jours ! se plaignit-il boudeur. J'aimerais bien, enchaina-t-il d'une voix plus forte pour couvrir le brouhaha, que l'on respecte les règles d'hygiène, tout de même ! reprenant à son compte un des leitmotivs d'Anne-Marie.

Jo encore une fois n'en pouvait plus de rire et faillit s'étrangler avec son café. Hélas, il devait mettre fin à ce bon moment et quand il eut fini sa tasse, il repoussa son siège.

— Bien, il est temps que je me mette en route.

Avec un bel ensemble et dans un grand bruit de chaises, tous se levèrent pour lui dire au revoir. Il les salua les uns après les autres, en dernier, il serra Kevin dans ses bras.

« Doute que les étoiles soient de flamme, doute que le soleil se meuve, mais ne doute pas de toi !... Que la force soit avec toi ! » lui murmura-t-il à l'oreille et en se reculant, devant les yeux étonnés du jeune homme, il leva un pouce victorieux.

Patrick l'accompagna sous la pluie jusqu'à la voiture, et lui aussi le serra dans ses bras en lui parlant à l'oreille, mais d'une voix si forte qu'elle lui cassa le tympan « Fais bien attention à toi surtout ! » Jo n'avait donné aucun détail sur la partie du plan qui le concernait. Néanmoins, Patrick – et à n'en pas douter tous les autres également – avait deviné qu'il allait utiliser les talents dont il n'avait jamais parlé.

Jo n'avait jamais expliqué clairement ce qu'il faisait dans la vie avant d'arriver dans le coin, plutôt mal en point. Et après quelques réponses évasives de sa part, personne ne lui avait plus jamais posé de questions. Toutefois, il s'était senti en confiance et dans les conversations d'après diner, il avait évoqué les pays où il était passé. Ce qui lui avait plu ou déplu, ce qui l'avait choqué ou étonné. Parlé de gens qu'il avait rencontrés qui lui avaient fait peur ou donné espoir pour l'avenir… Et parfois, lâché quelques détails qu'il aurait dû taire… Ou pour amuser les enfants, fait des choses qu'il n'aurait pas dû faire…

Intelligents comme ils étaient, ils avaient tous à peu près compris quel était son job, et l'avaient volontiers crédité d'être du côté des « gentils » ou du moins des « fréquentables ». Jo s'en était bien aperçu, à certaines remarques ou allusions. Mais la confiance, c'est réciproque, ils lui avaient donné la leur, il fit de même et ne se referma pas comme une huitre.

Cependant, ils savaient bien qu'il était à la retraite, il s'était assez fait chambrer là-dessus par Patrick. Et au moins celui-ci avait bien saisi que ce n'étaient pas ses anciens employeurs qui l'envoyaient en mission. Que c'était juste un « truc » entre Kevin et lui. Qu'il serait tout seul, sans recours « officiel » possible en cas de pépins.

Plus Jo descendait, roulant sur des routes de plus en plus larges et de plus en plus passantes, plus la solitude grise et triste qu'il avait fini par détester, l'envahissait. Il faut dire que la météo n'aidait pas, il pleuvait sans discontinuer et le ciel était bas et sombre. Le genre de situation qui lui mettait immuablement en tête les vers de Baudelaire.

« Quand le ciel bas et lourd pèse comme un couvercle
Sur l'esprit gémissant en proie aux longs ennuis… »

Un « spleen » qui lui sapait encore plus le moral. C'est plein de doutes et d'interrogations qu'il arriva à la gare. Il se rappela **TEMPÉRANCE** et ce qu'il avait dit à Kevin. Mais, comme il était seul et n'avait personne d'autre que lui à encourager, il préféra railler sa superstition… tout en le regrettant… avec son ambivalence habituelle à l'égard des Tarots.

Il s'installa dans le train, frissonnant, humide, hargneux et vraiment de mauvaise humeur, se demandant bien quelle idée il avait eue de se coller dans cette galère ! Heureusement, la courte nuit de sommeil, la cueillette du matin et le bon repas lui permirent de s'endormir alors qu'il venait à peine de mettre ses écouteurs et d'allumer son mp3.

À son arrivée à Paris, il était reposé, mais courbaturé d'avoir dormi de travers sur son siège raide. Et son humeur était encore plus mauvaise. Il s'enfonça dans le métro, en pestant contre lui-même et contre Kevin et ses états d'âme.

Jo avait voulu profiter du voyage en voiture pour lui poser des questions sur son appartement, son quartier… de manière à connaitre la géographie des lieux avant de débarquer. Les réponses laconiques du jeune homme puis sa crise de conscience, ne lui avaient pas permis d'obtenir beaucoup de renseignements. Ensuite, Jo n'avait pas souhaité en rajouter à ses angoisses et s'était abstenu d'interrogations qui auraient pu lui laisser penser que lui, allait prendre des risques.

Du coup, hormis le nom de sa station de métro, son adresse, le fait qu'il habitait au septième étage, que…

— Bien sûr qu'il y a un ascenseur !

— Ben oui ! il y a des hôtels dans le quartier !

— Non ! Je ne connais pas les noms, je n'ai jamais fait attention !

Cela grogné d'un ton maussade et hargneux, en réponse à ses questions, Jo n'avait aucune information sur l'endroit où il allait.

Oui ! Il aurait bien voulu préparer correctement sa « mission », même en pensée, il mit des guillemets…. Et râla… se demandant encore une fois « ce qu'il était venu faire dans cette galère ! ». Il serrait les poings et hochait la tête, tourmenté d'une invisible colère. Aucun de ceux qui le croisaient ne pouvait deviner l'agitation qui bouillonnait sous son crâne. Il se comportait de fait comme un provincial anonyme qui arrive à Paris, avec son gros sac, et cherche son chemin dans le métro.

En descendant de sa rame, il consulta le plan du quartier sur le quai, repéra la rue de Kevin et choisit la sortie qui l'en éloignerait le plus possible. En émergeant de l'escalier, il reconnut tout de suite l'odeur de Paris : gaz d'échappement, trottoirs sales et mouillés, asphalte et ozone… Ça ne lui avait pas manqué ! Il avait eu horreur des missions à Paris. Pourtant, il pouvait rentrer chez lui, il y avait un petit pied à terre, en fait, un studio meublé, sombre et triste, qui lui coutait les yeux de la tête. Celui-là non plus, il ne l'avait pas regretté ! Il n'y a que les touristes pour aimer Paris ! Je suis de mauvais poil, se corrigea-t-il. Pour être honnête, Paris, c'est une belle ville !... Mais pas aux heures de boulot, conclut-il.

Il s'éloigna de la bouche de métro, toujours dans son rôle de touriste, et essaya de repérer un hôtel qui lui conviendrait. Chance, à un coin de rue, il trouva une petite résidence hôtelière, récente et sympathique, et chance encore, il y avait de la place pour lui ! Cela le rasséréna, au moins quelque chose d'agréable. Il aimait bien cette formule, c'était plus accueillant qu'un meublé, souvent un peu glauque, et moins anonyme et plus pratique qu'un hôtel.

Une fois arrivé dans sa chambre, il s'installa rapidement, mit dans la salle de bain sa brosse à dents, son rasoir, son eau de toilette… déballa ses vêtements et les étala partout pour que la pièce perde son anonymat et qu'en voyant ses affaires, il se sente chez lui. Il pratiquait toujours ainsi.

Il avait sorti son jeu de Tarots et l'avait posé sur la table de nuit, **TEMPÉRANCE** encore sur le dessus. Il s'assit au bord du lit, tapota la carte et souriant, lui dit « Ce n'est pas une bonne journée, je ne vais plus t'aimer ma belle si tu continues comme ça. J'aurais préféré l'harmonie au doute et au découragement. Tu exagères si tu m'en veux juste pour quelques verres !... Mais ne te trompe pas, je n'ai pas envie d'être là, c'est tout, pas d'abandonner. Vous voulez que je m'occupe du Bateleur, ajouta-t-il s'adressant aux Tarots en général, eh bien ! je vais m'occuper du Bateleur ».

Il s'allongea sur son lit, les mains derrière la tête et se moqua de lui-même. « C'est malin de parler à tes cartes. On ne t'a jamais dit que ce ne sont que des bouts de cartons ! ».

Cependant, il se sentait mieux, d'un état d'esprit plus positif, et commença à réfléchir. « Bien, ce n'est pas grand-chose à faire, tu te pointes là-bas et en te faisant remarquer le moins possible, tu trouves l'appart de Kevin, tu rentres dedans, tu dégotes un petit endroit sympa pour y mettre le disque dur et tu ressors de là sans laisser de traces et toujours discrètement, simple quoi ! Tu as les clés, rien de ce que tu fais n'est vraiment illégal. Donc, conclut-il en se rasseyant, première chose, tu vas repérer les lieux. »

Il quitta l'hôtel avec en tête le plan qu'il avait étudié dans le métro, et en zigzaguant un peu dans les rues avoisinantes pour avoir une bonne connaissance du quartier, il se dirigea vers le logement de Kevin.

Comme il traversait un boulevard, la vue d'un grand « tabac journaux papeterie » encore ouvert, lui donna une idée. La boutique disposait d'un espace multiservice avec photocopieuse et un de ces automates sur lequel on peut imprimer tout de suite, faire-part et cartes de visite.

Il avait décidé de se présenter chez Kevin en tant qu'artisan du bâtiment. Ainsi, s'il rencontrait, un concierge ou un voisin, il avait une bonne excuse pour pénétrer dans l'appartement en annonçant que « Monsieur Juvaine m'a demandé de passer pour… (là, il allait falloir qu'il trouve quoi…) et comme il devait aller à son travail, il m'a laissé ses clés » et il exhiberait le trousseau.

Habituellement dans son boulot, il était muni des identités nécessaires pour appuyer ses dires. Mais là, pas question qu'il prenne ses propres papiers, ils resteraient à l'hôtel, il allait les remplacer par des cartes de visite, cela ferait l'affaire. Si vraiment il tombait sur un concierge très très consciencieux, ou sur un flic, il essaierait de leur vendre un petit baratin.

« Juste aujourd'hui, j'ai oublié mon portefeuille, heureusement, j'avais quelques tickets de métro, ma femme va me tuer si je rentre sans avoir fait les travaux… ». Le détail qui fait vrai et la solidarité masculine, ça marche toujours !... Et si c'était une femme ? Alors avec les excuses et le sourire, il se désespérerait de son étourderie. Ça marche bien aussi !

Puis, il objecta pour lui-même « Arrête de te faire des films, il ne va rien se passer, tu vas entrer, sortir et basta ! »

Il entra tout de même dans le magasin et s'approcha de la machine pour imprimer quelques cartes de visite. Il avait toujours aimé s'être préparé à toutes les éventualités. Ce n'était pas aujourd'hui qu'il allait changer !...

En étudiant le fonctionnement de l'appareil, il réfléchissait à ce qu'il allait mettre sur la carte. Il se décida pour artisan plombier-chauffagiste ; une petite fuite, un robinet, une chasse d'eau… ça arrive tout le temps. Et pour le nom ? Puisque les Tarots l'avaient envoyé aider **LE BATELEUR**… en souriant, il tapa sur le clavier A. JODOROWSKI. Un maitre, c'était sa version restaurée du Tarot de Marseille qu'il utilisait, il allait rester sous l'égide des cartes. Il inscrivit aussi un numéro de téléphone bidon… du moins qu'il ne connaissait pas. Il choisit un modèle simple et imprima cinquante cartes.

Il était content de lui en quittant la boutique. Un peu plus loin, il entra dans une mini supérette, le genre d'endroit ouvert sept jours sur sept et tard le soir, Paris n'a pas que des inconvénients… Il voulait s'acheter de quoi diner et petit déjeuner le lendemain matin. Il n'avait absolument pas envie d'aller au restaurant tout seul. Sa chambre comportait un petit coin-cuisine… enfin, un minuscule évier et une plaque chauffante sur un placard contenant un peu de vaisselle, un frigo un four micro-ondes et une bouilloire. Il allait se faire réchauffer quelque chose et mangerait en regardant la télé.

Il soupira. Ça non plus, ça ne lui avait pas manqué. Il choisit un plat préparé, des biscuits pour son dessert et son petit déjeuner, un mini pot de café soluble et se dirigea vers la caisse. Contemplant les produits qu'il avait dans les mains et soupirant encore une fois, il murmura « Vous non plus vous ne m'avez pas manqué ! » et jeta un œil alentour pour vérifier que personne ne l'avait vu parler à ses courses. Malgré tout, il souriait en sortant sur le trottoir, son sachet à la main.

Il se donna l'allure du Parisien qui rentre chez lui avec ses achats du soir, sachant où il va, un peu pressé, les Parisiens sont perpétuellement pressés. En arrivant aux abords de l'adresse de Kevin, il se mit en alerte, essaya de repérer des personnes immobiles en train d'attendre, des voitures garées, mais occupées, des camionnettes spéciales… « Tu te fais encore un film, ils n'ont surement pas sorti l'artillerie lourde, et sans doute même pas un pistolet à pétard !.... »

Il s'arrêta devant l'immeuble. Un beau bâtiment, très chic, récent, marbre, dorures, cuivres étincelants, petit jardin en façade, Kevin devait avoir un sacré loyer ! Il avait pris soin de rester sur le trottoir d'en face pour avoir une meilleure vue d'ensemble. Il sortit son téléphone de sa poche et fit semblant de répondre à un appel, alors que celui-ci était soigneusement éteint. Il fit les questions et les réponses d'une conversation téléphonique, de manière unilatérale, tout en regardant autour de lui le plus naturellement possible. Il ne remarqua rien de particulier… Il leva les yeux vers le septième étage de l'immeuble, c'était le dernier… Certaines fenêtres étaient éclairées, néanmoins comme il ne savait pas du tout lesquelles étaient celles de Kevin, cela ne l'avança pas beaucoup. Il ne savait même pas si son appartement donnait sur la rue. Il fit semblant de terminer son coup de fil et repartit d'un pas pressé.

Il rentra à l'hôtel, en faisant quelques tours et détours dans le quartier, pour voir s'il parvenait effectivement à se repérer et aussi pour vérifier que personne ne le suivait. Il savait qu'il était bon à ce jeu-là, il était sûr de lui, il n'y avait aucun indésirable à ses basques.

Avant d'arriver, il s'arrêta sous un porche, se baissa faisant mine d'arranger son lacet et en profita pour salir légèrement une dizaine des belles cartes de visite toutes neuves qu'il venait d'acheter. Il les frotta délicatement sur le sol, pas trop, juste pour qu'elles aient l'air d'avoir vécu, il les glissa dans la poche arrière de son pantalon en forçant un peu, pour écorner les bords.

Il se demanda encore une fois si c'était la peine qu'il se donne autant de mal, il aurait pu arriver, ouvrir la porte, poser le disque dur et repartir… et serait déjà dans le train pour rentrer, plutôt que d'être là, avec pour perspectives du « saumon-riz-petits légumes » et la télé. Il grogna et grinça des dents. Sa mauvaise humeur reprenait le dessus. Il s'encouragea « Allez, ce n'est que pour ce soir, ça ne va pas durer des jours et des jours ou des semaines et des semaines, demain tu es de retour chez toi. L'autre jour, tu pensais que ça te manquait !... Tu avais besoin d'une piqure de rappel ! Tu as vu ! Il n'y a rien qui te manque !... »

Dans sa chambre, il commença par se changer, enfila le caleçon et le tee-shirt qui lui servaient de pyjama et laissa trainer par terre et sur les meubles, ses chaussures et ses vêtements. Autant pour sa maison il était plutôt ordonné, autant les chambres d'hôtel déclenchaient chez lui ce genre de réaction, beaucoup de bazar, c'est plus intime.

Il fit réchauffer son plat, alluma la télé, mangea tout de même dans une assiette, assis à la table ; ça le déprimait moins que dans le plat et sur le lit.

Le journal de vingt heures avait commencé, il avait juste manqué l'énoncé des titres. Il s'aperçut qu'il ne s'était pas inquiété de l'affaire de Kevin depuis plus de vingt-quatre heures. En fait, il préférait fonctionner comme cela, dans ses missions, il était rarement informé des motifs de la surveillance. Il se trouvait plus efficace ainsi… sans a priori.

Ce soir, il avait fait ce qu'il pouvait dans la mesure de ses moyens solitaires. Bien sûr, il aurait pu passer la nuit dans la rue à guetter l'accès de l'immeuble, mais le lendemain il aurait été cuit. En plus, il ne savait pas s'il y avait d'autres accès et n'avait pas trop de possibilités de se renseigner sauf à mener une petite enquête qui aurait pu attirer l'attention sur lui… L'histoire du chat qui se mord la queue. Souvent le trop est l'ennemi du bien ! Il estimait avoir géré la situation au plus juste, avec les moyens à sa disposition « T'es un pro, Jo ! » ironisa-t-il.

Il vit apparaitre la photo de Kevin à l'écran, chic sérieux, costume cravate, il ne ressemblait pas au Kevin qu'il connaissait. Le présentateur annonça

« Dans l'affaire Kevin Juvaine de la société Cons'actuel, l'enquête suit son cours, la police est toujours sans nouvelles du jeune homme qui a disparu après sa fuite de l'hôpital où il était soigné, suite à une première tentative de suicide. On espère qu'il n'a pas de nouveau essayé d'attenter à ses jours. La police a entendu, à titre de témoin, le directeur de la société, Monsieur Vaironne, qui confirme que Kevin Juvaine était particulièrement dépressif avant de quitter l'entreprise sans prévenir, et après avoir détruit une bonne partie des fichiers de son ordinateur. »

Les infos se poursuivirent avec les résultats de sports du weekend. Jo resta songeur.

« Pauvre Kevin, il s'est fait charger un maximum, le discours a évolué depuis vendredi matin. C'est maintenant son affaire à lui… Tout laisse entendre que c'est de sa faute. Surtout avec ces médias qui ont l'art de déformer les propos juste ce qu'il faut. En fuite ! C'est sûr qu'ainsi, il a déjà l'air coupable. »

Kevin était, certes, parti comme ça, sans rien dire à personne, cependant la présentation du commentateur pouvait autoriser à croire qu'il était emprisonné à l'hôpital. Bien sûr, les paroles des journalistes peuvent n'être qu'un lointain reflet de ce que pense réellement la police… Le jeune ne semblait pas officiellement suspect et Vaironne paraissait les intéresser… Et le problème de l'ordinateur, il avait eu le nez creux avec son disque dur, le gamin. Sinon il était cuit !... « Eh bien maintenant, à moi de faire que ce disque joue son rôle !... » conclut Jo.

Il avait aussi une mauvaise impression avec l'histoire du suicide. Lorsque les médias insistaient sur une idée, c'est qu'on la leur serinait par-derrière. Il était bien content d'avoir emmené Kevin au Mas, parce que sinon, il l'aurait peut-être déjà réussi son deuxième suicide !... Pour l'instant, il ne courait aucun risque, personne ne penserait à chercher par là-bas. Toutefois, dès qu'il serait allé se présenter à la police, la nouvelle de sa localisation se répandrait très vite. Il devrait prévenir Claude d'être vigilant, mais pas ce soir, pas la peine de les inquiéter inutilement.

Il avait depuis longtemps terminé son assiette, pourtant il regarda les infos jusqu'au bout, pendant la pub, il lava sa petite vaisselle. Lorsqu'il quitta l'évier, les spots tournaient toujours. Il s'installa sur son lit avec son paquet de biscuits et la télécommande et zappa de chaine en chaine cherchant un programme qui lui ferait envie. À cette heure, il alla surtout de pub en pub !... En râlant, il commença un deuxième tour de zapping, finit par s'arrêter sur une chaine qui lui promettait *Spy game* dans quelques instants.

Lors de sa sortie, il avait beaucoup aimé le film. À cette époque, il y croyait encore et se serait bien vu en Muir… Il ne se faisait déjà plus trop d'illusions sur la considération que pouvait avoir sa hiérarchie lointaine et bureaucratique pour des sous-fifres comme lui… Les rares fois où il en avait rencontré, il avait été traité avec la même suffisance méprisante et condescendante que dans le film. Des gens qui avaient fait beaucoup d'études et avaient une haute estime de leurs capacités… et aucun sens du terrain. Il ne fallait toutefois pas s'aviser de critiquer ou de faire des remarques sur leurs évaluations des renseignements déjà en leur possession, ou émettre des doutes sur le rapport intérêt/dangerosité de la mission programmée, après on était mal vu et dénigré. Heureusement, maintenant on n'était pas fusillé !... En Quatorze, ceux qui avaient osé se rebeller contre les imbéciles gradés qui les envoyaient au casse-pipe pour rien, ou juste pour satisfaire leur orgueil, s'étaient retrouvés devant un peloton d'exécution.

Jo, qui était parfois râleur et n'aimait pas garder ce genre de pensées pour lui, en avait vu sa carrière gênée. Bien sûr, le fait qu'il soit nul en informatique, en ordi, en réseau… ne l'avait pas aidé. Lors de son emménagement, l'installation de sa télé et de sa console, de son ordi et de la connexion internet l'avaient fait transpirer plus que de raison. Les manettes, ça allait bien, mais les branchements, ce n'était pas son fort. Il se rendait bien compte que la manière dont il utilisait cet ordi et ses possibilités, c'était donner de la confiture à un cochon… un gâchis… ça ne l'intéressait pas, c'était ainsi… Quand par hasard, il avait envie ou besoin de quelque chose, cela lui demandait trop de temps de combler ses lacunes et il abandonnait rapidement, trouvant finalement, comme le renard de la fable, les raisins trop verts. Ce qui le mettait de mauvaise humeur.

Il avait été vraiment très bon dans ce qu'il faisait, n'avait jamais perdu sa cible, ne s'était jamais fait repérer, ramenait toujours des photos où tous les protagonistes étaient identifiables. Alors, il avait continué à le faire, il était bien noté, prenait du grade, mais dans la rue !... Solitaire !... Au froid, dans la grisaille et sous la pluie !...

Il sentait qu'il était de nouveau de méchante humeur, le film avait débuté… Il n'y retrouvait pas le plaisir promis, ça avait un peu vieilli ou il avait idéalisé le scénario du vieil espion venant en aide au jeune homme qui s'est mis en danger. Il s'ennuya vite… Il recommença à zapper… Après avoir fait défiler deux fois toutes les chaines, pourtant nombreuses de l'hôtel, il se força à appuyer sur le bouton d'arrêt. Sinon il y serait toujours dans deux heures, cela lui était déjà arrivé.

Il se glissa dans ses draps et, grignotant un biscuit, ouvrit sa liseuse. Autant il avait lu avant, dans la « vie grise », autant sa maison, son nouveau job, son jardin et ses arbres fruitiers l'avaient tenu occupé. Ces derniers temps, à part quelques pages le soir avant de dormir, et encore pas tous les jours, il ne lisait plus beaucoup. Il avait voulu reprendre depuis le début les *Rougon-Macquart*, mais ça faisait déjà un petit moment qu'il trainait sur *La conquête de Plassans* et ce soir, il n'en avait pas envie. Il chercha dans son livre quelque chose de plus léger et divertissant. Il se décida pour *Harry Potter*, pas de quoi se torturer l'esprit, juste un bon dépaysement au pays de la magie. Il avait de tout temps aimé les légendes et les contes, pleins de fées, de magiciens, de géants, de sirènes, d'hydres et de licornes, cela lui plaisait qu'ils soient de nouveau d'actualité.

Dès qu'il sentit que ses paupières devenaient lourdes et qu'il s'endormait, il éteignit sa lampe.

I

Lorsque Kevin vit, par la fenêtre, la voiture de Jo disparaitre dans le premier tournant, une boule d'angoisse lui monta à la gorge, une peur quasiment panique s'installa en lui, il en avait la nausée et faillit vomir son déjeuner ! Il s'obligea à respirer calmement et à essayer de sourire, mais il ne se sentait pas vraiment convaincant ni convaincu… Claude vint vers lui et lui posa la main sur l'épaule.

— On va débarrasser la table et tout ranger. Après, on se mettra tranquillement dans un coin et on discutera pour préparer la journée de demain.

Pendant qu'il aidait les autres, il tenta de ranimer son courage, il ne voulait pas décevoir Jo qui se donnait tant de mal pour lui. Il commença à penser à ce qui aurait pu advenir s'il ne l'avait pas rencontré… la panique revint et là, pour de bon, il dut se précipiter vers les toilettes et vomir.

Après, il se sentit un peu mieux. Il se passa de l'eau sur la figure et se souvint des paroles de Jo « Le courage ce n'est pas de ne pas avoir peur, mais de la surmonter ». Bon d'accord, il avait peur, mais il allait se ressaisir pour que Jo n'ait pas fait tout ça pour rien et qu'il ne gâche pas tout !

Il essuya quelques larmes qui en avaient profité pour s'échapper, se repassa la tête sous le robinet. Puis, les mains posées sur le bord du lavabo, en appui sur ses bras tendus, se regardant bien dans les yeux, dans le miroir, il se dit, le plus fermement possible, « Ça va aller maintenant ! »

Il ne s'était rendu compte que très progressivement des dangers qui le menaçaient. Il avait quitté l'hôpital dans une espèce de brouillard jubilatoire, peut-être dû aux médicaments contenus dans ses perfusions ou à ce que les deux autres lui avaient fait prendre. Quels faux jetons, ces deux-là !... Il aurait dû se méfier, il les avait toujours trouvés « lèche-cul » avec le patron et jaloux parce qu'il avait la cote. Vaironne était super sympa avec lui, le complimentant régulièrement, et il voyait bien que les deux salauds, ça les rendait verts ! Vaironne !... Quel sale type aussi, celui-là ! Avec lui, il n'avait rien vu venir. Et là, à la télé, il faisait semblant de ne pas savoir ! Alors que c'était lui qui lui avait dit de partir. Et il avait l'air de sous-entendre que lui, Kevin, avait trafiqué des trucs tout seul dans son coin. Pourtant il n'avait fait que ce qu'il lui demandait.

À ces pensées, une boule de nausée lui remonta à la gorge. Il se força à respirer et toujours se regardant, renouvela ses encouragements « Ça va aller, Jo te fait confiance ! Ne l'oublie pas ! ». Il prit la serviette pour s'essuyer la figure, mais y enfouit son visage et se laissa tomber sur le couvercle des toilettes.

Heureusement qu'il l'avait rencontré, dans ce café. Il ne se sentait vraiment pas très bien, il avait un mal de crâne du tonnerre et n'était pas capable d'aligner deux idées à la suite. Jo était venu s'installer à côté de lui, avec son sourire joyeux, son accent du Midi, son air sympa, ses drôles de remarques. Il s'était senti tout de suite en confiance et plus léger. En partant, il lui avait laissé un billet de cinquante euros. C'est à ce moment-là qu'il s'était aperçu qu'il n'avait pas un rond. On aurait dit que l'autre le savait ! Comme il avait l'air de savoir aussi pour l'hôpital. Pour Tom et Alex ! Il comprenait tout, ce type, pas besoin de lui expliquer. C'était un peu pour cela qu'il était allé le rejoindre après avoir mangé des tartines et but un grand café qui lui avaient fait du bien. Il sentait qu'il n'aurait pas d'éclaircissements à fournir, ce qui l'arrangeait bien, parce qu'il n'en avait pas. Et puis, il n'avait pas d'autres idées, il ne pouvait quand même pas rester là, dans ce café, toute la journée !

Il ne l'avait pas regretté, surtout depuis qu'il avait entendu les infos et Vaironne qui l'accusait presque. Là, Jo avait été vraiment sympa, il l'avait cru tout de suite. Ou il avait cru ses cartes ?! Cette pensée lui fit retrouver le sourire. C'est vrai qu'il était marrant, Jo, avec ses cartes, il ne voulait pas le reconnaitre, pourtant il y croyait dur comme fer. Quand il l'avait surpris sur la terrasse avec son jeu, il avait fait une de ces têtes ! Kevin avait cru qu'il allait lui sauter dessus, alors il avait vite posé des questions comme si de rien n'était. L'autre avait pris sur lui, s'était néanmoins dépêché de ramasser ses cartes et après, l'avait surveillé pour qu'il n'y retouche plus.

Kevin se sentait mieux, il se leva, raccrocha la serviette et affichant un sourire le plus vaillant possible, ressortit de la salle de bain. Les enfants étaient partis, les autres étaient tous installés autour de la grande table avec dossiers, feuilles de papier et crayons devant eux et prévoyaient les activités des jours à venir. Lorsqu'il réapparut, personne ne commenta sa brusque désaffection, Patrick l'accueillit en s'écriant :

— Ah ! le petit nouveau ! Viens t'assoir là un peu pendant qu'on finit de discuter. On t'a mis au programme de Claude aujourd'hui, il va s'occuper de toi.

— Oui, on a un entretien à préparer, c'est du boulot ! expliqua celui-ci.

Patricia annonça qu'elle allait rentrer au Breil, pour être près des enfants pendant qu'ils faisaient leurs devoirs, pour les aider s'ils en avaient besoin et surveiller pour s'assurer qu'ils les fassent. Qu'en même temps, elle allait tuer et arranger des poulets pour la semaine suivante, pour nous, précisa-t-elle, en montrant Anne-Marie, et elle demanda aux autres s'ils en voulaient aussi.

Eli l'interrompit pour signaler que le réfrigérateur était plein de restes et qu'il fallait que tout le monde reparte avec quelque chose, qu'il y avait l'équivalent d'au moins un ou deux repas. Mais elle voulait bien un poulet, Stéphane et Abdel également. Stéphane en profita pour annoncer :

— Avec Abdel, on va participer au groupe de travail « préparation de l'entretien »

Il soutenait l'idée de Claude d'assimiler la rencontre de Kevin avec la Police à un entretien d'embauche et de la mettre au point comme on apprend à le faire aux étudiants. Des sourires nostalgiques fleurirent sur les lèvres des autres membres du groupe.

Qui s'élargirent franchement lorsqu'Abdel ajouta, après avoir pris une grande inspiration :

— Surtout, qu'on a l'habitude, on en a passé pas mal !...

Patrick tapa du plat de sa main sur la table, la faisant vibrer sur toute sa surface.

— Bravo mon gars ! Tu as tout compris ! Très bel effort ! s'exclama-t-il.

Devant cette bruyante manifestation d'approbation, le

teint d'Abdel vira blême alors que ses pommettes tournaient cramoisies. Aux froncements de sourcils et raclements de gorge des autres, Patrick grimaça.

— D'accord, d'accord ! Désolé ! Je ne dis plus rien ! Mais c'était un bel effort tout de même ! plaida-t-il dans le grondement qui lui servait de murmure. Moi, j'irai finir de ramasser les mures, en cherchant bien, je devrais pouvoir en remplir encore une petite hotte, s'empressa-t-il d'ajouter avant de se tourner vers le papier posé devant lui et de faire semblant de griffonner.

Jean-Marc et Julien avaient entre eux une feuille avec une longue liste de petits travaux à effectuer, que chacun avait demandés au fur et à mesure de la discussion. Ils expliquèrent ironiquement que, comme c'était dimanche, ils allaient se consacrer à du bricolage de loisirs et essayer de terminer la préparation de l'éolienne. « Ce qui leur éviterait de se faire critiquer par ceux qui préféraient aller se promener dans les bois », commentèrent-ils en fixant Patrick. Les rires fusèrent autour de la table, pour une fois, c'était le grand costaud qui en était la cible et non l'instigateur.

Les deux maitres d'œuvre annoncèrent que dans la semaine, ils devraient avoir fini, en dépit des menus travaux qu'on leur avait ajoutés. Ils montrèrent leur feuille bien remplie. Il allait falloir prévoir deux jours avec tout le monde pour le montage. Rapidement, le groupe se décida pour le début de la semaine suivante.

Kevin avait bien vu qu'on le regardait un peu en choisissant la date et avait saisi qu'on la repoussait pour lui. Encore une fois, personne n'avait fait la moindre remarque, cela s'était fait tacitement, ils n'avaient pas besoin de parler pour se comprendre, pas étonnant que ce soient des copains de Jo, ils étaient sympas comme lui ! Il tentait de faire bonne figure, de rester souriant, c'est vrai que l'ambiance détendue et les traits d'humour réguliers l'aidaient bien.

Il avait aussi essayé de réfléchir à ce qu'il lui faudrait dire le lendemain, mais à chaque fois, sa gorge se nouait, sa poitrine se bloquait. Il s'encouragea :

« Tu as passé des tas d'exams, les concours des grandes écoles, en prépa tu avais au moins deux colles par semaine et bien là, c'est pareil ! Tu connais aussi les réponses et les examinateurs ne sont certainement pas plus vicieux que certains profs. C'est comme un oral, il faut faire le spectacle, avoir l'air sûr de soi, pas trop non plus pour ne pas contrarier le prof. Comme un spectacle ! » se répéta-t-il fermement en serrant les poings. « Sauf que là, tu joues ta vie et ce n'est pas une mauvaise note que tu risques, c'est la prison… ».

Il se reprit « Stop, n'y pense même pas, des mauvaises notes, tu n'en as jamais eu, tu ne vas pas commencer maintenant ! ».

Lorsqu'il sortit de ses ruminations, Claude le regardait les mains croisées sur la table devant lui.

— Bien, Kevin ! On va aller s'installer dans un coin, et mettre tout cela à plat et réfléchir à une stratégie pour demain, lui proposa-t-il.

— Oh là ! Tu ne penses tout de même pas que le « groupe de travail » va réfléchir les bras ballants, s'insurgea Anne-Marie, il y a des kilos de mures à préparer à l'atelier, et vous allez vous concerter autour de la table, là-bas. En occupant vos mains, les idées vous viendront mieux !

— Eh bien ! La voilà qui devient comme Patricia celle-là ! s'esclaffa Patrick. Bon courage les gars ! En plus, je vous en rapporterais d'autres dans deux ou trois heures.

C'est en riant que tous, repoussant leurs chaises, se levèrent. Avant de s'en aller, ils mirent sur la table le contenu du frigo et se le répartirent en fonction de leurs gouts et des quantités, les grosses portions pour les familles et les petits restes pour les autres.

Ils se dispersèrent et chacun partit vers ses occupations. Claude emmena Kevin au laboratoire d'Anne-Marie, installé dans l'ancienne étable du Mas qu'ils avaient réaménagée, tout en gardant au maximum les structures existantes. Ils avaient ainsi conservé la grande double porte en bois qui permettait au troupeau de rentrer, mais n'utilisaient que la petite porte incluse, pour pénétrer dans ce qu'Anne-Marie appelait le « sas sale ». Ils y déposaient les récoltes, ôtaient les vestes poussiéreuses ou boueuses et les capes de pluie trempées, de même que leurs chaussures qu'ils devaient remplacer par des sabots en plastique qui attendaient sur une étagère. De là, ils entraient dans « l'atelier » où les fruits et légumes étaient nettoyés puis triés et préparés sur une grande table centrale. Pour aller plus avant et pénétrer dans le laboratoire lui-même, il fallait revêtir charlotte, blouse et surchaussures. Il s'agissait d'une vaste pièce carrelée où tout étincelait de propreté. Comme Claude le raconta à Kevin, ils avaient déjà eu des contrôles sanitaires et Anne-Marie en était sortie victorieuse.

Après avoir changé de chaussures, ils avaient rentré les paniers de mures, noisettes et haricots blancs qui attendaient dans le sas. Anne-Marie, qui les avait rejoints, commença par pester contre Patrick, qui avait ramassé les noisettes mouillées. Elle les étala sur des clayettes qu'elle empilait sur des échelles de restauration collective. Elle expliqua à Kevin qu'il fallait qu'elles soient bien sèches, vu qu'elle ne s'en occuperait que cet hiver, quand il n'y aurait plus de confitures à faire ou de légumes à mettre en bocaux. Elle confectionnait de très bons petits biscuits à la noisette qui se vendaient très bien.

Claude s'approcha d'elle et l'embrassa dans le cou.

— Une très bonne opportunité les biscuits à la noisette.

Beaucoup de demandes ! Peu d'offres ! Encore une excellente étude de marché, n'est-ce pas ?! se congratula-t-il en quémandant un baiser à son tour.

— Oui, répondit-elle en le lui donnant, on sait !...

Kevin ainsi qu'Abdel et Stéphane qui venaient d'entrer s'esclaffèrent. Les deux hommes arrivaient avec un nouveau panier de haricots blancs tout écossés et se virent complimentés. Car contrairement à l'autre grand braillard, commenta Anne-Marie, eux ils apportaient leur production déjà préparée et prête à être cuisinée.

— Allez, installez-vous là, ordonna-t-elle en leur montrant la table carrelée, et mettez-vous au boulot !

Claude attrapa la hotte de Patrick et versa le plus délicatement possible les mures sur la table, Anne-Marie y posa deux grandes bassines. Dans l'une, ils devraient placer les plus beaux fruits, les plus gros, pas abimés, elle en ferait de la confiture et dans l'autre, le reste, qu'elle transformerait en gelée.

— Ça a encore plus de succès que la confiture ! indiqua-t-elle

— Une très bonne… commença Claude.

Elle l'embrassa rapidement pour lui couper la parole et enchaina sous les rires des trois autres.

— Oui, on sait !... Mais attention ! Comme d'habitude, pas de miettes, de petites feuilles, tout bien propre, hein !... Tenez ! N'oubliez pas de mettre ça, ce sera plus hygiénique et vous n'aurez pas les mains noires. Elle déposa, sur la table, une boite de gants jetables.

Ils l'assurèrent tous qu'ils allaient s'appliquer, et s'installèrent. Elle attrapa les deux paniers de haricots.

— Il y en a assez pour un stérilisateur, je vais commencer à les cuisiner, comment les voulez-vous ? Nature ou à la tomate ?

Le consensus se fit sur la tomate. Stéphane dû redescendre au jardin pour en ramasser une vingtaine. D'après lui, elles n'étaient plus vraiment belles, en revanche, elles convenaient très bien pour la sauce. « Vous en avez mangé ce matin, on en a utilisé pour ta recette. C'était bon, hein ? ». Il cherchait le compliment, mais seul Claude acquiesça, car Kevin, rien qu'à l'idée de ce qu'il avait vomi, sentit la nausée se réveiller.

Ils commencèrent à trier, pendant que Stéphane faisait rapidement l'aller-retour, et qu'Anne-Marie, dans le laboratoire, mettait en route les haricots. Claude expliqua à Kevin qu'elle les faisait d'abord revenir dans de la graisse d'oie, qui venait de la ferme des parents de Patricia en Périgord, puis les laissait mijoter un moment, avant d'ajouter quelques tomates, et de laisser cuire encore un peu. Ensuite, elle en remplissait des bocaux qu'elle stérilisait. C'était excellent et ça se vendrait très bien « Hélas ! on mange tout », acheva-t-il en riant.

Stéphane les rejoignit et nettoya les tomates dans le grand évier avant de s'installer à côté d'eux. Claude leur jeta un coup d'œil circulaire et annonça en souriant.

— Je crois que nous allons pouvoir commencer la réunion ! Je vais faire un rapide résumé de la situation.

Kevin sentit brutalement un trou se creuser au niveau de son cœur. Jusque-là, ça n'allait pas mal, il avait réussi à rester souriant et presque à se détendre. Mais d'un coup, l'angoisse l'étouffait, il se força à respirer lentement pendant que Claude poursuivait.

— Pour être le plus efficace possible, on va diviser le problème en deux ou même trois parties. Tout d'abord, en un, comme Jo nous l'a demandé, accompagner Kevin à la Police avec une histoire qui tienne la route. Pourquoi est-il là ? Comment est-il arrivé ? J'y ai déjà réfléchi et j'ai quelques petites idées. Toutefois, on va faire les choses dans l'ordre et on en reparlera après. En deux, préparer le récit qu'il doit faire et penser aux questions qu'on pourrait lui poser. Il faudra aussi qu'il sache à quoi s'attendre, lui faire travailler son comportement... Ça, c'est pour vous, précisa-t-il à Stéphane et Abdel qui hochèrent la tête de concert. En trois, je crois qu'il faut essayer de prévoir la suite, faire quelques hypothèses et envisager les réactions en fonction.

Claude se tut et d'un coup de menton circulaire sollicita leurs avis, Kevin se sentait mieux, comme si le résumé technique de cette situation l'avait dédramatisée.

— C'est comme au boulot, on examine le problème, on recherche les solutions, on trouve une stratégie, on établit un plan d'action et on le met en œuvre ! leur fit-il remarquer.

— Oui, lui répondit Claude, on est toujours très efficace quand on est bien préparé ! Une bonne étude de marché et tu es gagnant à tous les coups !

Plus détendu, Kevin trouva l'état d'esprit nécessaire pour écouter Claude, attentif et concerné, sans être vraiment impliqué personnellement et émotionnellement. Ils préparaient juste une stratégie commerciale, et ça, il avait appris à le faire et comme pour tout le reste, brillamment. Il n'y avait pas de raison qu'il ne sache pas se vendre aussi bien qu'il aurait négocié un portefeuille d'actions.

— Voilà ce que j'ai pensé faire, commença Claude, il faut que d'une manière ou d'une autre, on ait pu apprendre qu'il était recherché, néanmoins pas avant lundi. Comme on passe pour des bizarres, on pourra sans problèmes dire que l'on n'a pas regardé les infos du weekend. Alors, lundi matin, je charge les enfants et les poubelles dans l'estafette comme je fais d'habitude. Je dépose les unes au coin de la route et les autres, j'ai pensé les emmener directement en ville au collège et au lycée, plutôt qu'à l'arrêt du car scolaire. Je le fais souvent pour leur faire plaisir, ça ne paraitra pas étrange et ça me donne une excuse pour y aller. Là-bas, je les dépose et je vais prendre un café-croissant au bar des sports sur la place.

Comme les autres le regardaient étonnés, il s'expliqua :

— Pourquoi là ? Parce qu'il y a un grand écran avec une chaine d'infos en continu qui tourne toute la journée, sauf quand il y a match ! Le lundi matin, aucun risque…

Stéphane l'interrompit :

— Tu ne nous as pas dit pourquoi Kevin était chez nous ?

— Non, répondit Claude, je pensais le faire un peu plus tard, dans le récit pour la police, mais on peut voir ça maintenant, ce sera fait !

Il se tourna vers le jeune homme.

— Vers la fin de tes études ou depuis que tu travailles, as-tu assisté à des rencontres, forums, congrès ? De préférence sur Paris ou Lyon parce que c'est là que je vais en général ?

Kevin réfléchit quelques instants.

— L'an passé, je suis allé à un colloque sur l'Actuariat à La Villette, déclara-t-il, et l'année d'avant, aux Rencontres de l'Entrepreneuriat Individuel, Porte de Versailles et avant…

— Ça fera l'affaire, j'y suis déjà allé, pas la même année, mais ça n'a pas d'importance, c'est toujours pareil ces trucs-là !

— Tu es sûr ? lui demanda Stéphane.

— Oui, je t'assure, je ne compte pas leur donner de détails, on dira simplement qu'on s'était rencontré à un congrès. C'est juste au cas où ! Il ne faut pas trop en faire sinon ça ne paraitra pas naturel. Et puis, ils n'auront aucune raison de douter de notre parole…

— Faites attention ! coupa Abdel, ils sont pointilleux quand ils sont devant leurs claviers et notent tout ce que tu leur dis. Faut pas se louper parce qu'après tu ne peux plus dire autre chose, tout est écrit, si tu changes quoi que ce soit, c'est là que les emmerdes commencent.

— D'accord, acquiesça Claude, on peaufinera les détails avec Kevin, n'est-ce pas ? Celui-ci approuva de la tête.

— Donc, reprit Claude, je l'ai rencontré là-bas et on a bien sympathisé, bu des coups, et cetera… Jeudi, j'avais rendez-vous avec un client – ne vous inquiétez pas, je sais lequel – mais il n'est pas venu et j'attendais à la gare, pas très content parce que je m'étais tapé toute la route pour rien – pour que ça fasse vrai ! précisa-t-il – lorsque je l'ai vu sur le quai…

— N'en fais pas trop quand même ! interrompit de nouveau Stéphane.

— Mais non, je sais ! Juste ce qu'il faut au moment où il faut ! S'il y a une question, un vide à meubler comme dans une transaction un peu tendue. Claude souriait largement, satisfait d'étaler de son habileté à ces jeux-là.

Ils continuèrent leurs préparatifs devant le tas de mures qui diminuait régulièrement. Quand ils eurent fini, Anne-Marie vint chercher les bassines. Elle allait y mettre du sucre et un peu de jus de citron, les fruits marineraient ainsi toute la nuit dans la chambre froide avant qu'elle ne les fasse cuire le lendemain.

Ils nettoyèrent la table et Abdel – encouragé par Stéphane qui avait argumenté « Toi, tu as plus l'habitude, moi, j'ai été rapidement inculpé » – s'installa face à Kevin pour une « mise en situation sous forme de jeu de rôle », selon la formule de Claude.

— Steph n'hésite pas à m'interrompre si tu penses que je dérive, les flics ne t'ont vraisemblablement pas parlé comme à moi. Je suis de la racaille, ne l'oublions pas !

Kevin voyait bien qu'il lui était difficile de s'exprimer

ainsi, pourtant il garda le sourire.

— D'autant plus que je me comportais comme tel, parlant mal, avachi sur ma chaise, les envoyant promener !... Mais toi, tu es un gentil jeune homme, qui ne comprend pas ce qui se passe. Par conséquent, écarquille bien tes beaux yeux bleus, secoue régulièrement avec étonnement tes boucles blondes et ils resteront très polis et très agréables.

Abdel se mit à rire, paraissant surpris d'y parvenir. Puis, il commença à interroger Kevin, lui demandant son nom, son prénom, sa date de naissance et tous les renseignements le concernant, avant de lui faire dérouler la situation chronologiquement. Il revenait parfois en arrière pour reposer une question différemment et tenter de le piéger, gardant toujours un ton administratif et formel.

Kevin jouait le jeu. Il avait vraiment l'impression d'être dans un rôle, de se retrouver comme à un oral au tableau, à essayer de réfléchir le plus vite possible pour trouver la réponse, sans que le prof s'en aperçoive. Il estimait qu'il se débrouillait bien. Il y eut bien quelques ratés et ils revinrent dessus, corrigeant son comportement, la vitesse à laquelle il répondait à une question, qui ne devait pas avoir l'air préparée, améliorant les détails ou mettant au point ceux auxquels ils n'avaient pas pensé.

Ils avaient bien avancé et en étaient arrivés au moment où Kevin rencontre Claude à la gare. Il était en train de se débarrasser de Charles quand ils entendirent Patrick dans le sas. Ils ne pouvaient pas se tromper, il leur annonça immédiatement de sa forte voix qu'il leur apportait encore un plein panier de mures.

Au son de sa voix, Anne-Marie se précipita.

— Ne rentre pas comme ça ! Enlève ta veste pourrie et tes chaussures et même ton pantalon ! Il est trempé et tout boueux !... Fais-moi passer le panier ! Doucement, c'est lourd ! Tu vas me le faire renverser !

Claude se leva pour aller l'aider pendant que Patrick râlait, que si c'était pour être accueilli comme ça, il n'allait pas rentrer du tout ! Et il repartit aussitôt.

Claude fit remarquer à Anne-Marie

— Tu exagères quand même !

— Non, lui répondit-elle, tu vas voir, il va revenir changé et sec. Je le connais l'oiseau ! Si je le laisse faire, il va me mettre de la gadoue partout !

Ils en rirent tous, mais déchantèrent quand elle leur montra le panier.

— Il faut vous y remettre !

Elle sortit de nouvelles bassines, Claude versa de nouveau délicatement les mures sur la table et ils renfilèrent des gants.

— Reprenons, proposa Stéphane, tu étais en train de partir avec Claude, en laissant sur le quai ce pauvre Charles, tout péteux. Il en a des idées Jo ! Quelle imagination !

Kevin sourit, ils avaient bien ri tout à l'heure quand il leur avait raconté comment Jo s'était déguisé et s'était fait passer pour Charles en allant chercher ses bagages chez sa logeuse. Abdel retrouva le ton sérieux et bureaucratique de l'interrogateur.

— Donc ce Charles, c'était bien un de vos collègues de travail ? Quel est son nom de famille ?

Kevin se reconcentra, essaya de bien se remettre dans la peau du personnage, comme le lui avait demandé Jo.

— Eh bien, en fait, je n'en sais rien. Vous comprenez, ce jour-là je n'étais vraiment pas bien, j'avais très mal à la tête, la lumière m'éblouissait. J'avais du mal à garder les yeux ouverts, quand je l'ai rencontré en allant à la gare. Il est venu vers moi m'appelant Kevin et me disant qu'il était Charles, du bureau. Je ne le reconnaissais pas vraiment, je ne me souvenais pas de Charles comme cela. Je n'arrivais pas très bien à rassembler mes idées, et maintenant en fait, je sais que ce n'est pas celui auquel je pensais. Et lui, je crois que je ne sais pas qui c'est, mais il me connaissait, c'est sûr !

Kevin avait débité son petit laïus d'un ton hésitant, semblant chercher dans sa mémoire ce qui s'était exactement passé. Claude le complimenta.

— Bravo, tu t'en sors bien, ça, c'est la partie la moins facile parce que tout est faux, alors il convient de visualiser la situation, comme si l'on s'en souvenait vraiment ! Tu as fait comme il fallait, un peu de rappels de ce que tu as déjà dit avant, mais pas trop, très bien !

Kevin se rengorgea et se dit qu'il sentait bien son rôle maintenant, il allait bien se débrouiller demain. Abdel reprit, toujours sérieux :

— Ensuite, vous êtes parti avec Monsieur Mortin, en train ?

Kevin interrogea Claude du regard, qui réfléchit quelques instants.

— Non, j'étais venu en voiture, c'est plus facile. C'est mon client qui devait arriver en train.

Ils continuèrent ainsi d'avancer pas à pas dans le récit de Kevin, jusqu'à son arrivée au Mas. Là, ils décidèrent de faire simple et d'aligner le vendredi et le samedi sur le dimanche, Kevin aurait dormi le matin et préparé des mures l'après-midi.

— De toute manière, soupira Stéphane, en ce moment on fait ça tout le temps, alors une fois de plus, une fois de moins !

Comme ils terminaient le tri du second tas, Claude proposa une pause.

— Je crois qu'on n'est pas mal. Toutefois, chacun va réfléchir, voir si on n'a rien oublié, après on se retrouve au salon et on pense à la partie trois ! Que peut-il se passer ensuite ? On essaie d'envisager le plus de cas de figure possible.

Anne-Marie revint chercher les bassines.

— J'en ai encore pour une demi-heure, le temps que je prépare ça, le stérilisateur sera fini aussi et je vous rejoindrai là-bas.

Elle ébouriffa les cheveux de Claude qui ôtait ses gants et l'embrassa sur le crâne, puis retourna dans son labo, une bassine sous le bras. Comme ils se levaient pour partir Patrick apparut. Effectivement il était propre et sec, il avait même dû prendre une douche et sentait l'eau de toilette, ce dont Claude ne manqua pas de se moquer. Il était déçu que tout le monde s'en aille au moment où il arrivait, il retrouva pourtant vite le sourire lorsque Claude lui dit qu'ils allaient poursuivre au salon.

— Impec pour l'apéro ! Je vais aller le préparer !

En sortant dans le sas, Stéphane leur fit remarquer :

— Quasiment tous les paniers sont là, on va les descendre. Sinon demain, il faudra revenir les chercher ici. Ça va nous dégourdir les jambes, tu viens avec nous ? demanda-t-il à Kevin.

Comme ils partaient tous les trois vers La Cour, les bras chargés, Abdel s'exclama avec enthousiasme :

— C'était drôle d'être de l'autre côté de la barrière, ça m'a fait plaisir de faire ça ! Finalement dans une autre vie, j'aurais pu faire flic ! Je m'en suis bien tiré, hein ?!

Ce qui fit rire ses deux compères.

— Oui, en fait, tout est question de point de vue ! suggéra Steph.

— C'est ça ! reprit Abdel, si j'y avais pensé, à l'époque, à me mettre à leur place, je me serais surement mieux débrouillé pendant les interrogatoires. De toute façon, ajouta-t-il avec un fond de colère dans la voix, les jeux étaient déjà faits…

Stéphane rigola et lui donna une tape dans le dos.

— C'est comme ça ! C'était ton destin de venir t'occuper de moi.

Kevin percevait l'entente profonde et la grande confiance qui les liaient. En arrivant à la maisonnette, ils déposèrent les paniers sous l'appentis adjacent et Stéphane lui en proposa la visite.

Dès l'entrée, Kevin s'aperçut que le logement était vraiment petit. Le séjour ne contenait qu'une table avec quatre chaises et deux fauteuils devant la cheminée, une échelle assez raide montait à la mezzanine sous laquelle avait été aménagé, d'un côté une salle d'eau avec une douche, un lavabo et un w.c., et de l'autre un espace kitchenette ouvert sur le reste de la pièce avec juste un évier et une cuisinière. Seul le réfrigérateur congélateur sur le mur du fond était volumineux. Mais sur l'arrière, une large baie vitrée ouvrait sur le pré et sa rivière et les bois de l'autre côté. Ce qui donnait l'impression très agréable d'être dans une grande pièce et en pleine nature.

Comme Kevin observait la mezzanine et son simple matelas posé dessus. Stéphane lui dit « Non ! On n'est pas comme Julien !... En fait… » Il s'interrompit, interrogeant Abdel des yeux.

— Oh tu peux lui raconter, tu l'as déjà raconté à tout le monde, regardant Kevin en riant, il précisa, et plusieurs fois !... Il dit que ça l'aide !

— Non, non ! à toi, pour une fois ! s'exclama Stéphane. Tu vas voir, c'est comme d'être flic, il n'y a que le premier pas qui coute.

Il poussa Kevin vers un des fauteuils et s'installa dans l'autre. Abdel les considéra tous les deux. Puis il sembla avoir pris sa décision, tira une chaise et s'assit entre eux.

— Tu sais, je ne suis pas allé en taule pour rien, je suis un vrai méchant !...

Comme Kevin levait un bras pour signifier qu'il en doutait, il insista.

— Si, si ! Je t'assure, j'ai fait vraiment beaucoup de conneries. Mais ça, c'est une autre histoire, on va la garder pour plus tard, n'est-ce pas ? dit-il en regardant Stéphane, pas tout le même jour.

— Non, lui répondit son ami, riant toujours, surtout qu'on n'a pas toute la nuit et encore moins toute l'année !

— Ouais, c'est ça ! Je préparerai un résumé pour une prochaine fois, lui promit Abdel en souriant.

Sourire qu'il perdit en reprenant son récit.

— En plus, j'étais très en colère d'être là ! Alors j'étais un méchant violent et barjot !... Un grand malade !... Je leur faisais peur à tous les autres. Un jour, j'étais de nettoyage dans le couloir de l'administration, quand je l'ai vu arriver, le petit blanc-bec, à la suite du directeur « Oui Monsieur, bien sûr Monsieur, naturellement Monsieur ! ». Il en avait plein la bouche des « Monsieur ». Même moi, il me croise et, avec un sourire dentifrice, comme s'il rencontrait le Président de la République, il me dit « Bonjour Monsieur », même le directeur ça l'a fait marrer.

Abdel ponctuait chacun des « Monsieur » d'un hochement de tête raide et d'un sourire obséquieux assorti au ton qu'il employait. Kevin avait du mal à ne pas rire. Depuis qu'il était là, il n'avait jamais vu Abdel faire le pitre comme cela. Stéphane, totalement écroulé dans son fauteuil, rétorqua « Ça s'appelle un sourire poli et respectueux ! »

— Exactement ce qui me manquait, admit Abdel avec ironie, de la politesse et du respect ! Je me suis bien demandé ce qu'il venait faire là, ce n'était pas un établissement pour « cols blancs ». J'ai pensé qu'ils avaient besoin de lui quand le directeur lui a montré un bureau, lui expliquant qu'il allait faire ci et ça, de telle heure à telle heure, et lui, toujours poli et respectueux qui continuait « Oui Monsieur, tout à fait Monsieur ». Je me suis dit « Toi, tu es mal barré ici ! » et je n'étais pas le seul, les autres de l'équipe de nettoyage, ils rigolaient déjà de ce qu'ils allaient lui faire. Ce qui m'a foutu encore plus en rogne, c'est que je savais très bien que j'allais me le ramasser dans ma cellule, parce qu'on avait une couchette de libre. Et bingo ! le voilà qui se ramène !... C'était une cellule pour deux et on était déjà trois. Alors personne n'était content de voir débarquer le chouchou !... Mes « colocs », je leur avais appris à se tenir tranquilles. J'étais vraiment un méchant violent et barjot et ils avaient compris qu'il ne fallait pas qu'ils m'emmerdent !... Mais quand il est arrivé, j'ai vu que dans la nuit, ça allait être sa fête. Il a hérité de la couchette en dessous de la mienne. Extinction des feux, je les entends qui s'agitent, qui murmurent. Et là, va savoir ce qui m'a pris !... Je décide que ça n'allait pas se passer comme ça, que le blanc-bec, je le protégerai ! Et pour ça, la seule idée qui me vient, c'est de me l'attribuer. Avec ma réputation, plus personne n'oserait le toucher.

Abdel se tourna vers Kevin, jouant la surprise, les yeux ronds, les mains levées, paumes vers le ciel, épaules haussées avec exagération jusqu'aux oreilles.

— Je me demande encore comment j'ai pu avoir cette idée ? Il y en a là-bas qui se sont pris de méchants coups, juste pour m'avoir regardé ou fait une remarque tendancieuse. Et moi, je me suis cassé tout seul la baraque !...

Il secoua la tête de gauche à droite, toujours incapable de croire qu'il ait pu être aussi bête. Stéphane, qui hochait la tête en souriant d'un air approbateur, s'esclaffa et Kevin se joignit à lui. Abdel racontait bien l'histoire avec verve et ironie et c'était drôle ! Pourtant au fond de lui, il n'était pas rassuré du tout et sentait grandir une sourde angoisse.

— Donc, sur un coup de tête et sans réfléchir, je prends la lame que je m'étais fabriquée et que je planquais derrière le montant du lit, je descends, et je la montre aux autres avec un œil méchant. Ils n'ont pas bronché et se sont tournés face au mur, je savais qu'ils ne bougeraient pas. Je le rejoins dans son lit, il se tenait raide comme une planche, mort de trouille. Je lui plaque une main sur la bouche et je le secoue bien… Pour que ça ait l'air vrai !... Il n'osait même pas se débattre.

Stéphane et Kevin riaient maintenant de voir Abdel imiter Steph, tout raide, s'agitant violemment, les yeux paniqués…

— Après, continua Abdel, cela a été moins drôle pour lui.

Il regarda Steph qui affichait un air fataliste et confirma d'un mouvement de tête.

— Je me suis relevé et je lui ai mis une torgnole, à la fois parce qu'il le fallait et parce que j'en avais besoin. Je m'en voulais d'avoir fait ça, mais d'un autre côté j'étais content de moi et du coup, je m'en voulais encore plus !... Alors je n'y suis pas allé de main morte et il en a pris une bonne.

Stéphane hocha encore la tête et, souriant quand même, valida l'intensité du coup en agitant une main.

— Le lendemain, il avait un coquart énorme ! Il était marqué, il était à moi ! Tout se sait très vite en prison. Heureusement, c'est un petit malin, il avait réfléchi pendant la nuit.

Stéphane se tapota le front et leva un index vainqueur.

— Il a joué le jeu, poursuivit Abdel. Au directeur, qui savait très bien de quoi il retournait et n'en avait rien à foutre, il a dit qu'il était tombé sur le montant du lit, parce qu'il ne savait plus très bien où il était… À son bureau, la journée, il était tranquille, et après il restait près de moi… Et la nuit, j'allais le secouer !...

Steph et lui rirent à ce souvenir.

— Malheureusement, il fallait que je le tabasse un peu régulièrement, Stéphane haussa les épaules, toujours fataliste. On avait pu en parler et il avait compris que c'est comme ça que ça marche, la prison. Pour l'aider, je devais me faire respecter et là-bas, on ne respecte que la force et la violence. Et plus, il avait l'air d'être ma chose, plus on lui foutait la paix !... Il a bien joué le jeu, toujours aux petits soins pour moi, me portant mon plateau, faisant mon lit, assis à mes pieds dans la cour. Du coup, là on parlait !... Bien obligé !... Avant, je me préférais tout seul et j'avais fait ce qu'il fallait pour qu'on me foute la paix ! Après, j'étais obligé de me le trimballer. Au début, je lui ai expliqué comment ça marche et ce qu'il fallait qu'il fasse. Il comprenait vite ! Et après, eh bien ! C'était la première fois que je parlais à quelqu'un qui ne disait pas de gros mots, d'injures… toutes les vingt secondes et faisait des phrases de plus de trois mots. Au départ ça m'a fait drôle, parce que moi, je parlais comme ça. Et puis, je me suis aperçu que plus de mots dans les phrases, c'était mieux !... On pouvait vraiment dire des choses. Comme tu peux le voir, j'ai fait beaucoup de progrès.

Steph leva vers Abdel une main tendue la paume en avant, dans laquelle son pote vint taper avec la sienne.

— Ensuite, reprit Abdel, on a eu de la chance, il y a un ministre qui est venu visiter, pour cela ils ont fait un peu de ménage et on s'est retrouvé tous les deux. Tout le monde, gardiens, directeur, les autres taulards, était bien content parce que je me tenais tranquille. En plus, Steph m'avait convaincu que je devais passer des diplômes, que j'aurais une remise de peine, une conditionnelle, il s'était renseigné !... Et donc, après que je lui aie appris la prison, il m'a appris à lire et à compter !...

— Tu exagères, l'interrompit Stéphane en riant.

Abdel balaya l'interruption d'un revers de main.

— Même pas ! À part les affiches publicitaires, et encore, que ce qui était écrit le plus gros, je ne lisais rien. J'ai dû passer des soirées à réciter des tables de multiplication, des théorèmes, des conjugaisons de verbes réguliers, irréguliers, passé simple, plus que parfait, et je ne te parle pas du subjonctif… Je ne savais même pas que ça existait ! commenta-t-il à l'intention de Kevin. La nuit, je n'avais plus besoin d'aller le secouer, mais j'avais pris gout aux discussions et pour qu'on puisse continuer à parler, j'avais changé de couchette et pris celle du bas, à côté de la sienne. On a commencé à dormir côte à côte, et comme ça, il a pu dormir. Si je n'étais pas à côté, il avait des cauchemars. Jusqu'à ce qu'on se retrouve tous les deux, il n'avait jamais vraiment pu dormir, quelques minutes par-ci par-là, se réveillant tout le temps, au moindre bruit. Et moi, eh bien finalement, je crois qu'il y avait des années que je ne savais plus ce que ça voulait dire « dormir ». J'ai même commencé à rêver !... Et pour l'instant, dit-il en désignant la mezzanine, on continue… Mais un jour, ça va nous passer.

Il partit d'un grand éclat de rire auquel se joignirent Kevin et Stéphane. Quand ils se furent calmés, Abdel les regarda en s'essuyant les yeux et reconnut :

— Tu avais raison Steph, c'est bien ! Et Patrick aussi, quand il dit que de tout ça, il vaut mieux en rire. Il prétend, commenta-t-il pour Kevin, que la peine, la tristesse, le malheur ou la rancœur accumulés en toi par certaines « expériences de vie », il mit les guillemets avec ses index, et qui te bouffent de l'intérieur, ça s'échappe comme des bulles de savon quand tu ouvres la bouche pour les raconter et qu'elles s'en vont éclater loin de toi… Il dit qu'avec le rire, les bulles sont encore plus grosses. Jusque-là, ça me semblait débile comme théorie, finalement… il doit avoir raison !

Pendant le récit, Kevin avait senti un étau lui serrer la poitrine de plus en plus fort, et la boule de nausée revenir lui bloquer la gorge. Il s'était forcé à rire, car ils avaient l'air contents de leur histoire tous les deux. Pourtant il avait peur, très peur de se retrouver comme Stéphane. Sans Abdel pour venir à sa rescousse !

— Sais-tu pourquoi je t'ai raconté tout ça, Kevin ? Pour que demain, tu te défonces, tu te défendes un max. La prison, tu ne dois pas y aller ! La prison, ce n'est pas fait pour vous, Abdel les engloba Steph et lui d'un geste de la main, vous êtes des « innocents », des gamins, des inconscients de la vie. Les gens comme vous, la taule, ça les détruit. Moi, ça m'aurait juste rendu encore plus méchant que j'étais… Steph en a eu un aperçu et ça lui a ouvert les yeux sur beaucoup de choses. Mais nous, on a eu de la chance ! Lui, il l'a su tout de suite et moi plus le temps passe, plus je le sais. Mais, et je suis sûr que c'est ce que tu es en train de penser, toi tu n'en auras peut-être pas. Donc, fais ce qu'il faut ! Ne baisse jamais ta garde !... Cependant, on veut te dire que nous, on fera tout pour t'aider. On en a discuté ce matin et s'il le faut, on te planquera. On commence à bien connaitre la montagne par là derrière, il y a des caches qui datent de la guerre et du maquis…

Stéphane l'interrompit en se levant.

— On va le dire à Claude pour sa partie trois. Allez ! Il faut qu'on y aille, ils doivent nous attendre.

Comme ils remontaient le chemin, Abdel posa sa main sur l'épaule de Kevin

— Tu t'es bien débrouillé cet après-midi, je suis sûr que ça va marcher. Mais il y a sans doute des trucs auxquels on n'a pas pensé et là ne te laisse pas envahir par la panique, serre les dents, contrôle.

— Jo dit que le courage c'est de surmonter sa peur.

— Oui, approuva Abdel, c'est exactement ça, la peur, elle est là et il faut la contrôler. Et tu vas le faire ! Et il lui donna une grande tape dans le dos.

« Oui, s'encouragea Kevin, je vais le faire ! Je vais y arriver ! C'est sûr ! Et je vais faire attention de bien garder le contrôle, ne pas être immature, irréfléchi, inconséquent, comme le Bateleur de Jo. Abdel aussi trouve que je ne suis qu'un gamin, il est bien temps que je grandisse ! » Et c'est plein d'une nouvelle confiance en lui qu'il entra dans la grande salle du Mas.

Les autres étaient déjà rassemblés au salon, un verre à la main, Patrick les accueillit en râlant.

— Ah vous voilà ! Il ne fallait plus venir !... Qu'est-ce que vous foutiez tous les trois ? On ne vous a pas attendu et on s'est servi. Qu'est-ce que vous voulez ? Oh et puis, servez-vous tout seul !... Il retrouva tout de suite le sourire et poursuivit, Claude nous a raconté l'entrainement de cet après-midi, il dit que ça tient la route, que tout va bien se passer. Mais avec lui, tout va toujours bien se passer !... Il a dû faire l'étude de marché ! Il rit, rejoint par les autres, et toi, mon garçon, tu es prêt ? Motivé ? Il faut y croire à bloc hein !

Kevin l'assura qu'il était motivé et qu'il y croyait à bloc et alla s'assoir sur un des fauteuils. Claude prit la parole :

— Je pense que pour demain on est prêt ou on a fait pour le mieux. Et donc, d'abord, toi Kevin, que veux-tu faire après ? Rentrer à Paris ? Rester ici ? Est-ce que Jo t'a parlé de quelque chose ? À moi, tout ce qu'il a dit, c'est de ne pas essayer de le joindre, que c'est lui qui nous contacterait.

Kevin n'avait pas la moindre idée de l'« après ». Ces derniers jours, il les avait vraiment vécus dans l'instant, se demandant bien comment il en était arrivé là. Se laissant porter vers ce qu'il espérait être une solution, d'abord par Jo puis par Claude et là, il ne parvenait pas à se projeter plus loin que le lendemain et sa rencontre avec la police…

— Jo, il n'a pas dit grand-chose, à part que je ne devais pas le connaitre. Comme je vous l'ai dit, il est parti déposer chez moi un disque dur sur lequel il y a tous mes dossiers, ce qui permettrait de montrer que je n'ai fait qu'obéir aux ordres de mon chef… Il pense qu'ils vont essayer de trafiquer ceux du bureau…

Il avait du mal à y croire, ça faisait roman policier à deux balles. Toutefois, il se souvint qu'il s'était retrouvé à moitié mort à l'hôpital et que Vaironne avait dit des gros mensonges à la télé. Oui ! Jo devait avoir raison finalement !

— Ça ne m'étonne pas tout ça, s'exclama Patrick, avec Jo c'est secret-secret ! Un grand taiseux de la grande muette ! Il doit se croire encore au boulot ! Il ne faudrait pas qu'il oublie qu'il est retraité ! Avec notre argent du reste !...

Une bonne partie du groupe sembla s'être enrhumée d'un coup, toussotant et se raclant la gorge, Patrick les regarda, surpris. Voyant qu'ils jetaient des coups d'œil se voulant significatifs vers Kevin et Abdel, il reprit toujours énergiquement.

— Ben quoi ? Tout le monde le sait alors pourquoi pas eux ? Même les gosses le savent ! Il a fait assez souvent l'aller-retour du vallon sans qu'ils le repèrent, parce qu'il avait envie de les amuser ou de les épater. Ils l'appellent l'espion ! il se tourna vers Kevin, tu ne le savais pas qu'il était agent secret avant, Jo ?

— Non, je croyais qu'il vendait des olives au marché…

— Ça, c'est récent, reprit Patrick, avant il était agent secret ! Il ne l'a jamais dit, néanmoins on n'est pas bêtes, on a deviné.

Cela fit un bien fou à Kevin d'entendre ça. Il comprenait

pourquoi cet homme avait pris les choses en main et cela le soulagea de savoir que c'était de bonnes mains, compétentes. Il se souvenait des précautions qu'il avait prises pour aller chez Anna. À ce moment-là, elles lui avaient paru excessives et il avait trouvé cela étrange, mais comme tout ce que faisait et disait Jo lui paraissait étrange, il n'avait pas cherché à en comprendre plus. Et puis ça l'avait amusé, ça lui avait permis d'oublier une peu ses tourments. Par conséquent, il avait suivi le mouvement, faisant et disant ce que l'autre lui demandait. Il avait déjà une grande confiance en Jo et elle en augmenta encore. Son avenir lui sembla s'éclaircir, Jo pensait que c'était un bon plan, donc ça allait marcher. Il songea aussi que Jo ne s'était certainement pas trompé quant au pourquoi de son séjour à l'hôpital, et pour le reste non plus. Il devait avoir l'habitude, dans son métier, de rencontrer ce genre de situations… Les autres avaient bien essayé de le tuer et de lui faire endosser toutes les responsabilités… Ce qui le mit en colère et renforça sa détermination, il n'allait pas se laisser faire !

— Tu parles toujours trop, assena Jean-Marc à Patrick, Jo avait surement de bonnes raisons pour ne pas le dire et il ne faut pas être très malin pour voir lesquelles. Vous avez compris tous les deux, dit-il en s'adressant à Abdel et Kevin, on ne parle de rien ! Et toi, fais un peu attention !

— Ouais, ouais ! bougonna Patrick, on est entre nous, si on ne peut plus parler. Et il s'enfonça dans son fauteuil en boudant.

— En tout cas, cela m'a donné plus de confiance d'apprendre ça, garantit Kevin, cela me rassure de savoir que c'est un pro qui a eu cette idée. C'est bête certainement, mais je me sens mieux. Ne vous inquiétez pas, je ne dirai rien à personne, et surtout pas à lui.

— Ne vous en faites pas pour moi non plus, compléta

Abdel, « l'omerta », c'était quand même mon fonds de commerce.

Tous restèrent saisis de l'entendre s'exprimer ainsi, sauf Patrick.

— Merci ! Enfin des gens qui ne critiquent pas tout ce que je fais ! Pas comme la famille « langue de vipère » ! Bravo Abdel ! Félicitations ! Gros progrès !

Il tapa du plat de la main sur l'accoudoir de son fauteuil, s'esclaffant bruyamment et tous se joignirent à lui. Après quelques instants, Claude les redirigea vers une discussion posée et raisonnable.

— Allez ! On essaie de rester sérieux un petit moment, c'est important. Demain, on sort de chez les flics, que fait-on ? S'ils veulent le garder ? Le ramener à Paris ? Et toi, s'enquit-il auprès de Kevin, que préfères-tu ?

— Ils ne peuvent pas le garder comme cela, s'écria Stéphane, il n'est pas suspecté. Il n'y a rien contre lui, il faut que tu le ramènes ! Débrouille-toi ! Mais tu ne le laisses pas là-bas ! il criait presque et son ton était suppliant.

— On en a parlé ce matin, renchérit Abdel, s'ils veulent l'accuser, on ira le planquer dans la montagne, on connait les caches de la guerre…

— N'importe quoi ! rugit Patrick, Eli ! que leur as-tu donné à lire, des romans de cape et d'épée ? Le Bossu peut-être, ou Robin des Bois ? Morin de Maures ? Mérimée ?! L'omerta ! Prendre le maquis !... Et quoi après ?... Devenir des bandits corses !... Non, mais ! On aura tout entendu !...

— Ça va ! Ça va ! reprit Claude en levant une main apaisante, c'était juste une question. Je suis sûr que j'arriverai à le ramener et très officiellement, je suis un excellent négociateur ! Mais lui, que veut-il ? Il se tourna vers Kevin.

Celui-ci était touché de l'intérêt que Steph et Abdel lui

portaient. Hier, ils ne le connaissaient pas et là, ils étaient prêts à courir de très gros risques pour lui. Il voyait bien à leurs têtes que les critiques de Patrick ne les empêcheraient pas de faire ce qu'ils avaient décidé, si les choses semblaient mal tourner. Les autres aussi étaient sympas, ils avaient tous l'air de trouver naturel de le prendre en charge, simplement parce que Jo l'avait demandé.

— Je vous remercie tous, c'est vraiment sympa de vous occuper de moi comme ça. J'ai eu de la chance de rencontrer Jo sur ce marché, il adressa un petit signe de tête entendu à Abdel et Stéphane, et de la chance qu'il vous connaisse. Alors si ça ne vous ennuie pas j'aimerais bien rester ici, au moins jusqu'à ce que j'y voie un peu plus clair…

— Bon et bien voilà ! proclama Patrick, c'est décidé ! Demain, Claude te ramène ici ! S'il se donne un peu de mal, il pourrait même persuader les flics de lui rembourser ses frais de transport, ajouta-t-il déclenchant les rires. Et toi, tu peux rester ici aussi longtemps que tu veux. Parfait, maintenant, on va pouvoir aller diner. Qui veut rester ? On a justement des restes à finir !

— Pas nous, je crois ? refusa Claude en se levant et prenant à témoin Jean-Marc, Patricia et Anne-Marie, demain on a école !... Les autres parents opinèrent en riant… Mais par contre, si vous voulez, demain midi, on mange ensemble, comme ça, je vous raconte ma matinée et on fait un dernier débriefing avant de qu'on y aille.

Tout le monde fut d'accord, les chargés de famille repartirent vers le Breil, et ceux qui étaient restés commencèrent à préparer leur repas. À part Kevin qui ne savait pas trop où se mettre, chacun avait l'air de savoir quoi faire, mettant le couvert, sortant les plats du frigo, réchauffant ce qui devait l'être… Il voyait bien qu'ils avaient l'habitude de fonctionner ensemble, comme cela, naturellement.

Patrick poursuivit ses attaques humoristiques, ce furent tout d'abord Julien et son éolienne qui lui servirent de cible. Mais celui-ci les fit rire aux dépens du grand gaillard, en affirmant que si on arrivait à obtenir de l'énergie grâce aux mouvements de la langue, il produirait assez d'électricité pour eux tous ! Ensuite, il s'attaqua à Eli et aux « lectures rédemptrices » comme il les appelait, qu'elle conseillait à Stéphane et Abdel, trouvant qu'elles avaient l'effet inverse de celui escompté. Elle lui tapota le bras et lui proposa de s'occuper aussi de son cas difficile.

Le diner passa ainsi, Kevin se sentait bien, il n'avait pas oublié ce qui l'attendait le lendemain, pourtant il était serein, comme quand il allait à un exam bien préparé.

Ils bavardèrent encore un moment après le repas, puis quand Julien et Steph bâillèrent en même temps, Patrick donna le signal du départ.

— Ici, c'est la campagne, on ne se couche pas avec les poules, mais pas tard non plus, demain on a tous du boulot, donc pour moi, direction mon lit.

— Moi aussi, dit Julien en se levant, j'ai rendez-vous avec Jean-Marc au Breil dès sept heures et demie quand les enfants partent, il y a beaucoup de bricoles à faire là-bas.

— Nous, on a pas mal de cueillette à faire au jardin, haricots verts, haricots blancs… et après, les préparer pour qu'Anne-Marie s'en occupe, expliqua Stéphane. Il ajouta en regardant Kevin, si tu veux, viens nous retrouver quand tu es réveillé !

Kevin, très content de ne pas rester seul le lendemain, donna son accord, assurant qu'il les rejoindrait tôt. Après le départ des autres, avant qu'il ne monte se coucher, Eli lui demanda s'il avait de quoi lire, s'il voulait quelque chose…

— Voilà comment c'est avec Eli ! s'exclama Patrick, si tu

as de quoi lire, tout va bien, tu ne manques de rien !...

— Non, je n'ai rien amené, répondit Kevin à Eli, j'aimerais bien quelque chose pour me changer les idées ce soir, sinon je vais cogiter.

Elle l'étudia des pieds à la tête, comme un médecin examine un patient, il avait même l'impression qu'elle allait lui saisir le poignet pour lui prendre le pouls. Puis elle regarda lentement les murs de la pièce, tournant sur elle-même et finalement se dirigea vers une étagère pour y choisir un livre qu'elle tendit à Kevin.

— Cela devrait faire l'affaire ! Il doit y avoir une vingtaine de tomes ! Cela te changera les idées pendant longtemps…

Celui-ci examina la couverture, *Pug, l'apprenti.* Ça ne lui disait rien du tout, par contre il s'amusa de la coïncidence.

— C'est marrant ! C'est comme ça que Jo m'appelle « le jeune apprenti », parce que…

Il n'osa pas continuer, ils ne savaient peut-être pas pour Jo et ses cartes et l'autre ne devait pas trop aimer en parler…

Eli le détailla de nouveau des pieds à la tête puis constata avec son fin sourire

— Ah oui ! **LE BATELEUR** ! Ça ne m'étonne pas !

Kevin rejoignit le grenier avec son livre, il s'assit au bord de son lit, et regardant celui de Jo, pensa à lui. Il devait être dans son appart maintenant, peut-être même dans son lit. Il s'allongea en soupirant, espérant pouvoir un jour y retourner dormir tranquillement. Il ferait tout ce qu'il fallait pour ça !

Abdel avait eu raison de lui raconter son histoire, il s'était rendu compte, avec la question de Claude sur son avenir, que jusque-là, il avait eu bien plus peur de mourir que d'aller en prison. Il aurait pu avoir envie d'aller s'y mettre en sécurité et de se laisser accuser plutôt que de se défendre et de risquer sa vie. Il devait absolument réussir l'épreuve du lendemain…

Des interrogatoires, il en avait déjà passé et une rencontre avec la police était certainement plus facile que le grand oral de Polytechnique… qui n'avait posé aucun problème. Alors demain ce serait pareil !

D'une main ferme et volontaire, il ouvrit le livre d'Eli, très rapidement se laissa emporter par l'atmosphère moyenâgeuse et, avec Pug, partit dans la tempête retrouver le magicien.

Quand il éteignit, parce que ses yeux se fermaient tout seuls, il s'endormit rêvant d'elfes, d'archers et de chevaliers…

I

C'est la voix sonore de Patrick qui l'éveilla. Le jour éclairait déjà largement le grenier, Kevin n'arriva pas tout de suite à se repérer, ne réalisant pas très bien où il était ! Quand il s'en souvint, il s'assit brutalement au bord de son lit. Il avait promis aux deux autres de les rejoindre de bonne heure à La Cour, et au vu la lumière, il n'était assurément pas de bonne heure.

Il se leva rapidement, descendit bien vite et trouva Patrick attablé avec Eli. Le grand gaillard faisait les questions, les réponses, les commentaires, Eli hochait la tête de manière concernée, avec régularité, pour participer.

— Je suis désolé, s'excusa Kevin en arrivant en bas de l'escalier, il doit être tard, il fait grand jour et je ne me suis pas réveillé ; j'avais dit à Steph et Abdel que je viendrais tôt, je vais être en retard.

— Mais non, mais non ! le rassura Patrick, il n'est pas si tard que cela. S'il fait jour là-haut, c'est parce qu'aujourd'hui il fait beau. Jo n'a pas eu de chance hier !... Surtout lui !... Viens tranquillement déjeuner avec nous, tu iras les rejoindre après.

Kevin s'installa. Eli, qui l'avait salué d'un sourire, poussa vers lui le café, le pain, le beurre…

— Sers-toi, l'invita Patrick, prends ce que tu veux, les confitures sont d'Anne-Marie et le miel d'un voisin ; c'est Claude qui s'occupe de lui vendre sa récolte. En échange, il nous en donne. Il est excellent.

Kevin se dépêcha d'avaler son petit déjeuner et de passer sous la douche pour rejoindre Steph et Abdel le plus tôt possible. Patrick lui montra le placard de vêtements de travail, il y choisit ce qui lui manquait : pull et paire de bottes.

Il descendit à grandes enjambées jusqu'à La Cour. Il faisait beau, mais l'air était frais d'humidité et les odeurs de terre et de bois mouillé le rendaient gai et léger. Lorsque Kevin arriva, les deux hommes étaient déjà au jardin, penchés sur des rangs de haricots verts. Ils l'envoyèrent chercher un panier sous l'appentis et lui attribuèrent un bout de rang.

— Fais bien gaffe ! lui expliqua Abdel, le haricot vert, ça sait se planquer. Tu passes d'abord dans un sens en fouillant bien et tu reviens dans l'autre sens, tu verras, tu en trouveras encore plein, ne les cueille pas trop petits, même gros ils sont super bons. Et ça fait plus de quantité ! Sinon on se fait engueuler par les filles parce qu'on esquinte le rendement. Et déjà, ils commencèrent à rire.

En descendant le chemin, Kevin avait pensé à sa rencontre de l'après-midi. Cependant, il se sentait bien dans l'air frais du matin, se réjouissait d'aller retrouver Steph et Abdel et avait préféré écarter cette pesante perspective, se disant qu'il y réfléchirait plus tard. Il était content d'être là et de plaisanter.

— Ça va ? leur demanda-t-il, ce n'est pas trop pénible pour vous ici ? Parce que ça doit être dur de s'occuper de ce jardin.

— C'est sûr ! lui répondit Stéphane, le haricot vert, ça se mérite ! Mais non, on trouve que ça vaut le coup.

— Perso, enchaina Abdel, des haricots verts, j'en avais vu qu'à la cantine et je t'assure que ce n'était pas les mêmes ! Des trucs comme ça, avant ici, je n'en avais jamais mangé. Si on se bouge un peu, Eli nous en fera pour midi. Tu verras, c'est une tuerie !

Kevin n'osa pas dire que ses parents cultivaient pour lui leur petit jardinet de banlieue. Qu'ainsi il avait mangé les légumes du jardin toute son enfance et qu'effectivement, il voyait très bien la différence avec la cantine.

— En fait, précisa Abdel, je n'avais aucune idée de comment poussent les haricots verts, ça pouvait aussi bien être sur des arbres, j'en avais rien à foutre ! Comme d'un max d'autres choses du reste !

— Ici, la culture c'est obligatoire, indiqua Stéphane en riant, dans tous les sens du terme. Tu as raison, on se dépêche de les cueillir, on les prépare et on les monte au Mas. En plus, c'est surement la dernière fois qu'on en a autant, il y en aura pour tout le monde. On fera le reste après.

Ils finirent leurs rangs de haricots, Abdel repassant derrière Kevin pour ramasser ceux qu'il n'avait pas vu puis ils se retrouvèrent autour de la table de la petite maison. Pendant que Stéphane et Kevin commençaient à équeuter, Abdel leur prépara du café, car il ne faisait pas très chaud dans ce matin de presque automne. En venant se rassoir, devant le gros tas de haricots à éplucher, il demanda à Kevin :

— Et toi, comment ça va ? Tu tiens le coup ?

— Oui ! J'y crois ! Tu sais, j'ai repensé à ce que tu m'as dit hier sur la chance que vous avez eue de vous rencontrer. Je crois que, moi, ma chance, je l'ai eue en rencontrant Jo. Et je compte bien ne pas la gâcher.

— C'est bien ! Comme ça, tu vas assurer cet après-midi. Ce genre de rencontres, il ne faut pas les gâcher. Des gens comme Jo ou comme ceux d'ici, ce sont des rencontres qui te marquent et même qui te changent. Ce n'est surement pas pour rien qu'ils sont copains.

Kevin opina de la tête, étonné, il s'était fait exactement cette réflexion.

— Hier, je t'ai dit aussi que Steph, il l'avait su tout de suite que j'étais sa chance.

Il leva sa main tendue vers son ami qui vint taper dedans.

— Moi, j'ai plutôt pensé que j'avais fait la connerie de ma vie, que je m'étais grillé pour tout le reste de mes années de taule. En fait, c'est là que j'ai commencé à avoir un avenir. De ma banlieue, je n'en étais jamais sorti et je n'imaginais même pas ne pas y retourner. Lui, il avait voyagé, vu des trucs, on a eu du temps pour parler. Alors il me racontait, on a fait des projets. Il m'a promis des plages de sable blanc, des palmiers, des cocotiers, de l'eau turquoise si chaude que tu peux rester dedans des heures. Après, il m'a fait venir ici… Bon ! je dois dire que je suis un peu déçu, s'exclama-t-il en riant.

— Ce n'est qu'une étape, plaida Stéphane.

— Pour le sable chaud et les cocotiers, ce n'est pas vraiment ça. Mais pour les rencontres, c'est beaucoup mieux. Dans ma cité, il y en a aussi surement des gens sympas, mais ils ne me fréquentaient pas et je les comprends. Il me l'avait dit, déclara-t-il en regardant Stéphane, que toute cette bande était vraiment super. Lui, il était allé en taule pour avoir trafiqué les comptes et la première chose qu'ils ont faite, c'est de lui confier leur pognon…

— C'est pas pareil, coupa Stéphane, je n'avais jamais piqué dans la caisse.

— Ben, il n'aurait plus manqué que ça ! ironisa Abdel, t'en aurais pris dix de plus.

Ils rirent tous les deux. Kevin était très étonné, il trouvait qu'Abdel s'était métamorphosé depuis son arrivée. Le premier soir, il n'avait pas dit un mot, et avait très mal pris une plaisanterie de Patrick. Pas des plus adroites, certes ! Mais Patrick avait l'air coutumier du fait. Leur relation à tous les deux, avec Steph, était vraiment spéciale. Ils n'avaient plus rien à se cacher, s'étant certainement déjà tout dit. Cela devait faire longtemps que ce genre de conversation leur permettait d'exorciser leurs démons, de surmonter leurs peurs.

— Et à moi, raconta Abdel, ils ont confié leurs gosses. C'était les vacances lorsque je suis arrivé et je devais les garder. En fait c'est eux qui me gardaient, il se remit à rire. C'est comme les haricots ! Des poulets, à part des cuisses ou des nuggets, je n'en avais jamais vu. Une vache qui me regarde avec ses grands yeux humides et que je dois obliger à sortir de l'étable, encore moins. Là, tu dois affronter ta peur, expliqua-t-il à Kevin qui s'amusait maintenant autant que Stéphane, et ta honte quand la petite Fanny s'approche, elle ne lui arrive même pas jusqu'aux yeux, elle lui donne une tape sur les fesses et dit à la bête « Allez avance, Poupette ! Laisse-le ! Tu lui fais peur ! » Ça t'oblige à réviser certaines de tes certitudes… ça t'apprend l'humilité, il se marra encore plus. Ils m'avaient laissé avec les gosses pour me faire une adaptation en douceur. Et, j'avais l'impression d'arriver sur la lune.

Tout en bavardant, ils avaient rempli un panier de haricots verts équeutés, Stéphane se leva et s'en saisit.

— Il y en a assez pour un repas, je vais le monter au Mas, comme cela Eli pourra les préparer pour le déjeuner si elle veut.

Il partit avec son panier, Kevin et Abdel commencèrent à en remplir un autre.

— Anne-Marie s'en occupera après, commenta Abdel, pour les congeler ou les mettre en bocaux, je ne sais pas, c'est elle qui gère tout cela. Tu vois, c'est ça qui est si particulier ici, personne ne la joue perso, ils parlent, ils tombent d'accord. Qui fait quoi ? Quand ? Des fois, ça gueule, surtout entre Patricia et Patrick, mais chacun lâche un peu et une fois que c'est décidé, tout le monde fait ce qu'il a à faire. Ils sont différents parce qu'ils sont de bonne volonté, et tolérants… Ça surtout, en fait ! ajouta-t-il après un petit instant de réflexion.

— Oui, approuva Kevin, on ne croirait pas qu'ils peuvent vivre ensemble comme cela, ils sont si différents les uns des autres ! Et vous ? Que faites-vous à part le jardin ?

— Steph leur fait les comptes, moi en ce moment je vais pas mal aux champignons. Encore une chose que je ne connaissais pas, sauf le champignon de Paris en boite bien sûr. Ou je vais aider Julien et Jean-Marc… En voilà un aussi qui est content d'être là, Julien, je peux t'assurer qu'il n'a pas eu la vie facile, le mec. Tout gringalet comme il est, avec ses petites manières, Abdel agita la main en levant le petit doigt, moi au début, ça me démangeait de le placarder au mur chaque fois qu'il ouvrait la bouche.

— Ben quand même ! s'étonna Kevin sceptique.

— Si, je t'assure, faut pas oublier que j'étais un grand méchant violent et barjot. J'avais déjà pas mal progressé avec Steph, mais il était venu ici, je m'étais retrouvé seul là-bas et j'avais de nouveau pris de très mauvaises habitudes.

Abdel rit à cette évocation et hocha la tête avec vigueur

pour l'appuyer.

— Le Julien, il travaillait dans le bâtiment. Il en a chié ! Mais moins que pendant ses études, c'était là le pire. Quand il te parle de bizutage, il en tremble encore. Cependant, c'est comme Steph, il trouve que ça l'aide de raconter tout ça, et je commence à le croire aussi, depuis hier et le jeu de rôle de Claude, je me sens mieux, libéré en quelque sorte.

Kevin avait adoré son arrivée à l'école après les concours. Cela avait été des semaines de fêtes, de soirées, de rencontres, de weekends d'intégration, de sports… Maintenant, le bizutage avait à peu près disparu, mais du temps de Julien, c'était encore très fort. Lui, tout auréolé de ses boucles blondes et de sa qualité de major de promo, il était toujours choisi en premier dans les équipes, les filles venaient le chercher pour danser, il avait plein de copains… En y réfléchissant un peu, c'est vrai que pour un petit, pas très beau et maniéré comme Julien, cela n'avait pas dû être aussi facile et aussi sympa et quelques années plus tôt, cela avait même dû être franchement difficile.

— J'ai du mal à te croire, objecta-t-il à Abdel, quand tu dis que tu étais violent, ou que tu ne savais pas lire ou pas faire de phrase… Parce que là… Moi, je te trouve super sympa et tu racontes très bien.

— Merci, mais violent, je peux t'assurer que je l'étais. Le reste, peut-être que je le savais, mais que ça ne m'intéressait pas de l'utiliser, que je préférais faire comme tout le monde… Mon monde !... Il faut dire aussi que ça commence à faire un bon moment que je m'entraine.

Steph était rentré et avait repris sa place devant les paniers de haricots.

— Patrick dit que c'est parce qu'il ne faut pas lui expliquer longtemps. Qu'il est intelligent… très, très intelligent ! assura-t-il en riant, et que du reste, c'est ça qui a causé sa perte !

— Et permettra ma renaissance !

Kevin resta saisi, cela lui rappelait la carte du Jugement de Jo, la justice, le fond du trou et la renaissance à la campagne. Trop fort ! pensa-t-il.

— Je crois que les « lectures rédemptrices » d'Eli, comme les appelle Patrick, y sont pour beaucoup aussi. Le premier jour, à mon arrivée, ils avaient organisé une petite réunion comme hier. L'enfer ! Je n'ai rien dit de toute la soirée et Steph nous a emmenés vite fait. Mais le Patrick, je lui aurais sauté dessus dix fois quand il faisait ses blagues à la noix. Julien, je ne t'en parle pas ! Dès qu'il disait quelque chose, je voulais lui en mettre une, et Patricia pareil ! Heureusement, Steph me tenait ferme par l'épaule. Alors j'ai pu résister. Quand on s'en va, Eli me contemple comme ça, il fit une petite mimique, penchant un peu la tête sur le côté, me déshabille du regard et me demande, l'ouvrant pour la première fois de la soirée « As-tu amené quelque chose à lire ? Veux-tu que je te prête un livre ? »

— Elle a fait exactement pareil avec moi hier soir ! signala Kevin.

— Oui, confirma Abdel, elle fait ça avec tout le monde. Les livres, c'était pas la priorité de ma vie et j'allais l'envoyer bouler, mais lui, il me serre le bras, il montra Stéphane du menton, donc je réponds que « Oui, je veux bien un livre ». Elle me regarde encore de haut en bas, farfouille dans ses étagères et me sort *Le livre de la jungle*. J'ai cru que j'allais l'assommer avec ! Un livre de gosse, j'avais vu le dessin animé, nul ! Steph, il me serre le bras plus fort, je dis « merci » et on se casse… Ici, je le jette dans un coin et je l'oublie ; et puis un jour qu'il pleuvait, que Steph travaillait au bureau, je le retrouve et je commence à le lire. Là, je suis parti dans un autre monde : la panthère, les loups, le tigre, le grand Kaa… la jungle et sa loi !... J'y étais, je les ai vus ! Depuis elle m'a fait voyager avec ses bouquins dans le monde entier et même dans les étoiles… et dans toutes les époques… J'ai compris beaucoup de choses dans ses livres… J'ai pu regarder les gens différemment. Julien, il est comme il est ! Quand je l'ai vu remplir sa bétonnière en trois coups de pelle, aligner les parpaings à toute vitesse ou planter un milliard de clous impeccables, le petit doigt en l'air, au début, j'ai halluciné. Il parait tout maigrichon, pourtant il est hyper costaud. Et puis j'ai bossé avec lui, il m'a appris un tas de trucs, super sympa en fait, une fois qu'il n'a plus eu peur de moi, et maintenant je l'aime bien.

— Un homme nouveau est né ! s'exclama Stéphane.

— C'est exactement l'impression que j'ai, approuva Abdel, toute ma vie d'avant me parait si loin, comme un mauvais rêve ou un mauvais film que j'aurais vu il y a longtemps.

Pendant qu'Abdel racontait ses histoires, ils avaient continué l'épluchage des haricots verts et les deux derniers paniers étaient prêts.

— Bien, dit celui-ci en les regardant, je crois qu'on va devoir s'arrêter là pour ce matin. Il est déjà presque midi et on n'a plus le temps d'aller cueillir d'autres choses. Les cocos, on en a ramassé pas mal hier et cela pourra attendre demain. On va remonter tout ça au labo et on ira au Mas, Claude devrait être rentré maintenant.

Kevin sentit le stress revenir, la matinée s'était vite écoulée, les histoires d'Abdel l'avaient empêché de penser à ce qu'il allait devoir faire. Il se demanda si l'autre n'avait pas fait exprès de lui raconter sa vie pour l'occuper et lui éviter de s'angoisser trop.

— Déjà ! s'étonna-t-il, c'était vraiment sympa ce matin, je n'ai pas vu passer le temps.

— C'est bien ! commenta Abdel.

Il lui présenta sa paume tendue pour un « high five », comme Steph et lui le pratiquaient régulièrement. Kevin s'empressa d'y répondre et claqua sa main sur la sienne.

— Oui, signala son complice, quand il est décidé, il sait être marrant.

— C'est bien vrai ! J'en ai oublié mon rencard de cet aprèm toute la matinée. Tu ne me feras plus jamais croire que tu étais vraiment un grand méchant violent et barjot, ce n'est pas possible, tu es trop sympa avec moi, et toi aussi Steph.

— Si, si je t'assure, tu peux lui demander, insista Abdel en indiquant Steph, qui opina de la tête, en fait, je crois Patrick qui dit que je suis en colère, une très grosse colère, il frappa de son poing le mur voisin, et je l'étais encore plus ! Mais ici, j'arrive à la gérer. Quand ça monte trop, je pars dans les bois et je cours le plus haut possible, le plus vite possible. L'effort physique, ça fait bien redescendre la cocotte-minute, il se tapota le front de l'index. Et puis, j'ai des projets, on a des projets, rectifia-t-il en bousculant légèrement Steph du plat de la main, un avenir, ça aide !

Ils partirent pour le Mas avec les paniers de haricots qu'ils déposèrent dans le sas du labo, à côté de grands paniers de pommes et de poires. En arrivant, Steph conseilla à Kevin :

— Si Claude n'est pas encore là, tu devrais prendre une douche et te raser pour avoir l'air impeccable cet après-midi, il faut donner la meilleure image possible.

Kevin en avait déjà pris une le matin, mais il n'avait pas pris le temps de se raser. Même si ce genre mal rasé était à la mode, il était d'accord avec Steph, comme pour un oral ou un rendez-vous important, il lui fallait paraitre le plus convenable possible. À leur entrée dans la grande salle du Mas, ils furent accueillis par de savoureuses odeurs de poulet rôti, mais la pièce était vide.

— Super ! Eli a fait du poulet, ça doit être ceux que Patricia a tués hier. Tu vas voir, assura-t-il à Kevin, c'est extra ! Elle le prépare avec de l'ail, du romarin, des pelures de citron, elle met des pommes de terre autour, c'est géant ! Elle a aussi cuisiné les haricots verts, ajouta-t-il, en soulevant le couvercle d'une très grande poêle.

Comme il avait le temps et suivant le conseil de Steph, Kevin se dirigea vers la salle de bains pendant que les deux copains partaient au Breil pour voir où ça en était là-bas.

Lorsqu'il en émergea, tout propre, bien rasé, parfumé, sa chevelure bouclée bien démêlée et coiffée en arrière pour l'instant, elle s'installerait toute seule en place en séchant, ils étaient tous arrivés. Patricia découpait trois gros poulets dorés sur un coin de la grande table, Julien mettait le couvert et les autres étaient assis au salon autour de Claude.

— Ah te voilà ! s'écria Patrick, dépêche-toi ! Claude ne veut pas raconter tant que tu n'es pas là.

Il alla s'assoir avec eux et Claude, annonça assez fort pour que Julien et Patricia l'entendent :

— Je vais commencer par les mauvaises nouvelles !

Le cœur de Kevin se trouva pris dans un étau et des bourdonnements lui vinrent aux oreilles. Il se sentit blêmir, un afflux de salive envahit sa bouche qu'il déglutit difficilement. Anne-Marie qui était assise au bout de son canapé, se rapprocha de lui et lui tapota le genou.

— Attention, ce n'est pas dramatique, seulement il est vraiment temps qu'on aille voir la police cet après-midi. Tu passes aux infos toutes les demi-heures et tu es dans tous les journaux. Pour l'instant, ça blablate dans tous les sens, ça suggère, ça « hypothèse », mais ça donne l'impression que tu vas bientôt être recherché officiellement… mort ou vif… En fonction des journaux, ils parlent d'avis de recherche, de mandat d'arrêt ou de retrouver ton corps !...

Kevin s'affola encore plus en songeant à ses parents. Ils n'étaient pas du genre inquiet, cependant là, ils allaient certainement se faire du souci pour lui. Heureusement qu'il avait téléphoné. Ils avaient une grande confiance en lui et ne croiraient pas tout ce qui serait dit à la télé. Au moins, tant qu'ils n'auraient pas vu son corps ! Les larmes lui montèrent aux yeux quand il pensa que c'était bien ce qui avait failli arriver. Anne-Marie le prit par la taille et le serra un peu contre elle, Eli quitta son fauteuil pour venir s'assoir sur l'accoudoir du canapé et lui poser la main sur l'épaule. Il tenta de ravaler ses larmes et parvint presque à reprendre le contrôle.

— Sinon, j'ai vu aussi ton affreux patron, faux comme un cul ! Tout mielleux ! Il parlait de ta dépression, il disait que tu avais trahi sa confiance, qu'avant ta disparition tu avais effacé beaucoup de dossiers de ton ordinateur, certainement ceux qui contenaient des preuves !... Mais que tout était à la disposition de la police.

Kevin sentit la rage monter en lui. Des larmes de nouveau plein les yeux, mais serrant les poings, il se promit bien qu'il n'allait pas se laisser faire !

— Et, c'est moi qu'on accuse de manquer de finesse ! s'écria Patrick, regarde dans quel état tu le mets ! Et des bonnes nouvelles, tu en as au moins ?

— Oui, déclara Claude en souriant, les gosses étaient contents que je les emmène à l'école, Madame Raffon de la grande boulangerie-pâtisserie de la place va nous tripler sa commande mensuelle de confitures, miel et biscuits à la noisette…

— Je ne te parle pas de ça, rugit Patrick, on s'en fout !

Les sourires réapparurent, tous voyaient bien que Claude l'avait fait marcher sachant qu'il allait démarrer au quart de tour.

— Des nouvelles, non pas vraiment, des déductions positives, ça oui ! Tout le monde peut les faire, il suffit de réfléchir un peu, il dirigea vers Patrick un œil insistant. D'abord, un, il montra Kevin, il n'est pas mort, ça on en est sûr ! Deux, le plan de Jo m'a bien l'air d'être exactement ce qu'il fallait !... Le Vaironne, il prend des risques avec ses affirmations, quand la police aura le disque dur avec les documents originaux, tout va se dégonfler et c'est lui qui sera dans la ligne de mire.

— Mouais ! fit Patrick, vu sous cet angle.

Sa moue boudeuse ramena les rires et les plaisanteries. Même Kevin réussit à sourire, se sentant plus léger. Oui, le plan de Jo allait marcher ! Il avait bien fait de tenir ses dossiers bien à jour, de tout sauvegarder et de faire un backup de tout son courrier… Il avait un mail dans lequel Vaironne lui souhaitait de bonnes vacances et lui demandait de ne pas emporter son ordinateur portable professionnel, assurant qu'il devait avant tout se reposer. Cela allait bien lui servir maintenant. En réfléchissant, Kevin se dit que Vaironne et les deux autres affreux ne devaient pas s'en douter. Quand il avait essayé de leur expliquer, au début, le système de classement qu'il était en train de créer, ils n'y avaient rien compris et lui avaient dit de laisser tomber. Eh bien ! Heureusement qu'il avait continué parce que ça l'amusait. S'ils avaient trafiqué son ordi, ils avaient dû tout effacer en vrac, sans s'apercevoir que tout était corrélé. Pour lui, cela avait été simple de tout transférer d'un coup, mais pour ces incapables, son classement extraordinaire devait ressembler à une grosse pagaille. Bien fait pour eux, ils allaient se faire avoir !

Patricia, venue s'assoir à côté de Julien sur les marches qui menaient au salon, une fois terminée la découpe des poulets, se leva. Il était temps de manger.

— À table maintenant, sinon ça va être froid !

Kevin s'essuya les yeux et le nez avec la manche de son tee-shirt. Eli lui proposa un mouchoir et lui ébouriffa les cheveux avec tendresse. Ils s'installèrent autour de la table et Patricia commença à distribuer morceaux de poulet, haricots verts et pommes de terre. Patrick était déchainé, pestant avec vigueur contre ces financiers tous plus véreux les uns que les autres qui pour quelques dollars de plus étaient prêts à tuer père et mère et même les enfants, renchérit-il en montrant Kevin. Ce qui en définitive, au lieu de l'angoisser davantage, le fit rire comme les autres. Patricia l'avait bien servi, une grosse assiette bien remplie et si les premières bouchées avaient été difficiles, car il avait du mal à avaler, il les avait tellement appréciées qu'il avait finalement terminé son assiette sans s'en rendre compte. Et lorsqu'elle proposa un deuxième service, il la lui tendit volontiers. Alors que, sous les moqueries, Patrick voyait Eli l'obliger à reposer la sienne.

— Tu vois ! commenta Stéphane, on te l'avait dit, une tuerie !

Un grand plateau de fromages et des saladiers de pommes, de poires et de raisins arrivèrent ensuite sur la table.

— Tu as vu Anne-Marie, signala Patrick, je suis allé au verger ce matin et je t'ai mis des paniers de pommes et de poires au labo.

Prenant un air suppliant, il ajouta :

— Cette année, il y a des kilos de raisin sur la treille, on n'arrivera jamais à tout manger. Es-tu sûre que tu ne peux pas faire quelque chose avec ? Quelque chose de bon, accessoirement un tout petit peu alcoolisé…

Tous rirent pendant qu'Anne-Marie agitait la tête pour dire que non.

— Mais, assura-t-elle, pour l'an prochain je te promets que je vais étudier la question. Claude ira faire les vide-greniers et les enchères pour essayer de récupérer une cuve et des tonneaux et je vais potasser le processus. Malheureusement, je te préviens, tout ce qu'on risque d'obtenir c'est une horrible piquette.

— Je savais que tu peux être une fille sympa quand tu veux, affirma Patrick au milieu des rires

Ils retournèrent s'assoir au salon pour le café et Claude en profita pour faire un rapide résumé de l'histoire qu'ils avaient préparée la veille.

— Tout le monde est d'accord ? Personne n'a eu d'autres idées ?

Ils hochèrent tous la tête négativement sauf Julien.

— Vous comptez y aller vêtus comme ça ? s'inquiéta-t-il, toi encore, ça peut convenir. Bien qu'une chemise propre, une cravate et une petite veste feraient plus sérieux. Mais lui, il montra Kevin, il s'est mouché dans son tee-shirt et son jean est plein de traces de boue !

— Tu as raison, constata Claude en riant, je me changerai au Breil avant de prendre la voiture et toi, as-tu de quoi t'habiller un peu mieux ?

— Oui, répondit Kevin, je crois. J'ai un pantalon et une chemise que j'avais apportés pour sortir le soir.

— Va les mettre, que Julien voit si ça convient, lui réclama Claude, pour ça, c'est lui l'expert !

Kevin monta se changer, il extirpa du fond de son sac, le pantalon et la chemisette sympa qu'il avait prévus pour une éventuelle sortie en boite pendant ses vacances… Il soupira en se revoyant en train de préparer ses bagages. Il lui semblait que c'était des années-lumière auparavant !... Ils avaient été un peu écrasés et il tenta de les défroisser du plat de la main avant de les enfiler.

Lorsqu'il redescendit, Julien vint lui tourner autour d'un air dubitatif. Il se baissa mettant un genou à terre et tira sur son pantalon essayant lui aussi d'en estomper les plis.

— Pour le pantalon, estima-t-il, ça va faire l'affaire. Mais la chemise non, on dirait un chiffon.

Il considéra Claude en réfléchissant, son regard passa deux, trois fois de lui à Kevin.

— Tu vas lui prêter ta chemise bleue, ça ira bien avec la couleur de ses yeux. Celle avec les très fines rayures grises qui t'est un peu petite et ta veste d'été grise, mais tu ne l'enfiles pas, précisa-t-il pour Kevin. Tu la gardes sur ton bras sinon tu n'auras l'air de rien, elle est trop grande pour toi.

Les filles approuvèrent et Claude expliqua gaiment :

— C'est Julien qui se charge de choisir mes costumes et mes chemises, parce que je suis le seul ici à avoir besoin d'une tenue de travail de ce genre. Et vu les regards des dames que je rencontre, il glissa un œil moqueur vers Anne-Marie, je crois qu'il se débrouille bien.

Elle le menaça du doigt, en riant avec tout le monde. Cette ambiance détendue aidait bien Kevin, son cœur lui paraissait peser vingt kilos dans sa poitrine, cependant chaque fois qu'il riait, il s'allégeait un peu. Ils se rendirent au Breil par le vallon. Patrick fit le spectacle, imitant Jo quand il faisait sa traversée d'espion : courant, presque à quatre pattes, de buisson en buisson et rampant latéralement dans les herbes derrière une petite butte. Avec ce qu'il avait plu la veille, il termina trempé. Malgré tout, il avait atteint son but, puisque Kevin s'amusait aussi franchement que l'ensemble du groupe.

Pendant qu'ils attendaient Claude, parti se changer et chercher les vêtements pour lui, Abdel le prit un peu à part.

— Claude, tu peux compter sur lui, c'est un mec qui a des tripes ! De là où il s'est sorti, il n'y en a pas beaucoup qui l'aurait fait.

Kevin ne comprenait pas trop ses propos.

— C'est un ancien camé. J'en avais des clients comme lui, il m'a raconté ce qu'il se tapait. Bonjour ! Mais il a voulu arrêter et il l'a fait ! Chargé comme il l'était, je t'assure que c'est un exploit. Pour ça aussi, il faut du courage.

Il tendit sa main vers Kevin, à la verticale, quand le jeune homme posa la sienne dessus leurs pouces s'emboitèrent et Abdel l'attira vers lui… Avant de le lâcher, il lui donna une grande tape dans le dos. Claude revint, Kevin enfila la chemise choisie pour lui, Julien vint arranger le col et comme Abdel, lui proposa sa main et le serra contre lui. Eli l'obligea à se pencher vers elle pour qu'elle puisse lui lisser les cheveux et lui tapota le crâne en hochant la tête. Patrick l'écrasa contre lui en lui braillant dans l'oreille « Ça va aller, hein ? ». Il essuya, en haussant les épaules, les critiques de Patricia et Julien parce qu'il avait mouillé la chemise propre de Kevin. Les rires fusèrent encore une fois quand il leur répondit « Je m'en fous ! ».

Kevin leur était vraiment reconnaissant, ils essayaient tous de l'aider. Néanmoins, en montant dans l'espèce de minibus de Claude, la tonne de plomb qui occupait son thorax battait la chamade et il haletait comme un chiot affolé. Il s'obligea à calmer sa respiration et tenta de se détendre. Cela le soulageait aussi de savoir que Claude était fort, il avait vraiment l'impression d'être accompagné. Il se sentait encore plus redevable envers lui, il s'était déjà donné tant de mal la veille pour le préparer. Jusque-là, il l'avait vu comme un aimable commercial, dilettante, agréable et sympathique, mais insouciant… Depuis qu'il connaissait ses galères et la manière dont il s'en était sorti, il lui semblait plus dense, il le percevait solide à ses côtés et avait la sensation de pouvoir s'appuyer sur lui.

Claude essayait de lui changer les idées en lui racontant

que le minibus, c'était sa voiture de fonction. Il y véhiculait les enfants. Mais pour faire les livraisons ou rapporter les matériaux ou ce qu'il achetait pour la communauté, il enlevait les sièges et disposait ainsi d'un bon volume de transport. Voyant qu'il n'avait pas trop de succès dans sa tentative de diversion, il lui posa la main sur le bras et tout en gardant les yeux sur la route, le rassura.

— Ça va aller, tu vas y arriver ! Tu es prêt, reste simple ! Ne t'embrouille pas avec des détails inutiles. N'en dis pas trop, n'en fais pas trop et tout ira bien !

C'était ce que lui avait dit Jo, lorsqu'ils étaient allés chez Anna chercher ses affaires. Il y avait à peine quatre jours de passés et cela lui paraissait une éternité. Jo devait être sur le chemin du retour maintenant, il n'avait rien dit, mais peut-être que ce soir il serait à la ferme ? Il sourit en repensant aux paroles de Patrick « le grand taiseux de la grande muette ». Cela le rassura de savoir que ce plan, qui semblait tout droit sorti d'un roman policier, comme tout le reste de cette histoire, avait été imaginé par quelqu'un dont c'était réellement le métier. Il se sentit prêt à y jouer son rôle. Ce jour-là, il lui avait répondu « T'inquiète ! Je vais assurer ! » C'est exactement ce qu'il allait faire ! Et dans sa tête, il commença à revoir ses répliques.

X

Jo s'éveilla de bonne heure. Il ne s'était pas endormi tard et avait toujours eu du mal à bien dormir dans un lit inconnu. Dans son demi-sommeil, il soupira, se remémorant ses pensées de la veille. Encore une chose qui ne lui manquait pas, de perpétuellement devoir changer de lit, d'ouvrir les yeux en essayant de se souvenir où il pouvait bien être cette fois-là.

Il s'installa sur le dos, croisa ses mains derrière la tête et continuant à se réveiller doucement, réfléchit à la journée qui s'annonçait. Il décida d'aller jusque chez Kevin. Dans les rues encore vides, il serait plus facile de repérer une éventuelle surveillance. Il en profiterait pour se rapporter des croissants ou des pains au chocolat pour son petit déjeuner. C'était un des avantages de Paris, ces bonnes boulangeries qui très tôt proposaient aux malheureux déjà en partance vers le métro, des viennoiseries toutes fraiches. Même un lundi matin, il était certain d'en trouver une ouverte. Cela remplacerait avec bonheur les biscuits ! Rien qu'à l'idée il en salivait, le « saumon-riz-petits légumes » de son diner était loin et il sentait son estomac gargouiller.

Il sortit du lit, enfila son jean sur son caleçon, mit un sweat et son blouson et quitta sa chambre. Dehors, il faisait frais et encore nuit pourtant des passants se hâtaient sur les trottoirs. Jo prit le même rythme qu'eux et se dirigea vers les boulangeries qu'il avait repérées la veille. Effectivement, celle à côté de la station de métro était ouverte, havre de lumière dans le noir de la nuit ; de bonnes odeurs de pain frais l'accueillirent comme il s'en approchait. Il s'acheta une petite ficelle toute fraiche, se reprochant de ne pas avoir pensé au beurre en faisant ses courses, et deux jolies brioches parisiennes à la tête ronde et dorée. Puisqu'il était là, autant en profiter. C'était une chose qui ne se faisait pas trop dans le midi, où on trouvait plutôt des brioches au sucre parfumées à la fleur d'oranger, qu'il n'appréciait pas particulièrement. Il sourit en pensant « Ça, tu le regrettes peut-être un peu ! » Ses achats à la main, il remonta jusqu'à la rue de Kevin, tout en conservant le pas parisien. Arrivé à proximité de l'immeuble, il fit mine de chercher quelque chose dans ses poches pour pouvoir ralentir, et s'efforçant de prendre une attitude la plus discrète possible, examina soigneusement les alentours. Il ne remarqua rien de spécial, les voitures garées dans la rue étaient les mêmes que la veille et il n'y avait personne à l'intérieur. Le hall du bâtiment était encore sombre, toutefois de nombreuses fenêtres étaient éclairées, la maison s'éveillait. Il poursuivit sa route, et rentra à l'hôtel par un autre chemin.

Le comptoir de l'entrée était vide, une pancarte posée dessus indiquait que le concierge arrivait à huit heures, il reviendrait. Il remonta à sa chambre, mit l'eau à chauffer dans la bouilloire et se redéshabilla pour se sentir à son aise. En préparant son café, il ne put s'empêcher d'une moue dépitée à l'ouverture de son bocal de café soluble – toujours aucun regret de ce côté-là. Il s'installa sur la table avec sa tasse, son pain et ses brioches et déjeuna tranquillement en écoutant de la musique sur son mp3. Il préférait ne pas regarder la télé et les infos pour ne pas être influencé dans ses décisions tout à l'heure. Il mangea la moitié de la ficelle et les deux brioches au bon gout de beurre. Puis, il essuya soigneusement sa table et sirotant son café, y déposa son jeu de Tarots, il remit **TEMPÉRANCE** dans le paquet, coupa trois fois avec sa main gauche et l'étala en ligne.

Le plus souvent, il effectuait ce tirage rituel sans trop y penser. Il estimait que, depuis le temps, la « question » était tacitement entendue entre lui et les cartes. Ce jour étant tout de même particulier, il se concentra et la formula « Que sera aujourd'hui ? » avant de laisser sa main gauche agir. Il retourna **LA ROUE DE FORTUNE** qui lui tira une grimace, il ne l'aimait pas trop celle-ci.

Il y avait des lames qu'il affectionnait, qui lui donnaient le sentiment que la journée allait être bonne, comme **TEMPÉRANCE**. Il sourit en se remémorant que la veille, cela n'avait pas été le cas. Il aimait bien aussi **LA FORCE**, **L'ÉTOILE**, **LE SOLEIL.** Et il y en avait d'autres, qu'il n'appréciait pas, et les jours où son tirage les lui réservait, il partait un peu à reculons. **LA ROUE DE FORTUNE** en était une, comme **LE DIABLE** et **LA LUNE. LE MONDE**, non plus ne lui convenait pas, c'était un arcane considéré comme positif, pourtant il ne l'inspirait pas… trop fermé ! Certaines lames comme **LE CHARIOT** ou **LA JUSTICE** lui étaient complètement indifférentes.

Il avait reformé son paquet posant La Roue dessus, il la

tapotait du bout de l'index, se souvenant de ce qu'il avait dit à Kevin la veille avant de partir « Demain sera ce que tu en feras ! », c'était exactement cela **LA ROUE DE FORTUNE.** C'est sa main qui devrait faire tourner la manivelle et donc son comportement qui déterminerait sa journée. La roue était une carte d'action, il faudrait faire attention de bien suivre le mouvement, l'évolution de la situation, le danger de La Roue c'était l'immobilité !

Il haussa les épaules, levant les yeux au ciel, c'était les principes de base de son boulot, pas la peine de penser qu'un bout de carton lui donnait des conseils !

Il se leva, alla rincer sa tasse et remit son pantalon, il était huit heures, il devait y avoir quelqu'un à l'accueil. Il descendit au rez-de-chaussée et effectivement derrière la banque un homme s'affairait consultant un ordinateur et préparant des factures, probablement celles des clients qui allaient quitter l'hôtel aujourd'hui. Lui avait réservé et payé pour deux nuits. Il voulait pouvoir laisser ses bagages, il n'était pas certain d'avoir terminé à onze heures, heure à laquelle il fallait libérer la chambre. Il avait annoncé qu'il devrait partir tôt le lendemain matin, alors qu'il comptait bien partir le jour même et rentrer chez lui dès ce soir. Il s'approcha avec son plus beau sourire et se lança dans l'explication qu'il avait préparée.

— Excusez-moi de vous déranger, j'aurais besoin que vous me rendiez un service. Je suis venu à Paris pour voir ma mère, elle vit seule dans un petit appartement et ne peut pas me loger. C'est pour cela que je suis descendu chez vous, des amis m'ont recommandé votre hôtel, ils avaient raison, c'est vraiment très agréable chez vous, très propre. En plus, je ne veux pas la fatiguer, elle est très âgée, elle a quatre-vingt-douze ans, mais elle vit encore seule. Bon, elle a beaucoup d'aide, la femme de ménage, l'infirmière qui vient deux fois par jour… Oh ! mais, je vous ennuie avec mes histoires… s'interrompit-il prenant un air gêné, en fait, elle a besoin que je lui fasse des petits travaux, une fuite à son robinet, une étagère à redresser, un cadre à installer… Est-ce que par hasard vous n'auriez pas quelques outils à me prêter ? Je vous les rendrais avant midi, c'est certain, je n'en ai que pour une heure ou deux, si vous le souhaitez, je vous laisse une caution ou ma carte d'identité…

Il laissa la fin de sa phrase en suspens, il n'avait pas été mauvais, c'était une bonne histoire. Il savait que tous les hôtels ont un homme d'entretien qui a quelques outils sur place. Dans ce genre d'endroit, il y a tous les jours des choses à réparer, un abattant de w.c. à changer, un bout de moquette à recoller, une poignée de porte à refixer, un montant de lit à rafistoler… Il regarda les réflexions défiler dans les yeux du type « Pas très habituel comme demande, mais c'était un client potentiel régulier si sa mère habitait à côté, il avait l'air de se plaire à l'hôtel, il reviendrait surement… L'empreinte de sa carte bancaire et la photocopie de sa carte d'identité étaient dans son dossier… Il n'allait pas se sauver avec un marteau et un tournevis en laissant toutes ses affaires… ». L'homme donna son accord et alla ouvrir la porte marquée « Réservé au personnel d'entretien » que Jo avait repérée.

— Notre homme d'entretien n'arrive qu'à midi, quand les chambres sont libres. Voyez là si vous trouvez votre bonheur. Dites-moi ce que vous empruntez, je le noterai.

Jo avait déjà utilisé le truc plusieurs fois. Lorsqu'il avait besoin de sa tenue d'artisan, il avait dans son sac une vieille sacoche qui pouvait passer pour une trousse à outils. Toutefois, il ne pouvait pas voyager avec du matériel encore moins l'acheter neuf ; même quand il avait le budget de l'État. Ce n'était pas possible, pas vraisemblable pour le personnage de n'avoir que des outils neufs !... Alors, il en empruntait quelques-uns. Cependant quand il découvrit la belle trousse à outils de l'ouvrier de l'hôtel, en toile épaisse, aisément transportable, bien usée comme il fallait, il ne put résister… Il allait essayer de l'avoir ! Il fit semblant de farfouiller, sortant et remettant les outils avec bruit, ajouta dedans quelques chiffons sales qu'il vit sur une étagère, puis la prit dans ses bras et retourna au comptoir.

— Ne croyez pas que je veuille abuser, mais en fait ce serait plus pratique si je pouvais emprunter toute la trousse, pour le transport, voyez-vous ? Je vais vous dédommager pour le dérangement bien sûr.

Il lui présenta un billet de cinquante euros, le réceptionniste hésita, puis haussa les épaules, et prit le billet en souriant.

— D'accord, Monsieur, vous pouvez la prendre. Toutefois, je compte sur vous pour la rapporter avant midi.

Après quelques secondes, les yeux pleins de doute et l'air gêné il ajouta :

— Pourriez-vous nous laisser votre clé avant de sortir ? Comme caution en quelque sorte…

Jo l'assura que cela ne le dérangerait pas du tout, qu'il comprenait très bien, se confondit en remerciements et remonta dans sa chambre. L'homme viendrait sans doute vérifier qu'il avait bien laissé ses affaires dès qu'il aurait le dos tourné.

Il rassembla les différentes parties de son costume d'artisan qu'il avait éparpillé aux quatre coins de la pièce. Un pantalon d'ouvrier, en épaisse toile grise, renforcé aux genoux, agrémenté de quelques tâches de peinture et de gras, un tee-shirt déformé par de multiples lavages qu'il froissa encore un peu plus entre ses mains et une veste de coutil beige foncé, pleine de poches qu'il commença à remplir selon le mode d'emploi qu'il avait prévu pour cette tenue.

Dans une des poches poitrine, il mit les cartes de visite « usagées » qu'il avait préparées la veille et ses tickets de métro, il farfouilla dans la trousse à outils, en sortit quelques clous, trois vieilles vis, des liens en plastique et un domino qu'il répartit dans les poches latérales.

Sur le bureau de la chambre, il prit le papier à lettres de l'hôtel, découpa plus ou moins de travers des morceaux de feuille de différentes dimensions en prenant soin de ne pas avoir le logo. Sur le plus grand, il écrivit la date du jour, le nom et l'adresse de Kevin et l'heure supposée du rendez-vous, neuf heures trente. Il irait vers dix heures moins le quart, un retard très convenable pour un artisan ! Il conserverait son bout de papier à portée de main, pour le cas où il ne trouverait pas l'appart de Kevin, s'il n'y avait pas de nom sur les portes par exemple. Il l'utiliserait alors pour se renseigner auprès du concierge ou d'un voisin. Cependant, il allait vraiment essayer d'éviter de devoir faire cela, moins on le verrait mieux ce serait.

Sur les autres morceaux de papier, il inscrivit d'autres heures, d'autres dates et d'autres noms, fit quelques petits plans fictifs, notant des chiffres autour. Il froissa vaguement les papiers et les mit dans la seconde poche poitrine de la veste, avec le crayon à papier raccourci par de multiples tailles au couteau qui faisait partie de la tenue. Comme accessoire, il avait aussi dans la poche du pantalon, un grand mouchoir usagé et roulé en boule, mais propre ! Il alla le salir en le passant au-dessus du meuble de la salle de bains et après s'être mouillé les mains, les essuya avec. Il réfléchit un peu, peaufina encore quelques détails et hocha la tête, il avait bien suivi tout le protocole.

Il sortit le disque dur de son tee-shirt en faisant attention de ne pas le toucher, l'attrapant avec les chiffons sales qu'il avait pris dans le local d'entretien et l'emballant dedans. Il le posa dans le fond de la trousse à outils et disposa dessus marteau, tournevis, pinces et même une petite scie.

Il avait encore un peu de temps. Il se prépara une nouvelle tasse de café et se remit sur son lit avec son livre. Il ne voulait pas se laver ce matin-là, l'ouvrier qui débarque fleurant bon le gel douche, ça ne le fait pas ! Déjà que ses fringues sentaient la lessive ! En prévision de son rôle, il ne s'était plus rasé depuis sa visite chez Anna. Depuis son réveil, il se sentait parfaitement dans son élément, il suivait son plan, froidement concentré, détaché des influences extérieures avec au fond de lui la boule dense et lumineuse d'excitation de la chasse, qui lui permettrait de rester attentif et prêt à tout.

Il lut quelques pages, surveillant l'heure du coin de l'œil. Quand il fut temps, il s'habilla avec soin, en faisant attention aux détails ; il laissa son tee-shirt à moitié sorti de son pantalon, s'ébouriffa les cheveux. Il suspendit la trousse à outils sur son épaule et partit sans un regard derrière lui.

Il déposa la carte qui servait de clé pour sa chambre sur le comptoir, se signalant d'un geste rapide à l'employé. Il était plutôt satisfait de pouvoir la gérer ainsi. Certes, c'était discret maintenant ces petits rectangles de plastique, format carte bleue – pas comme les clés d'avant avec leurs énormes porte-clés qu'on était vraiment obligé de laisser au concierge de l'hôtel – par ailleurs, le risque qu'il subisse une fouille lui paraissait extrêmement limité même s'il se faisait intercepter par un flic en surveillance. Mais cela faisait partie des principes fondamentaux, rien de personnel sur soi. Sans cette opportunité de la confier à l'accueil, il aurait dû trouver un coin où la planquer.

Il se dirigea vers sa destination, par des voies détournées. Dans une petite rue tranquille, il s'agenouilla près d'une voiture, et frotta délicatement ses mains et surtout ses ongles autour de la jante, ensuite il essuya vigoureusement le tout sur ses cuisses. Il contempla le résultat, des mains de travailleur, parfait !

Il entra dans la rue en sifflotant, regardant ostensiblement les numéros des immeubles. Parvenu devant celui de Kevin, il traversa et ouvrit la porte, très naturellement avec le trousseau de clés qu'il sortit de sa poche.

Dans le hall, il s'arrêta face aux deux rangées de boites aux lettres. Il était seul, et pouvait prendre un peu de temps pour essayer de comprendre comment étaient répartis les appartements et tenter de situer celui qu'il cherchait. Il remarqua que les coins du hall étaient mouillés. Attention ! Il y avait potentiellement quelqu'un dans les étages pour nettoyer les paliers ou dans l'escalier.

Deux rangées de quatorze boites aux lettres, vingt-huit, normalement quatre par niveau, mais à vérifier ! Il repéra la plaque « K. Juvaine » sur l'avant-dernière en bas à droite, il vit que la troisième de la ligne du haut portait la mention deuxième étage sous le patronyme de l'occupant. Il réfléchit, fit quelques calculs et décida qu'elles étaient regroupées par quatre. Avec un peu de logique, celle du haut à gauche devait correspondre à devant gauche, etc. Kevin habiterait donc sur l'arrière à gauche ? Tout cela n'était que spéculation, mais il faut bien partir avec une idée de base, ce n'était pas le genre d'immeuble où il y avait les noms sur les portes, si on n'avait pas la clé, il fallait connaitre le digicode et savoir où on allait, sinon on n'entrait pas.

Il entrebâilla doucement la porte qui donnait dans l'escalier de service qui montait parallèlement à la cage d'ascenseur, écouta attentivement et perçut un lointain bruit d'aspirateur. Ok, faire attention !

Il avança jusqu'au premier étage. Le son venait du dessus. Il ouvrit la porte palière et jeta un coup d'œil, quatre appartements, deux en façade, deux sur l'arrière du bâtiment, séparés par l'ascenseur et la cage d'escalier, exactement ce qu'il avait imaginé. Il referma la porte, et poursuivit son ascension, deuxième étage, celui de l'aspirateur… Au septième, il fit une pause pour reprendre son souffle… il n'était pas au mieux de sa forme.

Il pénétra sur le palier en sifflotant nonchalamment et se dirigea vers la porte qu'il pensait être celle de Kevin. Il avait déjà sa clé à la main, elle s'introduisit impeccable dans la serrure – il sourit, content de lui – poussa la porte de l'épaule, pour toucher le moins de choses possible et entra dans le couloir, sifflotant toujours.

Son cœur manqua un battement lorsqu'il entendit la télé. Il fit un pas en arrière. Trop tard, des bruits de mouvement lui parvenaient aussi déjà. Il avait pourtant fait attention, sur le palier, mais plus par habitude que par conviction, et n'avait rien entendu. Normal ! les portes étaient épaisses et solides, il aurait fallu qu'il y colle son oreille pour, peut-être, percevoir quelque chose. Il se mordit les doigts d'avoir voulu entrer trop vite et se prépara une ligne de fuite. Il ouvrit toute grande la porte pour se faire de la place, rangea les clés dans sa poche, pour ne pas être encombré et ne pas les perdre.

Puis il leva une tête étonnée vers l'homme qui était apparu dans le couloir et avec ce qu'il appelait son « accent russe » s'écria :

— Mais qui êtes-vous ? Monsieur Juvaine m'avait dit qu'il n'y aurait personne, c'est pour ça qu'il m'a donné des clés !

Jo se débrouillait très bien en langues, ce qui avait été un des facteurs favorables à son recrutement, il comprenait parfaitement l'anglais, l'allemand et l'espagnol. Cependant, il ne pouvait jamais passer pour un natif, ayant irrévocablement gardé un fort accent français mâtiné d'une petite pointe de son midi natal. Par conséquent à l'étranger, il utilisait « son accent russe » dans l'une de ces langues. En fait un truc à lui, une manière de parler qu'il avait commencé à utiliser pour tenter de cacher cet accent français très reconnaissable et qui, d'après ce qu'il avait pu remarquer, laissait penser à son interlocuteur qu'il était originaire d'un pays quelconque d'Europe de l'Est. Et là, pour avoir l'air le plus étranger possible aux oreilles de l'homme, il avait essayé d'ajouter un peu d'accent allemand.

L'homme le regardait méchamment, sa chemise au col ouvert et son pantalon de costume gris froissés donnaient l'impression qu'il vivait dans ses fringues depuis plusieurs jours. Son collègue, qui apparut derrière son dos, était dans le même état, mais portait sa veste.

— Nous ! On est la Police et c'est nous qui posons les questions ! Il est où d'abord, Monsieur Juvaine ? déclara-t-il en insistant lourdement sur le nom.

La police mon œil ! pensa Jo, des hommes de main oui ! À qui appartenaient ces mains ? Ça, c'était à voir !

— Ben, à son travail ! répondit-il gardant l'air le plus étonné possible

— Ah oui et comment tu le sais ? Tu l'as vu quand ? Et d'abord qu'est-ce que tu viens faire là ?

— Ben ! C'est ce qu'il avait dit l'autre semaine quand on s'était vu. Je dois lui réviser la chaudière, il m'avait donné des clés. Il avait dit qu'il ne serait pas là, qu'il devrait aller travailler.

Jo avait vu la plaque – gaz de ville – à l'entrée de l'immeuble et choisi son motif de sa visite en fonction. Il s'appliquait à se faire un accent le plus lourd possible, et commença à reculer doucement vers la porte. L'autre homme parut s'en apercevoir et glissant une main dans sa poche de veste, s'avança dans le couloir, passa derrière lui et referma la porte.

Jo sentit dans son dos le mouvement du bras qui se levait, il compta deux battements de cœur et anticipa le coup. Quand le poing américain s'abattit sur sa tête, il était déjà en train de tomber, il avait une ceinture noire de judo et faisait ça très bien ! Il évita ainsi la plus grosse partie de la force du coup, néanmoins ce qu'il en reçut transforma sa tête en gong pour plusieurs secondes. Il s'était arrangé pour s'affaler le mieux possible, laissant glisser discrètement la courroie de la trousse à outils et la déposant à terre. Il était allongé sur le sol, le long du mur, contre la trousse, prêt à l'action s'il devait y avoir combat, faisant pour l'instant semblant d'être inconscient.

Il sentit des mains violentes palper son corps, des mains professionnelles. D'abord, rapidement à la recherche d'une arme, puis un doigt vint appuyer sur sa carotide. Il s'efforçait de rester totalement relâché, respirant le plus lentement et le plus légèrement possible, essayant d'entrer dans une sorte de transe méditative comme au yoga et fixant, sous ses paupières closes, l'Ajna, son troisième œil, entre ses sourcils. Il s'attendait à ce qui allait suivre : effectivement, un pouce et un index brutaux lui ouvrirent l'œil droit. Il avait dû réussir à le révulser suffisamment, car son investigateur lui détourna simplement la tête d'une baffe ; il s'appliqua à laisser aller. Les mains reprirent leur fouille, ses poches de veste… il sentit les doigts s'agiter dans celles du bas, ils tâtèrent les clés et les petits objets sans s'y attarder, puis ils remontèrent vers sa poche poitrine, ils sortirent les morceaux de papier. Jo perçut le glissement des feuillets les uns sur les autres, l'homme commençait à les étudier.

Lorsqu'il lui avait pris son pouls, son comparse avait demandé :

— Tu lui as filé un sacré coup ! Tu l'as tué ?

— Non, mais ça aurait été mieux, parce que comme ça,

c'était fait. On va appeler le patron, tu peux être sûr qu'il va nous dire de le liquider.

— Qu'est-ce qu'il y a sur les papiers ?

— Rien, des adresses, des noms, des petits dessins… Tiens, Kevin Juvaine, aujourd'hui, neuf heures trente ! Ce doit être son carnet de rendez-vous, un tocard ce mec !

Une main chercha dans l'autre poche et sortit les cartes de visite et les tickets de métro.

— Jodorgrumphfki, lut-il écorchant le nom dans un grognement, artisan plombier chauffagiste, et voilà, un plombier polonais !

— Il n'a rien d'autre comme papiers ?

— Non ! et si tu veux mon avis, c'est parce qu'il n'en a pas ! Un clandestin sans papiers qui travaille au noir, voilà ce que c'est !

Les mains s'enfoncèrent dans ses poches de pantalon, sortant les billets froissés et les pièces qu'il y avait mis, ainsi que le mouchoir sale, que le type relâcha sur lui en faisant beurk ! Puis les mains le déplacèrent brutalement, le faisant rouler sur lui-même, pour accéder à la caisse à outils sur laquelle il s'était laissé tomber. Jo entendit farfouiller dedans. S'efforçant pourtant de rester le plus calme possible, il sentait son cœur s'accélérer. Il était maintenant sur le ventre, toutefois sa tête était tournée du mauvais côté et le gus était carrément à genoux sur lui l'écrasant de tout son poids, il ne pouvait rien voir.

Il réfléchissait à toute vitesse à ce qu'il allait faire, à la découverte du disque dur. Devait-il tenter de se débarrasser de l'individu qui l'écrabouillait, se jeter sur l'objet, et s'enfuir le plus vite possible ? S'il faisait cela, sa mission discrète était définitivement grillée… même s'il réussissait son coup… ce qui n'était pas gagné. Ou allait-il attendre toujours inconscient… et essayer de saisir une autre opportunité ? Il venait de se décider pour la deuxième solution qui lui laissait encore un espoir de réussite, quand il entendit crier.

— Aie ! Bordel ! qu'est-ce que c'est que ça ? Une foutue scie, je me suis coupé, putain ça saigne !

Il se releva, ce qui permit à Jo de respirer un peu mieux, mais ça ne dura pas, car le type lui envoya un violent coup de pied dans les côtes, le laissant suffoquant. Il fit un immense effort pour rester inerte, maintenant son regard sur l'Ajna, le sixième chakra et ventilant le plus superficiellement possible. L'homme qu'il baptisa « costume » s'éloigna vers le bout de couloir et son copain « chemise », il râlait.

— Connard de tocard de plombier polonais ! Qu'est-ce qu'il est venu foutre là ? Déjà trois jours qu'on plante ici à attendre l'autre qui ne revient pas ! Soi-disant, personne ne sait où il est ! Qu'est-ce qu'elle fout la police ?

— En plus qu'on s'était déjà tapé pour rien la traversée de la France. Tout ça pour s'entendre dire, à peine arrivés, que ce n'était plus la peine, que Juvaine était retourné à Paris.

— À Paris ou ailleurs ! On n'en sait rien ! En tout cas, il n'est pas revenu chez lui, c'est sûr !

— Il doit être resté avec le « Charles » !

— Ouais ! le « Charles », quel « Charles » ? Le petit vieux de son boulot qu'on a interrogé, il était vert de trouille ! Il ne nous a pas menti, c'était pas lui, et puis le patron a vérifié, il n'a pas quitté Paris.

— Et on a eu de la chance qu'en fouillant le bureau, on trouve les clés, sinon on aurait été bon pour trois jours dans la rue.

Ils rentrèrent dans la pièce d'où ils étaient sortis, Jo en profita pour se relâcher un peu et respirer à fond. Mauvaise idée ! La douleur en coup de poignard qu'il reçut dans les côtes l'envoya aux limites de l'inconscience. Il s'accrocha à tout ce qu'il pouvait pour ne pas y sombrer… Sa tête battait la cloche et il en avait la nausée… Il fit monter en lui la colère et l'adrénaline.

« Tocards vous-même, bande de gros nazes ! Si vous vous croyez pro ! Même pas foutus de faire une fouille correcte ! s'indigna-t-il, il a dû me péter une côte ou deux, ce con ! »

Pour rester conscient et stabiliser le bateau sur la mer démontée dans lequel il était embarqué, il fixa son attention sur la conversation des deux hommes.

— Bon, disait « chemise », il va falloir prévenir le patron, c'est toi qui l'appelles ?

— Non toi ! Je me suis déjà fait engueuler l'autre jour pour avoir bousculé le petit vieux, là, je suis sûr que ça ne va pas lui plaire que je l'aie assommé, le plombier !

— Ouais ! Tu cognes toujours trop ! Trop souvent ! Trop fort ! Trop vite ! On aurait pu essayer de s'en débarrasser en douceur ou d'avoir plus d'infos.

— Il nous avait vus, alors bien obligé !

— Allez, j'appelle, tiens-toi tranquille !

Jo se sentait mieux et réfléchissait à la manière dont il allait pouvoir se sortir de là. Ce n'était pas des tendres, les deux abrutis et il voyait mal Vaironne gérer ça tout seul… pas le genre ! Lui, son genre, c'était de se dédouaner en faisant porter le chapeau aux autres. Dans ce cas, il devait y avoir du lourd derrière ! Quand il entendit « chemise » commencer à parler, il essaya de bien comprendre la conversation.

— Bonjour Patron, c'est Gomez !... Oui, excusez-moi… On a eu un problème !... Ben, c'est pas de notre faute !... Il y a un plombier qui s'est pointé, il avait la clé et devait faire des réparations pendant que Juvaine était à son boulot… Ben, c'est vous qui savez s'il y est ou pas. Nous, tout ce qu'on sait, c'est qu'il n'est pas chez lui… Oui, on est sûr que c'est un plombier, un plombier polonais, il ne parlait même pas le français… Oui, il nous a vus ! Alors Gueltz a dû l'assommer… Oui, je lui dirai, il a cru bien faire, vous savez… et puis c'est un clandestin, un sans-papiers, personne ne le croira… Oui, vous avez raison, peut-être qu'il vaut mieux s'en débarrasser… D'accord, on ne fait rien tant que vous ne nous avez pas rappelés… Oui, on a tout fouillé ici, des clés USB, des disques durs, il y en a plein, de toutes les formes et de toutes les couleurs, on a tout mis de côté… Oui, il y a aussi un ordi, un gros avec une grosse tour et un grand écran… Ce soir, d'accord… Non, pas d'ordi portable… Oui, c'est sûr… Cet après-midi, ah bon !... Et nous on reste encore longtemps ici ?... Non, non, c'est pas un problème, c'est juste que je me disais que peut-être, ils allaient venir ici aussi....... D'accord, je lui dis… à tout à l'heure.

— Toi, tu vas te faire sacrément engueuler prévint « chemise/Gomez », le patron, il était furax ! Tout merde dans cette histoire, d'abord les deux imbéciles qu'ils envoient juste se renseigner, qui prennent des initiatives bidon et qui ratent leur coup ! Ils auraient bien pu lui tenir la tête sous l'eau, au lieu de se tirer en courant. Et on serait tranquille ! Après Juvaine qui disparait, on se demande encore comment ! Avec un « Charles » sorti de nulle part ! Maintenant ce plombier qui se pointe et dont il va falloir se débarrasser. La merde totale quoi ! Va lui jeter un œil ! Vois s'il dort toujours.

— Pas la peine, avec ce que je lui ai mis il a son compte pour un moment.

— Va, je te dis ! T'as assez fait de conneries pour aujourd'hui, évite d'en rajouter.

Jo s'était appliqué à garder exactement la même position. Il essaya de donner plus de lourdeur à son corps, pour paraitre vraiment inerte. Il entendit un bruit de siège qui bouge, des pas arriver vers lui et se prit un violent coup de pied dans la hanche, il laissa son corps accompagner le mouvement.

« Tiens tocard, t'as entendu ! Tu vas bientôt arrêter de nous emmerder ! » Le connard repartit vers la pièce voisine.

— Je te l'avais dit, il est sonné !

— Ok !... Le patron se renseigne pour savoir si Juvaine est à son bureau ce matin. Si c'est le cas, le Vaironne, il va encore entendre parler du pays ! Tu as vu l'autre jour comment le patron lui est tombé dessus quand il a su que c'était Juvaine qui s'était occupé de certains dossiers, qu'il n'aurait jamais dû connaitre. Gomez prit une voix nasillarde « C'était parce qu'ainsi, on aurait le meilleur résultat, il était excellent pour tout ça, le meilleur !... Je suis sûr qu'il ne s'est rendu compte de rien. » Et ce qu'il s'est pris quand il a dit qu'il l'avait éloigné, pour pouvoir reprendre la main ! C'est là que ça a commencé à merder grave. Si on l'avait eu sous la main nous, on l'aurait suicidé bien proprement… On sait faire ! et il n'y aurait pas tout ce bordel !... Pour le plombier, on va s'en débarrasser bien comme il faut…

— J'ai une idée, je finis de lui défoncer le crâne et on va le planquer dans le coffre de la jag ! On a les clés et c'est Juvaine qui sera accusé !

— Imbécile ! J'ai craint le pire quand tu as dit « une idée ». Comme ça, c'est sûr que tu vas attirer la police, dès qu'il va commencer à sentir… Non, on va l'emmener et le liquider dans un coin où personne ne le trouvera jamais ! Arrête les idées, ce n'est pas bon pour toi ! Tout à l'heure, le patron va rappeler pour nous donner des infos et des instructions, il veut que tu écoutes, je mettrai le haut-parleur et tu auras intérêt à faire ce qu'il dit. Il a su qu'il allait y avoir une perquise au bureau de Vaironne cet aprèm, mais pas de problème ! On a bien fait le ménage, J'ai vérifié ! Il va essayer de savoir s'il y a quelque chose de prévu pour cet appart ou si on peut rester ici tranquille. Comme ça, le plombier on s'en occupe cette nuit, ce sera plus discret. Et dans ce cas, ce soir, il envoie le type qui s'est occupé de l'ordi du bureau pour celui-ci… et tous ces trucs. Parce qu'il parait que ce qu'il avait fait à son ordi là-bas, c'était balèze et qu'il faut vérifier, ici, si ce n'est pas pareil.

— Et maintenant alors, on ne fait rien ? On attend ?

— Oui, c'est ça, tu as réussi à comprendre, on ne fait rien, on attend !

— Si c'est comme ça…

Jo s'était redressé et avait commencé à organiser sa fuite. En entendant Gueltz se lever, il se dépêcha de retourner à sa posture d'inconscient. Mais il reconnut le bruit d'un corps qui s'affale dans un fauteuil, et la télé changea de chaine.

Il se donna le temps de trois respirations, qu'il essaya de faire de plus en plus profondes… pour ses côtes, ça avait l'air d'aller. Il termina de ramasser tout le petit bazar que Gueltz avait sorti de ses poches et l'y remit, pour l'instant juste ce qu'il y avait sous lui lorsqu'il était couché. Il laissa les deux morceaux de papier un peu éloignés pour plus tard, il s'en saisirait au dernier moment. Quand il fut prêt, il se réinstalla dans sa position allongée et fit comme Gomez et son copain débile, il attendit ! Il repassa dans sa tête toute la chronologie des mouvements qu'il devrait faire dès que le téléphone sonnerait et que les deux hommes seraient occupés à écouter leur chef. Ça, il venait de le décider en entendant Gomez. Initialement, il avait pensé partir le plus vite possible, mais qu'ils soient accaparés ailleurs lui faciliterait la tâche. Il se maintint dans un état d'intense concentration éveillée, comme lorsqu'il attendait le « Hajime » d'un combat. Ne visualisant que sa prochaine mise en action.

Le temps passa lentement. Enfin, il entendit la sonnerie, le bruit des chaises et dès que Gomez parla, il enchaina les mouvements avec en arrière-pensées « Bouge ! Bouge ! “Tu dois partir et vivre ou rester et mourir !” » et il eut la vision de sa main sur la manivelle de la Roue.

Il mit vite fait les deux derniers papiers dans sa poche, essuya en frottant bien avec sa manche le sol où avaient reposé ses mains. Il était fiché partout, la moindre empreinte de lui serait une catastrophe. Il attrapa la trousse à outils et l’installa bien serrée sous son bras pour que rien ne s’y entrechoque. Son esprit percevait le chef de Gomez et Gueltz qui aboyait dans le téléphone, mais n’enregistrait pas les paroles.

Son mouchoir protégeant sa main, il ouvrit la porte de l’appartement le plus silencieusement possible et la referma de même. Il se précipita vers la porte palière, l’ouvrit délicatement, en retint avec soin la fermeture pour éviter le moindre grincement ou claquement et se jeta dans l’escalier. Il le descendit quatre à quatre sur la pointe des pieds. Au palier du sixième, il prit le risque et le temps d’ouvrir la porte et de rapidement appuyer sur le bouton d’appel de l’ascenseur avec son index replié.

Cela pouvait avantager les autres s’ils se lançaient vite à sa poursuite, mais Jo était joueur, il avait décidé que la prise de risque en valait la peine. Les deux avaient des bedaines de bière. Il avait estimé que l’escalier ne serait pas leur option. Il reprit sa course, essayant de rester léger et silencieux en amortissant bien avec les chevilles et les genoux chaque saut de plusieurs marches qu’il faisait. Cinquième étage, l’aspirateur, pas d’arrêt ! Quatrième, appel de l’ascenseur. Pareil au troisième, au second, au premier. C’est en descendant, toujours le plus vite possible, la dernière volée de marches qu’il entendit une porte s’ouvrir très haut au-dessus de lui et la voix de Gomez crier « Où est-il bordel ? »

Il s’obligea à stopper devant la dernière porte, à l’ouvrir

et à la refermer silencieusement et à sortir dans le hall, l'air le plus naturel possible. En passant devant l'ascenseur, il entendit qu'on tambourinait sur la porte dans des étages élevés et sourit. Le petit écran lumineux au-dessus de la porte marquait trois en rouge… Oui, l'ascenseur avait dû partir pour le sixième et redescendre en s'arrêtant à tous les étages suivants. Pour faire bon poids, il appuya encore une fois sur le bouton d'appel.

Il passa la bandoulière de la trousse à outils sur son épaule, et tenta de reprendre sa respiration, il était arrivé jusque-là en apnée, retenant son souffle pour faire encore moins de bruit. En cherchant à maitriser son essoufflement, il sortit dans la rue et partit à grands pas, l'air pressé de celui qui est déjà en retard à un rendez-vous. Il prit la première à droite, puis tout de suite à gauche et en zigzaguant ainsi, s'éloigna le plus vite possible de l'immeuble. Tout en marchant d'un bon pas, il s'efforçait de récupérer, la descente rapide associée aux efforts pour rester silencieux et au poids de la lourde trousse à outils l'avait mis à bout de souffle.

Il s'en était sorti et commença par s'engueuler un bon coup. Il avait été nul ! Ouvrir cette porte et s'avancer aussi vite dans le couloir, quel imbécile ! Et sa forme ! Depuis sa retraite, il n'avait plus rien fait et une seule descente d'escaliers l'avait mis minable. Heureusement qu'il n'avait pas dû monter, même les deux guignols auraient pu le rattraper. C'était une chance pour lui qu'ils aient été aussi nazes ! Oui, mais des nazes pros ! Il y avait du monde derrière eux, le Vaironne ne devait être que la partie émergée d'une grosse arnaque. Et c'était des dangereux ! S'il avait bien compris, Kevin avait eu plus de chance que d'autres qui avaient réussi leurs suicides.

Quel nul aussi ce Kevin ! « Je suis super intelligent ». Tu parles, il n'avait rien vu de ce qui se passait à côté de lui et il aurait pu y laisser sa peau. Heureusement qu'ils s'étaient dépêchés d'aller récupérer ses affaires. Anna, malgré toute sa bonne volonté n'aurait pas fait le poids, elle aurait même pu courir des risques. Avec le TGV, peut-être que les deux affreux étaient arrivés juste après leur départ !... Il avait bien fait de prendre les précautions qui lui avaient semblé superflues sur le moment. Ce « Charles », ça les avait bien occupés… Il n'avait pas été nul tout le temps dans cette histoire.

Il avait réussi à récupérer et essayait de rassembler ses idées pour la suite, tout en regagnant son hôtel, par les rues qu'il avait repérées la veille. C'était un des avantages des villes comme Paris, les poursuites en voiture et même à pied, à moins d'avoir étaient organisées avec soin, étaient difficiles. Il était revenu dans l'anonymat de la grande ville, les deux gugusses ne le retrouveraient pas.

Tout à l'heure, couché dans son couloir, il avait bien pensé qu'il ne lui restait plus qu'à apporter le disque dur au bureau de Kevin. Surtout lorsqu'il avait compris que l'endroit avait déjà été fouillé, que les autres n'y retourneraient pas et que la police par contre, elle, n'y était pas encore allée. Il devait utiliser le créneau. La visite des locaux de la société devait être programmée depuis plusieurs jours, peut-être même avant l'ouverture officielle de l'enquête que les journalistes avaient annoncée.

Vaironne s'était dépêché de faire le ménage et de se préparer une ligne de repli derrière Kevin. Un pro de l'informatique était venu trafiquer son ordi pour effacer des preuves et/ou en ajouter quelques-unes qui l'incrimineraient. Il fallait que le disque dur ouvre d'autres possibilités aux enquêteurs. Jo avait plutôt confiance en ses collègues policiers, Vaironne devait déjà être dans leur collimateur, il avait été entendu comme témoin… On sait ce que ça veut dire… même si personne ne peut se permettre d'évoquer autre chose… La découverte de l'objet recentrerait l'intérêt sur lui, et le détournerait de Kevin.

Il avait évité d'y réfléchir davantage, préférant se concentrer sur sa fuite et ne pas se faire avoir deux fois dans la même journée. Maintenant, il fallait qu'il se mette à penser et avec un peu plus d'intelligence !

Il récupéra le disque dur avant d'entrer dans le hall de l'hôtel et essuya grossièrement la scie providentielle avec le chiffon qu'il glissa dans sa poche. Il rendit la trousse à outils à l'employé en le remerciant avec son plus beau sourire. Il reprit sa carte en échange et se hâta de regagner sa chambre.

Il se doucha et se rasa tout en réfléchissant. Pour pénétrer dans les bureaux de Cons'actuel, il allait remettre son déguisement de « cadre », heureusement il l'avait apporté. Parfois, c'était bien d'être précautionneux. Il avait pensé qu'il était possible qu'un concierge trop pointilleux refuse l'accès à un ouvrier, s'il n'avait pas eu l'accord préalable de Kevin et que, dans ce cas, il se serait fait passer pour un collègue en visite. Ce qui avait été sa première intention lorsqu'il avait décidé de rapporter le disque chez Kevin. Mais il avait toujours préféré « l'artisan », et il avait rapidement changé d'avis. Le costume était plus pratique et donnait une plus grande liberté de mouvement en cas de besoin. Bien lui en avait pris sur ce coup-là ! « L'artisan » portait des chaussures de sport grises, type Trail, qui l'avaient bien aidé pour « accrocher » sur les bords des marches d'escalier quand il en sautait une demi-volée d'un coup, avec les semelles lisses des chaussures du « cadre », il se serait encore moins amusé.

Sous la douche, les coups de pied de Gueltz et le coup sur la tête se rappelèrent à lui. Dans le feu de l'action après les premiers mouvements de mise en route, il ne les avait plus sentis. En se savonnant, il réveilla la douleur, il se tâta les côtes avec précaution ; non rien de cassé. Il aurait un bel hématome, c'est tout, pareil pour la hanche. Le gros connard devait porter des rangers pour taper fort comme cela. Pour le crâne non plus, ce ne serait pas grave, il aurait juste une belle bosse.

Il mit un caleçon et un tee-shirt propre et s'allongea sur son lit pour fignoler les détails de son plan. D'abord, trouver l'adresse, il allait devoir allumer son téléphone ce qui ne l'enchantait pas, néanmoins ce n'était pas si problématique que ça. Il ne pouvait plus aller demander d'aide à l'employé de l'hôtel, il s'était assez fait remarquer. On parlait déjà de Cons'actuel à la télé et la radio. S'il merdait encore une fois et qu'il se passe quelque chose qui parvienne aux oreilles des journalistes et leur permette de relancer la sauce sur le sujet, le gars de l'accueil se souviendrait de lui et pourrait vouloir, lui aussi, son petit moment de succès. Il s'était inscrit sous son vrai nom, donc pas question ! Avec l'adresse, il chercherait l'itinéraire. Il pensa que le mieux serait qu'il arrive vers midi quinze, midi trente, dans le va-et-vient des gens qui partent déjeuner, ainsi il serait plus tranquille dans les bureaux. Si les infos du patron de Gomez étaient bonnes, il allait y avoir une perquisition l'après-midi ; s'ils pouvaient en profiter pour trouver le disque dur, ce serait une bonne chose. Il faudrait qu'à treize heures trente au plus tard, il soit sorti. Il réfléchit ainsi un moment et lorsqu'il estima avoir fait le tour de toutes les hypothèses, commença ses préparatifs.

Tout d'abord, il chercha l'adresse et calcula la durée du trajet : pas plus d'un quart d'heure, ce qui lui laissait du temps. Il éteignit son téléphone. Sur le papier à lettres du bureau, il griffonna des trucs… des mots, des dessins, des chiffres, des flèches… Dans le tiroir, il prit la feuille dactylographiée du règlement intérieur. Pas terrible, mais ça ferait l'affaire ! Il enfila son jean, un sweat et se rendit jusqu'au marchand de journaux où il avait imprimé ses cartes de visite. Il fit une vingtaine de photocopies du règlement, acheta deux chemises cartonnées en couleurs, deux stylos et *Les Échos*. Il aurait bien aimé trouver un petit cartable ou quelque chose d'approchant, mais il n'y avait rien qui fasse assez sérieux. Il rentra à l'hôtel et commença à s'habiller. Dans la poche de son pantalon de costume se trouvait un mouchoir repassé et plié. Il hocha la tête en pensant qu'il n'y avait guère que dans ses « costumes » qu'il disposait de ce genre d'accessoire. Il le déplia et en protégeant ses mains, sortit le disque dur de sa housse et l'emballa dedans, évitant de toucher l'objet. Il allait devoir le garder dans sa poche de veste et la housse néoprène qui contenait aussi le câble était trop volumineuse. Il prépara ses « dossiers », répartissant, dans les chemises, les feuilles écrites et les pages dactylographiées qu'il griffonna aussi un peu, et posa le journal dessus. Il vérifia sa cravate dans le miroir de la salle de bains, se brossa les dents, se coiffa avec soin, remit un peu de parfum. Il avait, à maintes reprises, remarqué que les « hommes d'affaires » abusaient de l'eau de toilette… Il enfila sa veste et remplit ses poches, le disque dur dans le mouchoir d'un côté, son téléphone éteint de l'autre, les deux stylos qui dépassaient de la poche poitrine. Il les avait choisis en acier brossé, très sérieux ! Sa petite trousse d'outils spéciaux pour serrure dans sa poche de pantalon. Quand il s'estima prêt, il vérifia l'heure – pour une fois, il avait une montre – il avait encore un peu de temps. Alors il s'assit sur une chaise, il ne voulait pas froisser son costume en s'allongeant sur le lit, et repassa dans sa tête son plan et tous ses sous-plans…

Il n'avait pas imaginé que quelqu'un pouvait attendre

chez Kevin et il ne se ferait pas avoir deux fois, là il allait penser à tout !... C'est vrai qu'il avait pris l'affaire à la légère. Il avait bien spéculé que la police ou même les autres « mauvais » pouvaient avoir demandé au concierge ou à un voisin de les prévenir, si Kevin réapparaissait voire même qu'un flic pouvait guetter son retour devant l'immeuble, mais pas chez lui… Cette entorse à la légalité n'était pas envisageable en cas de procès et c'est bien ce qu'aurait voulu la police, un procès et un coupable.

Il n'avait pas accepté d'imaginer, refusant de voir certains signes, que derrière Vaironne, il y avait une équipe suffisamment importante et motivée pour tendre ce genre de piège à son Bateleur. Il avait préféré croire que ce n'était qu'une petite histoire de malversations, limitée à une petite société. Il se traita d'imbécile… Il avait assez lu d'articles de journaux qui racontaient tout le contraire !

Tous ces prédateurs savent très bien s'organiser, même à grande échelle, comme pour beaucoup de choses et d'autant plus dans ce cas-là. La mondialisation, la collusion internationale, c'était ça la règle pour tous ceux qui en voulaient toujours plus. Il sourit en se rappelant Kevin et la « naissance de sa conscience » dans la voiture. C'était facile de se faire avoir, personne n'a envie de présumer que le monde est pourri de requins ! Il cessa de laisser dériver ses pensées, respira deux, trois fois calmement, se reconcentra sur ce qu'il allait faire et quand ce fut l'heure, quitta sa chambre dans son personnage.

Lorsqu'il arriva devant l'immeuble de bureaux, il s'arrêta une première fois pour répondre au téléphone. Le besoin de se donner une contenance l'avait poussé à prendre le risque, mais s'il l'avait avec lui, l'appareil était soigneusement éteint. Il arpenta le trottoir, l'objet inerte collé à l'oreille, ses dossiers sous l'autre bras, menant sa conversation unilatérale en observant les lieux.

Ici aussi c'était beau et chic, verre fumé, porte automatique, un concierge-agent de sécurité en uniforme dans le hall derrière un comptoir. Il y avait du mouvement, surtout dans le sens de la sortie, pas la foule… une personne ou un petit groupe de deux ou trois, toutes les vingt, trente secondes. Il remit l'appareil dans sa poche, traversa la rue et entra dans le hall d'un pas pressé.

Là, il sortit de nouveau son téléphone, affichant la mine excédée de l'homme important sans cesse dérangé, et se planta face aux vitres fumées donnant sur la rue, dos au concierge. Il avait repéré le couloir central avec les deux ascenseurs aux portes dorées et derrière, dans un décochement, les doubles portes de ce qui devait être l'escalier. Sur l'un des murs à côté de l'accueil, une longue liste d'intitulés en lettres d'or indiquait très vraisemblablement les entreprises, cabinets ou autres qui avaient leurs bureaux ici, avec leurs étages respectifs. Jo se dirigea à pas lent vers le tableau en grognant régulièrement dans son téléphone, paraissant concentré. Il leva la tête avec l'air rêveur de celui qui regarde sans voir : Cons'actuel, troisième étage pour eux tout seul, au cinquième, plusieurs noms, cabinets juridiques, assurances truc, agence machin… Ça conviendrait !

Il laissa ses yeux errer dans le hall, semblant préoccupé par ce que racontait son interlocuteur imaginaire puis se remit en mouvement. Il retourna à grands pas vers sa place initiale en faisant des commentaires acerbes, « Non, ce n'est pas possible… Il faudra qu'on en reparle… Là, je ne suis pas dans mon bureau… Je vous rappelle vers quatorze heures… oui, à tout à l'heure. » Il raccrocha, remit le téléphone dans sa poche et regardant sa montre, se dirigea rapidement vers les ascenseurs, l'air fâché.

On évite en général d'adresser la parole à quelqu'un qui a déjà l'air en colère si on n'a pas vraiment une bonne raison pour cela !

Il appuya sur le bouton d'appel. Pendant sa fausse conversation, le passage s'était un peu intensifié dans le hall, toujours dans le sens de la sortie et l'ascenseur qui arriva contenait encore cinq, six personnes. C'est bien, il allait être tranquille !

Il monta au cinquième. En débarquant sur le palier, il marqua un temps d'arrêt, ouvrant une de ses chemises, semblant vérifier un papier. Un couloir partait de chaque côté, à quelques mètres, il se scindait en un embranchement en T avec de nouveaux couloirs et des portes de bureau. Comme un petit groupe se dirigeait vers l'ascenseur, Jo s'éloigna en sens inverse d'un pas décidé et bifurqua dans un couloir. Il arpenta l'étage pour se faire une idée de la topographie, bien qu'avec les cloisons mobiles, les bureaux de Cons'actuel pouvaient très bien ne pas ressembler du tout à ceux-ci. Mais il localisa l'escalier de secours à l'exact opposé des ascenseurs, ainsi que le cagibi du ménage et les toilettes. En général, ces pièces sont situées sur une même colonne de canalisations dans tout l'immeuble. Il avançait, sûr de lui, en « propriétaire » ou consultait ses dossiers quand il voulait s'arrêter pour se repérer avec plus de précision.

Quand il se sentit prêt, il regagna l'entrée, il n'y avait plus aucun mouvement dans les corridors, tout le monde devait être parti déjeuner. Parfait ! Il s'engagea dans la cage d'escalier – jolie, bien propre et très peu fréquentée – et descendit les deux étages. Il se glissa sur le palier du troisième et resta caché dans le renfoncement à côté de l'ascenseur.

Le troisième ne ressemblait pas du tout au cinquième. Derrière lui, ce qui aurait dû être un couloir était fermé par une cloison et de l’autre côté des ascenseurs, l’accès était bloqué par une porte vitrée munie d’un lecteur de cartes. Il s’en doutait, se souvenant que Kevin avait parlé d’un badge pour entrer. En face des ascenseurs, un petit comptoir, vide pour l’instant, portait une pancarte « De retour à quatorze heures, en cas d’urgence appeler le 5336 », un téléphone à touches fixe était posé à côté.

Jo s’apprêtait à aller se glisser derrière le comptoir pour trouver un moyen d’ouvrir la porte, peut-être une commande électrique ? – Sinon il utiliserait ses passes sur la serrure qu’il avait repérée dès son arrivée sur le palier – lorsqu’il vit apparaitre un homme au bout du couloir, en plein entretien téléphonique, il ne regardait pas dans sa direction… Il en profita, jeta ses dossiers au sol devant la porte, s’accroupit pour les ramasser, son propre appareil coincé entre l’oreille et l’épaule, discutant de l’endroit où il devrait retrouver son interlocuteur le soir. Quand l’autre ouvrit la porte, il se redressa et le remerciant d’un vague signe de tête, pénétra dans le couloir, continuant sa conversation. Il poursuivit tout droit jusqu’aux toilettes, y entra et patienta quelques instants. Lorsqu’il en ressortit, il vit les portes de l’ascenseur se refermer sur le type. Il revint sur ses pas, Kevin lui avait dit que son bureau était le premier à droite et effectivement, il avait aperçu son nom sur la porte en passant. Il s’y rendit et tirant sur sa manche de veste, il saisit la poignée à travers le tissu et la manœuvra, il s’attendait à la trouver verrouillée. Mais non, c’était ouvert ! « Des rigolos ! » pensa-t-il, tout de suite il se corrigea « Tsst, reste concentré ! »

C’était vraiment un beau bureau, très clair, des meubles en bois brillant, une épaisse moquette, la fameuse machine à café, et même un petit réfrigérateur, trois écrans sur le bureau et deux unités centrales, plus un portable, des câbles dans tous les sens, il avait de quoi s’amuser Kevin !

Jo se dit qu'il allait éviter la cachette fumeuse derrière le caisson. De ses index repliés, il ouvrit les portes coulissantes d'une grande armoire de rangement. Elle contenait des dossiers, des livres, des cd, des tas de trucs tout en désordre et, sur l'étagère inférieure, des boites d'archives. Se protégeant les mains de ses manches, il en tira une et l'ouvrit, il y fit glisser le disque dur, le plaquant bien dans le fond avec le mouchoir, referma la boite, la repositionna à sa place et referma le placard. Il se colla contre la porte, écouta. Rien, pas de bruit ! Il sortit rapidement dans le couloir et retourna d'un pas décidé vers les sanitaires. Là, il décida de tenter sa chance, plutôt que d'être surpris en train de forcer la serrure, il allait attendre que quelqu'un revienne de déjeuner et se faire tenir la porte, comme tout à l'heure.

Il patienta une dizaine de minutes, un œil et une oreille dans l'entrebâillement de la porte. Lorsqu'il entendit l'ascenseur s'arrêter et les portes s'ouvrir, il rejoignit le couloir. Son téléphone de nouveau calé sous l'oreille – vraiment pratique ce truc ! – tenant un dossier ouvert, les yeux fixés dessus, il s'avança jusqu'à l'entrée en marmonnant « Oui, oui… » Quand la dernière personne du groupe franchit la porte, il la retint avec son coude et sortit. Il appela l'ascenseur, gardant le nez dans ses papiers. Celui-ci arriva, débarquant trois employés, Jo ferma la chemise, empocha son téléphone, y pénétra, s'installa face à la porte et prit l'air absent adéquat à ce genre de circonstances.

Parvenu au rez-de-chaussée, il traversa rapidement le hall, regagna la rue et s'éloigna à grands pas de l'immeuble. Il hésitait beaucoup sur la façon dont il allait gérer l'étape suivante. Il devait prévenir Kevin pour le disque dur, il espérait que ce n'était pas trop tard, qu'il n'avait pas déjà parlé à la police de celui qu'il était censé avoir laissé chez lui. Si c'était le cas, il avait préparé une histoire que Kevin pourrait raconter plus tard, si besoin. Comme les deux guignols avaient cherché les clés USB et les disques durs, ils n'allaient pas les abandonner sur place et si les flics se rendaient à l'appart de Kevin, avec ou sans lui, pour récupérer le bon, ils verraient bien que ça avait été fouillé. Enfin en principe, sinon il faudrait trouver un moyen de les aiguillonner pour qu'ils cherchent mieux ! Et après, Kevin pourrait toujours se souvenir d'un coup qu'il en avait un autre au bureau… Encore fallait-il maintenant qu'il sache qu'il y était dans son bureau, et où !

Pour cela, Jo devait appeler Claude, c'était celui qui avait le plus de chance d'être avec le jeune. Il hésitait à utiliser son propre portable… Les cabines publiques n'étaient plus très nombreuses, et il voulait faire vite au cas où ils n'auraient pas encore raconté leur histoire… Emprunter un téléphone dans la rue, il pouvait le faire, mais ne pourrait pas s'écarter assez du propriétaire pour que celui-ci n'entende pas sa conversation… et ça pas question !

Il se décida, alluma son téléphone, tourna dans une rue latérale, s'éloignant du boulevard très passant, et essaya de trouver un coin tranquille. Il choisit un passage vouté qui menait à une grande cour et appela Claude, qui répondit à la deuxième sonnerie.

— Allo !

— C'est Jo ! d'abord, dis-moi vite si vous avez déjà rencontré les flics ?

— Non, on arrive justement…

— Ne dis rien ! Écoute ! Tu vas expliquer à Kevin que le disque dur n'est pas chez lui, mais dans son bureau, dans la deuxième boite d'archives en partant de la droite dans le fond de son placard près de la fenêtre et sans sa housse. Il n'en parle que si on lui demande ! Ok?

— D'accord, répondit Claude.

Et avant qu'il ait pu dire autre chose, Jo enchaina :

— N'essayez pas de me contacter, c'est moi qui rappellerai et surtout, faites bien attention à lui, méfiez-vous de n'importe qui, qui viendrait s'intéresser d'un peu trop près !

Une fois ces consignes exprimées à toute vitesse, il raccrocha.

Il ressortit dans la rue. C'était bien qu'ils ne se rendent chez les flics que l'après-midi. Finalement, tout se déroulait impeccable ! Il avait super bien joué le coup dans les bureaux ! Il sentait au fond de lui des petites bulles de satisfaction remonter vers sa tête, l'enivrant comme du champagne. Encore un peu, il aurait sauté en levant les bras, comme pour une belle victoire après un combat de judo.

Cette sensation fantastique. Ça, il fallait bien reconnaitre que ça lui avait manqué. Comme tout ce qui s'était passé le reste de la journée d'ailleurs… Bon, pas les coups de pied !... Mais ces moments intenses de l'action, il avait toujours adoré ça ! Le problème, c'est qu'ils n'étaient pas fréquents, en général, c'était plutôt « J'attends… J'attends… J'attends… »

Il décida de s'octroyer une petite récompense, il faisait beau à Paris, l'air était doux et les feuilles des arbres sur le boulevard viraient au brun et à l'orange, une belle journée d'arrière-saison. La ville avait vraiment du charme ainsi.

Il avait repéré un café avec une terrasse sympa, qui lui offrirait une excellente vue sur l'entrée de l'immeuble de Cons'actuel. Il s'y installa et commanda une bière. C'est chouette à tous les âges, une bière sur le boulevard au soleil ! Surtout quand on vient d'occuper sa matinée à faire des trucs pas vraiment sérieux ! En la buvant tranquillement, il attendit, content de lui comme un gamin qui a réussi une bonne blague. Avec un peu de chance il verrait arriver la police pour la perquisition et Vaironne repartir avec les menottes aux poignets, cette pensée le fit sourire.

Après la bière, il avait eu le temps de commander un croque-monsieur et un jambon beurre – comme seuls savent les faire les cafés parisiens – et de les manger avant que ne débarquent deux voitures de Police et une camionnette de la scientifique… Les hommes pénétrèrent dans l'immeuble… Peu de temps après, il vit apparaitre trois motos et deux scooters portant les logos de chaines de télé et de radio. Les journalistes… Ça allait continuer à faire du ramdam, comme disait Kevin. Il commanda encore un café et le but en regardant le soleil sur les arbres et les journalistes s'installer. Puis il paya son addition et se remit en route vers son hôtel, il savait bien que la deuxième partie de son souhait avait peu de chance de se réaliser ce jour-là, il ne verrait pas Vaironne embarqué par les flics.

De son côté, les jeux étaient faits, il n'avait plus qu'à rentrer ! Sa bonne humeur faiblit légèrement quand il pensa aux longues heures de voyage qui l'attendaient. D'abord le train, puis la voiture jusque chez lui… Il ne pouvait pas retourner au Mas, ce n'était pas raisonnable. Dès que Kevin aurait signalé sa présence, bien des gens risquaient de s'intéresser à la petite communauté. S'il était là, son identité pourrait attirer l'attention et soulever des questions inopportunes… Certes, son job avait été secret, mais avec les bons appuis et les bons leviers, quelqu'un de très motivé et de vraiment mal intentionné pouvait le découvrir et essayer de l'exploiter… Sa rencontre avec Gomez et Gueltz lui avait appris la leçon !... Il allait prendre toutes les précautions nécessaires !

Cela avait été une bonne journée finalement, La Roue avait tourné dans le bon sens, contrairement à la veille quand **TEMPÉRANCE** n'avait pas été sympa ! Il sourit à cette idée et adressa un petit vœu aux Tarots pour que **LA ROUE DE**

FORTUNE tourne aussi bien pour Kevin.

I

Ils venaient de s'arrêter sur le parking devant le commissariat lorsque le téléphone de Claude sonna. Il le sortit de sa poche de veste, regarda l'écran très étonné et répondit « Allo ! » puis, à peine quelques secondes plus tard, « Non, justement, on arrive » puis « D'accord ». La conversation s'interrompit et il considéra son téléphone, l'air encore plus étonné. Kevin se demanda ce qu'il se passait. Après quelques instants, Claude se tourna vers lui.

— C'était Jo, il veut que tu saches que le disque dur, sans sa housse, est dans ton bureau, dans une boite d'archives de ton armoire près de la fenêtre, la deuxième à droite au fond et il demande que tu n'en parles que si on te pose des questions !

Il contempla à nouveau l'appareil semblant vouloir ajouter quelque chose puis secoua la tête et le rangea dans sa poche. Kevin, qui s'inquiétait de ce qui avait pu motiver ce changement de plan répéta :

— Sans sa housse, dans la boite d'archives… Il a dit pourquoi, ou quelque chose d'autre ?

Claude hésita et se mit à rire.

— Non, juste qu'on ne doit pas le contacter, que c'est lui qui nous rappellera, comme d'habitude quoi !...

Il tapa sur l'épaule de Kevin et déclara avant de sortir de la voiture :

— Allez en route ! Dernière étape !

Kevin respira encore deux fois, souffla bien et le suivit. Pendant qu'ils montaient côte à côte les quelques marches qui menaient à la lourde double porte en bois du commissariat, il s'efforça de chasser toutes les pensées dans lesquelles il se voyait, montant ainsi vers le tribunal ou les grilles de la prison, et se concentra sur son rôle.

Ils entrèrent dans un hall vétuste et gris. Au sol du carrelage gris, aux murs une peinture grise, quelques sièges gris issus d'un mobilier de bureau des années cinquante étaient disposés le long des murs. Ils étaient tous vides, et pour de bon, on entendait les mouches voler. Plus haut dans les étages, on percevait à peine quelques bruits de pas et de portes qui s'ouvrent ou se ferment. Au fond du hall, à côté de l'escalier en bois usé et de sa rampe peinte en gris, une sorte de box avait été monté et, derrière une vitre équipée un hygiaphone, un policier en uniforme avait levé la tête à leur arrivée et les regardait.

Comme convenu, c'est Claude qui s'avança vers lui et tout sourire commença sa présentation.

— Bonjour, je suis Claude Mortin, j'habite au Breil sur la départementale, après Monfort. Ce matin, je suis venu en ville rencontrer quelques clients et en prenant un café au bar de la place, j'ai vu les infos… Vous comprenez, nous à la ferme, nous sommes loin de tout. En ce moment, il y a beaucoup de travail et ces jours-ci, nous n'avons pas eu le temps de regarder la télé, surtout qu'on ne la regarde déjà pas souvent... C'est pour cela que ce matin, j'ai vraiment été très surpris quand j'ai vu que mon jeune ami, Kevin, Kevin Juvaine... semblait avoir disparu et qu'on était à sa recherche... Je n'en reviens toujours pas ! Je suis vite allé le chercher, je me suis dit qu'il fallait absolument qu'il vienne vous voir. J'ai même entendu dire qu'on le croyait peut-être mort. Alors quand je suis rentré, on a mangé un morceau et je vous l'ai ramené, pour que vous voyiez qu'il est bien vivant !

Depuis que Claude avait prononcé son nom, le regard du policier s'était porté sur Kevin. Il l'interrompit en levant la main.

— Un instant s'il vous plait, Monsieur.

Il se mit à farfouiller dans les chemises et les papiers posés sur son bureau, il finit par en sortir ce qui semblait être un fax, le lut attentivement, puis examina encore Kevin.

— Effectivement, je crois qu'il faut que je prévienne le lieutenant. Si vous voulez bien attendre ici quelques instants.

Il hésita, considérant alternativement son téléphone et l'escalier, se décida pour l'escalier et monta rapidement les marches deux par deux, son fax à la main. Claude et Kevin s'étaient assis sur les sièges et l'entendirent frapper à une porte. Claude posa une main sur le genou de Kevin et le lui serra avec un signe de tête encourageant. Celui-ci avait l'impression que son cerveau avait disparu dans un grand vide et regardait devant lui sans rien voir, le geste de Claude le ramena à la réalité.

Une voix, probablement celle du lieutenant, répondit « Entrez ». Une porte s'ouvrit, se referma et quelques instants plus tard, s'ouvrit à nouveau. Des pas pressés dévalèrent l'escalier. Un homme d'une trentaine d'années arriva dans le hall, il portait un jean et un tee-shirt, et avait les cheveux en bataille. Il s'approcha d'eux, se frotta la tête – ce qui pouvait expliquer l'état de sa coiffure – et s'enquit avec un sourire interrogateur :

— Monsieur Juvaine ?

Kevin entendit son nom dans le lointain, un bourdonnement intense lui bloquait les oreilles et le cerveau. Il se força à prendre un air le plus engageant, se leva, et s'avança la main tendue vers le policier.

— Bonjour, c'est moi.

L'homme lui serra la main d'une poigne ferme. Claude s'était également levé et recommença son petit discours de présentation. Lorsqu'il eut fini de parler, le policier les regarda alternativement, réfléchissant à la décision à prendre.

— Si vous voulez bien venir avec moi dans mon bureau. Il faut que je joigne mon supérieur pour l'informer, nous verrons après ce qu'il conviendra de faire.

Ils le suivirent à l'étage. Le bureau était à l'image de l'entrée, petit, vétuste, et gris. Les vitres étaient sales derrière leurs barreaux, mais donnaient sur les cimes des arbres aux couleurs de l'automne. Au loin, par-delà les toits des maisons, on apercevait les sommets avoisinants.

Le lieutenant leur désigna deux chaises en plastique gris moulé, expliqua qu'il allait revenir rapidement et repartit dans le couloir. Ils l'entendirent ouvrir une porte un peu plus loin, pénétrer dans une pièce et la refermer.

Ils s'étaient assis tous les deux. Kevin ne voyait rien, n'entendait rien, les oreilles toujours bourdonnantes et les yeux fixés sur le grand blanc qui occupait son crâne. Après quelques instants, Claude se leva et alla se poster à la fenêtre. Il commença à évoquer la vue, l'automne qui pointait son nez, le bon weekend qu'ils avaient passé. Il assura à Kevin qu'il avait bien meilleure mine après ces quelques jours de repos au vert, que surement la mémoire finirait par lui revenir et qu'il se souviendrait, à un moment ou un autre, de ce qui lui était arrivé. Il lui rappela comme c'était bien qu'ils se soient rencontrés à la gare après cet accident. Il parlait d'une voix à peine forte, mais tranquille et sereine, certainement au bénéfice d'éventuelles oreilles voisines et refit quasiment toute la chronologie de leur scénario.

Il ramena ainsi Kevin à la réalité et celui-ci lui en fut vraiment très reconnaissant. Il réussit à rassembler ses idées et s'accrocha au récit de Claude de toutes ses forces pour se remettre dans son rôle, petit à petit, il y parvint. Il se sentit apaisé, vivait maintenant l'histoire et les détails qu'ils avaient mis au point comme étant la vérité… Pour finir de se mettre dans la peau du personnage, il entreprit de répondre à Claude.

— C'est dingue, quand même les proportions que ça a pris ! Juste parce que je suis allé me reposer chez des copains ! Quand je pense que tu as dit qu'ils ne parlent que de ça à la télé ! Et cette histoire à mon boulot, je n'y comprends rien !

Claude se retourna et lui adressa un clin d'œil, en levant un pouce vainqueur. Ils entendirent une porte s'ouvrir et plusieurs personnes se diriger vers eux. Le lieutenant apparut en premier, son collègue derrière lui, était un peu plus âgé. Le plus jeune prit la parole.

— Voilà, j'ai averti le commissaire, il devrait venir tout à l'heure, il a dû partir ce matin pour une autre affaire. En attendant, nous allons prendre vos dépositions.

Il regarda Claude.

— Monsieur, si vous voulez bien aller avec mon collègue pour qu'il prenne votre identité. Pendant ce temps, je vais prendre celle de Monsieur Juvaine et sa déposition.

Il indiqua à Claude son collègue et alla s'assoir derrière son bureau. Claude sortit avec l'homme en disant « D'accord, je vous suis ». Se retournant vers Kevin, il ajouta simplement, « À tout de suite ! »

Et Kevin se retrouva seul… Il eut l'impression d'une chute libre et son estomac remonta jusqu'à sa gorge. Il s'accrocha aux images qu'il venait de se forger en écoutant Claude et réussit à sourire au jeune policier pendant que celui-ci se mettait à taper sur le clavier de son ordinateur. D'après ce que voyait Kevin, au nombre de « Enter » que l'autre faisait, il devait être en train d'ouvrir un programme, entrait ses codes d'accès et cherchait la page qu'il voulait atteindre. Il finit par y arriver et levant les yeux vers Kevin, commença sur le même ton formel et bureaucratique qu'avait employé Abdel, la veille.

— Votre nom, s'il vous plait ?

Le jeune lieutenant était néanmoins plus souriant que son coach en interrogatoire et Kevin répondit « Juvaine, Kevin Juvaine » sans que sa voix tremble, et comme Abdel, le policier lui demanda de l'épeler… C'était parti, il avait révisé, il savait faire l'exercice…

Après avoir noté tous les renseignements, son interlocuteur voulut savoir s'il avait des documents d'identité pour confirmer tout cela. Kevin, bien dans le rôle, s'appliqua à prendre l'air un peu coupable et honteux qu'ils avaient décidé qu'il adopterait à ce moment-là, pour expliquer qu'il avait perdu son portefeuille avec ses papiers, ses cartes bancaires et tout le reste, ainsi que son téléphone, parce qu'il avait fait une chute dans la mer un soir où il devait avoir trop bu, mais qu'il ne se rappelait plus du tout les circonstances…

De cela aussi, ils avaient longuement discuté pour se mettre d'accord sur le fait que Kevin devait paraitre le plus innocent possible, en savoir le moins possible. Comme cela, pas de questions genre « Pourquoi vos collègues auraient-ils fait cela ? Aviez-vous des raisons de penser que ce que vous faisiez à votre travail était illégal ?... » Il ne se rappelait rien, c'était ce qu'il avait dit à l'hôpital et ce serait très bien ainsi !

Comme Abdel, l'autre l'interrompit.

— Attendez, on va tout reprendre dans l'ordre ! Quel jour était-ce ?

— Eh bien, je crois que c'était mardi dernier, répondit Kevin, mais je n'en suis pas sûr, tout ce dont je me souviens, c'est de m'être réveillé à l'hôpital le mercredi, mais c'était déjà l'après-midi…

— D'accord, et avant, de quoi vous souvenez-vous ?

— J'étais arrivé le samedi, pour des vacances, je me rappelle que le dimanche j'ai fait de la plongée, je crois que le lundi, j'ai fait du bateau, du catamaran. C'est à ce moment que tout devient flou et que je ne sais plus exactement. Je me rappelle le catamaran, les voiles, la mer qui éclabousse, pourtant je ne me vois pas y aller ou en repartir, c'est comme dans un rêve, quelques images, c'est tout…

Là, il s'en voulut, il s'était laissé aller sur ses vrais souvenirs, il avait donné trop de détails, les autres avaient dit : pas de détails, reste simple, réponds aux questions c'est tout !... Jo aussi avait dit cela quand ils allaient chez Anna… Il sentit la peur revenir, son interrogateur ne sembla pas y attacher d'importance.

— Donc derniers souvenirs, le lundi dans la journée, vous ne savez pas exactement quand. Vous êtes d'accord ?

Alors, il admit simplement « Oui ».

— Vous étiez en vacances, reprit l'homme, où étiez-vous logé ?

Kevin donna l'adresse d'Anna, expliquant rapidement qu'il avait trouvé cette chambre d'hôtes sur internet. Ils s'étaient mis d'accord là-dessus. Il ne devait pas y avoir d'ambigüité sur le fait, qu'à son travail, n'importe qui pouvait connaitre l'endroit où il était et que, lors de l'enquête, si la police cherchait, cette indication permettrait le cas échéant d'installer un doute ou des soupçons sur l'implication de Vaironne et/ou d'autres personnes de son bureau dans un éventuel faux suicide provoqué.

— Bien, donc vous vous réveillez à l'hôpital le mercredi et nous savons que vous le quittez le jeudi matin sans informer personne dans le service, pourquoi ?

Kevin baissa la tête et prit l'ait honteux du gosse qui a fait des bêtises. Ils avaient bien ri au Mas quand il avait essayé différentes mimiques pour ce moment-là...

— Ben, je voulais partir, c'est tout... Je crois que c'était les médicaments, suggéra-t-il, j'avais l'impression d'être en pleine forme, je voulais profiter de mes vacances, je me suis dit que j'irais à la plage dormir un peu et je suis parti...

— Donc je note « Parce qu'il voulait partir, pour aller à la plage », vous êtes d'accord ?

Kevin hocha la tête gardant son air gêné, l'interrogatoire se poursuivit, il se sentait bien à son aise maintenant, tout à fait maitre de son histoire. Ils en arrivaient à sa rencontre avec Charles sur le trajet de la gare, quand le téléphone sonna... Le jeune policier répondit.

« Allo..... Oui, tout à fait.... Oui, c'est ce qu'il dit... Non, il les a perdus... » Il jeta un coup d'œil vers Kevin et reprit « Pourriez-vous me contacter sur mon téléphone portable ? Ou je vous rappelle depuis un autre poste... Oui, c'est cela... ». Il énonça son numéro de portable et raccrocha après avoir dit « À tout de suite ». Il se leva, s'excusa auprès de Kevin lui assurant qu'il serait de retour très vite et quitta le bureau.

Effectivement, il revint quelques instants plus tard, Kevin avait eu à peine le temps de regarder à droite à gauche et de découvrir la pièce où il était. À son arrivée, il était trop stressé et n'avait rien vu et depuis il était concentré sur son film intérieur et ne voyait rien de ce qui l'entourait.

Le lieutenant avait l'air gêné.

— C'est Paris, nous les avons informés que vous étiez ici. Ils voudraient avoir confirmation de votre identité, comme Kevin ouvrait la bouche, il continua, je leur ai dit que vous aviez perdu vos papiers et ils me demandent de leur envoyer une photo de vous. Seriez-vous d'accord ?

Ça ! ça n'avait jamais été prévu dans aucun scénario, Kevin sentit son cœur s'affoler et ses mains devenir moites, il essayait de réfléchir le plus vite possible.

« Qu'est-ce que c'était que cette histoire ? Pourquoi dire oui ? Pourquoi dire non ? » Et, en ce qui lui parut être un battement de cœur :

— Oui, bien sûr ! s'entendit-il répondre, alors qu'il lui semblait pourtant ne pas avoir pris de décision.

Son interlocuteur approcha son portable et prit la photo puis, le priant encore une fois de l'excuser, ressortit du bureau pour entrer dans un autre, un peu plus loin. Kevin essaya de reprendre le contrôle, se disant qu'il avait bien fait d'accepter, qu'un refus aurait pu paraitre suspect. Et pourquoi donc aurait-il été mieux qu'il refuse ? Tout cela tourna dans sa tête à toute vitesse jusqu'au retour du policier qui s'assit de nouveau à son bureau, s'excusa encore, relut son écran et demanda, tout comme l'avait fait Abdel à l'entrainement :

— Donc ce Charles, c'était bien un de vos collègues de travail ? Quel est son nom de famille ?

Kevin faillit éclater d'un rire nerveux. Il réussit cependant à s'arrêter au sourire et reprit presque serein :

— Eh bien en fait ! je n'en sais rien !... Comme je vous l'ai dit, je regrettais d'avoir quitté l'hôpital. Je ne me sentais finalement pas bien du tout, les médicaments ne devaient plus faire effet !... J'avais très mal à la tête, surtout derrière les yeux, la lumière m'éblouissait, j'avais du mal à les tenir ouverts. Il est venu vers moi m'appelant Kevin, se présentant comme Charles du bureau. Je ne le reconnaissais pas vraiment. Toutefois, je n'arrivais pas très bien à rassembler mes idées. Maintenant, je sais que ce n'est pas celui du boulot ! Ce bonhomme-là, je crois que je ne sais pas qui c'est, mais lui me connaissait, c'est sûr.

— Et vous êtes parti avec lui ?

— Ben oui… Il avait une voiture, et j'avais vraiment envie de me reposer, de fermer les yeux.

— Comment était cette voiture ? De quelle marque ?

Kevin continua de réciter son texte, sans hésiter plus qu'il ne fallait… décrivant une voiture noire ou peut-être gris foncé ou bleu marine, mais une carrosserie sombre, il en était sûr… Une voiture de location, il se rappelait bien le logo sur la vitre, mais ne se souvenait plus du tout de quelle société… Il s'était endormi un moment, puis Charles l'avait emmené à son logement… Ils avaient tous été d'accord sur le fait qu'une bonne sieste meublerait très bien un laps de temps incertain et qu'après son réveil… il pourrait enchainer avec ce qui s'était passé chez Anna, avec Jo dans le rôle de Charles.

Il repartait de chez Anna quand il entendit une porte s'ouvrir et la voix de Claude résonna dans le couloir.

— Bien sûr, je reste à votre disposition, n'hésitez pas à me contacter si vous avez besoin de quoi que ce soit !

Des pas approchèrent et Claude apparut à la porte, il entra et s'assit très naturellement à côté de Kevin. Le jeune policier le dévisagea légèrement interloqué, puis comme Claude restait serein et semblait juste être là pour attendre, il haussa un peu les épaules et reprit. :

— Vous allez donc à la gare prendre un train pour Paris ?

Kevin répondit que oui, expliqua sa rencontre avec Claude qui opinait de la tête en même temps. Ils furent de nouveau interrompus par le téléphone du policier, qui regarda d'où venait l'appel, leur fit signe de l'excuser et sortit encore une fois.

— Je crois qu'on ne devrait plus en avoir pour très longtemps, dit Claude. Après, on rentre parce que j'ai du boulot… Il faut que je prépare des rendez-vous pour demain… Et toi ça va ? Ta tête ?

Kevin lui fit signe que oui, comprenant bien que le mal de tête n'était pas ce qui importait à Claude. Il voulut commencer à lui raconter l'histoire de la photo, mais le lieutenant revenait déjà.

— Excusez-moi encore, dit-il, c'était Paris, nous allons en terminer avec votre récit et après, ils souhaitent que je vous pose quelques questions sur votre travail…

Claude l'interrompit d'un air étonné et offusqué.

— Oui, j'ai entendu ça ce matin, à la télé, quand j'ai appris aussi que tout le monde le croyait disparu, il désigna son jeune voisin, c'est moi qui lui ai dit qu'il se passait des drôles de choses dans sa boite ! Mais lui, il n'est au courant de rien, tout ce qu'il a toujours fait était dans les règles n'est-ce pas ?

— Oui, confirma Kevin, je n'y comprends rien. C'est une petite société, mais respectable, de grands groupes nous font confiance… Je ne pense pas qu'ils puissent être impliqués dans quelque chose d'illégal et je vous assure que moi encore moins ! D'où ont-ils pu avoir cette idée ? Quand Claude m'a raconté ça ce matin, je croyais que c'était les journalistes qui avaient tout inventé.

— Ce doit être une erreur, affirma Claude, ont-ils quelque chose de concret contre Kevin, vos collègues de Paris ?

Le jeune lieutenant sembla très hésitant et céda.

— Je noterai tout cela à la fin de la déposition, si vous voulez bien pour l'instant nous allons reprendre où nous en étions.

Il se pencha sur son écran, et jouant de la roulette de sa souris, relut le texte écrit auparavant.

— Vous avez rencontré par hasard Monsieur Mortin à la gare et vous avez préféré partir avec lui plutôt que rentrer à Paris, c'est cela ?

Kevin approuva, raconta son arrivée au Breil, expliqua qu'il s'était surtout beaucoup reposé, que maintenant, il se sentait tout à fait bien. Puis, redit qu'il ne comprenait vraiment pas ce qui se passait à Paris, que le vendredi précédent quand il avait quitté la capitale, tout allait bien, que sa société ne pouvait absolument pas être impliquée dans quoi que ce soit d'illégal.

Le policier imprima le document puis demanda à Kevin de le relire et de le signer. L'opération prit un peu de temps, pendant qu'il accomplissait cette tâche fastidieuse, Claude commença à s'agiter un peu à côté de lui, regardant fréquemment son téléphone et comme le jeune homme paraphait la dernière page, il se leva.

— Je suis désolé de vous précipiter, dit-il au lieutenant, mais pourrions-nous y aller maintenant ? J'ai un rendez-vous important tout à l'heure. Vous pouvez nous joindre quand vous voulez, votre collègue a toutes mes coordonnées, j'ai toujours mon téléphone sur moi.

Il l'agita avant de le ranger dans la poche de sa veste qu'il boutonna avec l'air de l'homme d'affaires qui quitte une réunion. Une aura d'habituelle autorité se dégageait de lui et emplissait la petite pièce. Il mit sa main sur l'épaule de Kevin, l'obligeant à se lever et celui-ci se retrouva debout devant la porte avant même d'y avoir pensé. Claude continua à discourir, assurant qu'ils pourraient revenir aussi souvent que la police le voudrait ou que lui et ses collègues seraient les bienvenus au Breil s'ils souhaitaient y venir. Kevin, lui et tous les occupants de la ferme demeuraient à leur disposition. Le lieutenant resta sans voix au début, puis essaya de parler du commissaire qui devait arriver. Claude l'arrêta de la main, déclarant qu'on ne devait pas déranger cet homme certainement très occupé. Surtout pour un jeune écervelé qui avait préféré venir prendre le bon air de la montagne après avoir bu la tasse, plutôt que rentrer à Paris, ce qu'on comprenait tout à fait quand on connaissait l'air pollué de la capitale… Tout en parlant, il entraina Kevin doucement hors de la pièce. Lorsqu'ils furent sur le palier, il tendit la main, obligeant ainsi son interlocuteur à la lui serrer et lui promettant son total concours à tout ce qui devrait être fait par la suite. Il donna un léger coup de coude à Kevin pour qu'il tende la sienne également. Puis le poussant tranquillement devant lui, lui fit descendre l'escalier, tout en continuant à saluer le jeune policier et à remercier pour la disponibilité et la courtoisie dont lui et son collègue avaient fait preuve cet après-midi pour les avoir reçus comme ça, sans rendez-vous. Il termina en ouvrant la lourde porte et dirigeant toujours Kevin, il conclut :

— Vraiment, encore merci pour tout !

Et le tenant par le bras, il l'emmena jusqu'à la voiture, le fit monter, s'installa lui aussi et démarra. Il avait un grand sourire et ses lèvres frémissaient de rire retenu.

Kevin avait d'abord été surpris par l'attitude de Claude puis il avait arrêté de penser, l'avait laissé prendre les choses en main. Il était arrivé au bout de tout ce qui avait été préparé. Il se sentait vidé, incapable d'avoir une idée de plus, de dire une parole supplémentaire.

C'était terminé, pourtant le soulagement ne vint pas, au

contraire une sourde angoisse lui étreignit de nouveau la gorge. Il avait encore quelque chose à faire, quelque chose qu'il avait repoussé ces derniers jours. En premier lieu, parce qu'il avait bien compris que Jo l'avait aussi amené ici pour le mettre à l'abri. Son faux marchand d'olives avait eu beau avoir l'air de ne pas y croire, de suggérer que, peut-être, il était tombé tout seul dans l'eau après s'être endormi, Kevin avait très bien senti qu'il soupçonnait quelque chose de plus noir, de plus dangereux. Il était assez débile pour s'être mis dans une situation pareille, mais il n'était pas bête ! Il ne fallait pas que sa présence ici puisse se savoir et donc il n'avait pas téléphoné, ce qui l'arrangeait bien, il s'en voulait terriblement d'avoir pu faire du mal à ses parents…

Il rassembla tout son courage et demanda à Claude s'il pouvait lui prêter son téléphone, lui expliquant qu'il devait maintenant appeler chez lui pour rassurer ses parents qui devaient être très inquiets en écoutant les informations. L'autre le regarda d'un œil étonné, Kevin se sentit d'autant plus coupable, bien sûr qu'il aurait pu et dû avertir ses parents, ils n'auraient rien dit à personne de l'endroit où il était. Claude lui tendit son téléphone sans rien dire et il composa le numéro.

Quand il entendit la voix de sa mère, sa gorge se serra encore plus.

— Allo, M'man, c'est Kevin !

— Oh ! Kevin, mon grand, je suis contente que tu appelles, tu nous avais dit de ne pas nous inquiéter. Cependant, on commençait à se faire du souci pour toi ! Le ton, plein de reconnaissance, qu'il ait enfin daigné donner de ses nouvelles lui broya le cœur de honte.

— Oui, je suis désolé, je ne voulais pas vous inquiéter. Je ne savais pas qu'à la télé, ils faisaient un tel ramdam autour de moi. C'est vrai, en faisant de la plongée, j'ai bu la tasse et j'ai été amené à l'hôpital. J'ai bien vu que mes potes se foutaient de moi et qu'ils allaient essayer de me jouer un mauvais tour, mais je ne pensais pas que ça prendrait ces proportions ! Je suis désolé, répéta-t-il, j'aurais dû vous prévenir avant, mais je ne savais pas !

Il était encore plus mortifié de raconter tous ces mensonges devant Claude, qu'allait-il penser ? Lui qui l'avait soutenu, solide comme un roc, pendant l'épreuve du commissariat.

— Ça ne fait rien mon grand, on est content de savoir que tout va bien pour toi, tu sais on a confiance en toi, on sait que si quelque chose allait mal, tu nous le dirais.

— Bien sûr M'man, je suis vraiment désolé que vous ayez pu vous faire du souci pour moi, maintenant tout va bien. J'étais juste parti à la montagne avec des copains, je ne voulais pas rentrer à Paris tout de suite, je voulais me reposer encore un peu.

— C'est bien, tu as raison, tu travailles tellement, tu mérites bien de te détendre, profites-en surtout !

— Et pour les histoires à mon boulot, ne vous inquiétez pas non plus. Je ne sais pas ce qui se passe exactement, ce sont surement les journalistes qui font toute une histoire de rien du tout. J'en saurai plus quand je serais rentré à Paris dans quelques jours. Pour l'instant, je vais rester ici encore quelque temps.

— C'est ce que ton père leur a dit quand ils ont téléphoné ici, les journaux. Que c'était n'importe quoi, que tu ne pouvais absolument pas être concerné, et il leur a raccroché au nez ! Prends ton temps pour rentrer, récupère bien surtout !

— Merci M'man, merci à tous les deux, je t'embrasse bien fort et Papa aussi.

— Nous aussi on t'embrasse, fais bien attention à toi !

— Je vous rappellerai bientôt, c'est promis !

— Ne te fais pas de soucis pour nous, appelle quand tu as le temps, c'est bien !

— Bisous M'man.

— Oui, bisous mon grand !

Il raccrocha et rendit son téléphone à Claude qui l'empocha en approuvant.

— C'est bien ce que tu as fait ! Il y en a beaucoup qui se serait déchargé de leurs problèmes sur les épaules de leurs parents, comme s'ils étaient encore de petits enfants ! Toi, tu as vraiment assuré ! Maintenant, ils savent que tu es vivant et en bonne santé. Si toute notre histoire marche bien, le reste éclatera en pétard mouillé, sinon il sera toujours temps qu'ils s'inquiètent à ce moment-là. Pour l'instant, ils sont rassurés.

Kevin s'appuya sur le dossier de son siège, posa sa tête en arrière et ferma les yeux. Oui ! Il avait voulu préserver ses parents de la méchanceté du monde, comme eux l'avaient fait quand il était enfant… À cette pensée, la tension intérieure qui le maintenait ces derniers jours s'effaça et des larmes se mirent à couler toutes seules sur ses joues. Puis ce fut toute une digue qui lâcha, il se mit à pleurer de plus en plus. Il dut ôter sa ceinture de sécurité et de se mettre en boule, la tête sur les genoux. Il sanglotait maintenant comme un ange déchu… il sanglotait ses illusions perdues, il sanglotait l'innocence de sa jeunesse envolée, il sanglotait sa naïveté imbécile… La vie lui avait tout donné, un beau corps en bonne santé, des boucles blondes et un visage d'ange, une intelligence exceptionnelle, des parents pleins d'amour… Et lui, par bêtise, par inconscience, il avait tout gâché… Il en pleurait de toute son âme et de tout son corps…

Claude s'était arrêté au bord de la route, le long d'un bois et lui tapotait le dos d'une main compatissante répétant « Ça va aller ! Ça va aller ! » Quand Kevin commença à se calmer,

Claude sortit de la voiture et vint ouvrir sa portière.

— Viens, on va aller marcher un peu ça te fera du bien !

Comme il descendait de son siège, le souvenir de Jo, lui disant la même chose sur l'aire de repos, ramena ses larmes « Qu'il avait été bête, lui qui se croyait si intelligent ! Il méritait ce qui lui arrivait et s'il se retrouvait en taule, ce serait bien fait pour lui ! »

La peur de la prison, que l'histoire d'Abdel avait éveillée, le submergea. Il suffoqua comme s'il se noyait. Claude le serra dans ses bras, lui disant qu'il s'était super bien débrouillé, qu'il avait fait exactement ce qu'il fallait et que comme Jo avait assuré aussi, c'était sûr qu'il allait s'en sortir… Il continua à parler, affirmant que Jo avait eu une super idée avec le bureau, que c'était bien mieux que chez lui… Le complimentant sur la manière dont il s'était débarrassé de Charles à la gare… Lui promettant que tout serait bientôt fini et qu'il retrouverait sa vie d'avant…

À ces mots, Kevin, qui s'était un peu repris, sentit les larmes revenir, mais il réussit à se contrôler. Il se dégagea des bras de Claude et tenta d'étirer ses lèvres en un sourire qu'il sentait bien tremblant.

— Je crois que non ! Je suis même certain que non, ce ne sera pas possible !...

L'autre lui donna une tape sur l'épaule et lui assura joyeusement

— Toi, tu es prêt pour le pas de côté !...

Il l'entraina vers un petit chemin qui partait dans le sous-bois, lui expliquant que la vie est faite de beaucoup de très belles choses qui attendent juste qu'on veuille bien les regarder. Il lui parla des feuilles dorées de l'automne, du soleil à travers les branches, de la neige qui viendrait cet hiver, douce et froide, précédant le printemps…

Et comme Kevin souriait en regardant en l'air, il lui fit

effectuer un demi-tour et le ramena vers la voiture. Car, affirma-t-il, il ne voulait pas avoir de mort sur la conscience ni être responsable de la destruction du Mas. Patrick devait être au bord de l'apoplexie, donnant des coups de poings et de pieds dans tous les meubles, là-bas, et braillant toutes les minutes « Eli ! Quelle heure est-il ? Mais qu'est-ce qu'ils foutent ? ». À s'énerver comme ça, son cœur allait lâcher ou Patricia en viendrait à le trucider !... Cela fit rire Kevin qui imaginait tout à fait le grand costaud arpentant la salle du Mas comme un ours en cage.

Pendant le reste du trajet, Claude continua à le faire rire, lui relatant certaines anecdotes de leur vie. Comme une engueulade épique entre Patrick et Patricia :

— Anne-Marie et moi, on n'était installé au Breil que depuis quelques semaines… j'avais eu une adaptation difficile, mais ça allait mieux. Ça a démarré entre ces deux râleurs à propos d'orties… de vaches qui mangent n'importe quoi et autres prétextes anodins et puis ça a dégénéré. Avec Anne-Marie, on était assis sur un des canapés du Mas et on n'osait plus bouger. Jean-Marc tenait Patricia à bras le corps et elle agitait bras et jambes en hurlant et Eli était arc-boutée devant Patrick. Les deux s'injuriaient et se menaçaient du poing. Et puis Anne-Marie a commencé à rire, mais à rire… et moi aussi… On ne pouvait plus s'arrêter… Les deux autres ont cessé de s'insulter et nous ont regardé les yeux ronds… et là, tout le monde s'est mis à rigoler… On a tellement ri qu'on en pleurait tous en se tenant le ventre, raconta-t-il encore hilare à ce souvenir.

Il décrivit aussi à Kevin les parties de luge dans le vallon, l'hiver, lorsque la neige était tombée… Glissades joyeuses, auxquelles même la sérieuse, secrète et silencieuse Eli participait en gloussant comme une petite fille. Les grands gouters de crêpes qui suivaient quand le froid s'installait en fin d'après-midi et qu'ils se retrouvaient tous bien au chaud dans la grande salle du Mas, buvant du chocolat ou du vin chaud.

— Parce qu'il y en a, dont je fais partie, qui ont l'âge et qui préfèrent !... Oui, on a vraiment une bonne vie ici ! conclut-il en tournant à un croisement vers une route plus étroite.

— Regarde, on arrive ! indiqua-t-il à Kevin, lui montrant le chemin goudronné qui partait en montant un peu plus loin sur la gauche.

Kevin ne reconnaissait absolument rien, mais il remarqua le petit panneau blanc et bleu portant le nom du Breil. Il avait l'impression que des années-lumière s'étaient écoulées depuis leur départ, qui ne s'était pourtant effectué que deux ou trois heures auparavant…

— Pour aller à La Cour et ensuite monter au Mas, il faut continuer plus loin, un petit kilomètre, avant de tourner, expliqua Claude, là-haut, on est très proche, mais on arrive chacun par un côté de la colline.

Il s'était engagé dans le chemin du Breil, quand ils virent sortir des bois qui le bordaient Patrick, Stéphane et Abdel, chacun portant un grand panier. Claude s'arrêta et tous deux descendirent pour se porter à leur rencontre.

— Ah ! Vous voilà enfin, leur cria Patrick, je commençais à m'impatienter !

— Ça ne faisait pas cinq minutes qu'ils étaient partis que tu commençais déjà à t'impatienter, rétorqua Stéphane.

— Brumph ! fit Patrick en haussant les épaules, on est venu ici guetter votre retour en ramassant des champignons, il montra leurs paniers à demi-pleins. Comment ça s'est passé ? Bien sans doute, puisqu'ils ne l'ont pas gardé en prison !

Il s'esclaffa, pendant que Stéphane lui envoyait une

bourrade.

— Super bien ! commenta Claude, on a été super bons ! Encore une étude de marché bien pensée et bien réalisée.

Ce qui lui valut aussi un coup de coude de Stéphane, mais les fit sourire tous.

— Allez ! dit Patrick, il faut monter jusqu'au Breil maintenant, les autres attendent là-haut. Si on traine, j'en connais une qui va m'engueuler ou alors… Il roula des yeux, la tête en arrière et se passa l'ongle du pouce sur la gorge.

— Oui, acquiesça Claude, allez-y ! Moi, vu l'heure, je vais aller chercher les enfants à l'arrêt du car et je vous rejoins après.

— D'accord ! lui répondit Patrick.

Saisissant son panier d'une main et Kevin de l'autre, il l'entraina en direction du Breil en lui assurant « J'étais sûr que ça se passerait bien ! ». Claude discuta encore quelques instants avec Stéphane et Abdel, avant de remonter en voiture et de reculer jusqu'à l'entrée du chemin.

Pendant que Claude le faisait rire pendant le trajet, Kevin avait senti le soulagement s'installer. C'était fini ! Il avait fait ce qu'il avait à faire et il trouvait que cela s'était plutôt bien passé. Jo aussi avait réussi… Il se demanda ce qui avait pu le faire changer d'avis… Et d'apprendre que les autres avaient passé l'après-midi à l'attendre au bout du chemin le rendait presque euphorique. Son corps en vibrait d'allégresse et lui faisait le cœur et le pied léger.

Ils arrivaient à peine en vue des bâtiments que Patrick commençait déjà à crier :

— Ça y est, ils sont de retour, tout va bien, ils ne les ont pas gardés !

Les trois gros chiens noirs du Breil, attirés par ses rugissements accoururent en aboyant et leur firent fête en sautant autour d'eux. Jean-Marc et Julien apparurent derrière la maison pendant que Patricia sortait de l'étable en s'essuyant les mains. Kevin vit également Eli et Anne-Marie qui se dépêchaient de traverser le vallon. Chacun vint vers lui, lui tapa dans le dos, l'embrassa… Ils étaient tous si contents qu'il en riait lui aussi de bonheur. Les chiens continuaient à s'agiter en donnant de la voix. Leur énervement atteint son comble quand Claude revint avec les enfants. Ils ne savaient vraiment plus où donner de la tête, accueillir leurs compagnons de jeu ou participer à la fête qui se tenait au milieu de la cour… Ils allaient et venaient, aboyant, courant et sautant dans tous les sens. Jusqu'à ce que Patricia lance un coup de sifflet strident, deux doigts dans la bouche et, leur montrant une place dans un coin de la cour, leur ordonne d'une voix forte « Assis là ! ». Les trois grosses bêtes se dirigèrent sans broncher, en frétillant de la queue, vers l'emplacement indiqué faisant semblant de s'assoir, se levant après quelques instants, tournant un peu en rond avant de se coucher dix centimètres plus loin.

Patrick poussa Kevin du coude et lui glissa à l'oreille :

— Quand elle fait ça, il faut que je résiste pour ne pas aller m'assoir avec eux !

Comme à son habitude, il n'avait pas vraiment parlé doucement, sa grosse voix avait sonné dans les tympans de Kevin et tous rirent de son commentaire.

— Bon, déclara-t-il, vous allez venir nous raconter tout ça en détail au Mas, on sera mieux.

— Avec Julien, on a un truc à finir qu'on ne peut pas laisser en plan, avança Jean-Marc, ce serait bien dans une petite heure, pour l'apéro par exemple. On pourra tous attendre jusque-là pour les détails puisqu'on sait que tout s'est bien passé.

Patricia et Anne-Marie approuvèrent, elles aussi avaient des trucs à finir !

— Brumph ! grommela Patrick, leur jetant un œil noir, bon d'accord, et après vous restez diner ? demanda-t-il plein d'espoir.

— Non, dit Claude, il y a encore école demain ! Le temps de l'apéro suffira, il n'y a pas tant de choses que ça à raconter.

Comme Patrick prenait un air boudeur, il souligna narquois :

— Kevin reste là-bas, il pourra certainement te le raconter une nouvelle fois pour t'endormir, si tu veux une histoire.

Patrick se renfrogna davantage. Finalement, son panier de champignons sous le bras, il poussa Kevin d'une main à plat dans le dos en direction du Mas.

— Viens, on rentre, puisqu'ils ne sont pas pressés de savoir, tu vas déjà tout me raconter une fois.

Il l'entraina à travers le vallon, les autres les regardèrent partir en riant.

— Vas-y ! lui commanda Patrick pendant qu'ils marchaient sur l'étroit chemin, dis-moi tout, et avec tous les détails hein !

Kevin commença à lui expliquer, comment ils étaient arrivés au commissariat, comment Claude s'était présenté devant les policiers. Il ne parla toutefois pas de la peur qu'il avait ressentie à ce moment-là. Il préférait ne plus voir que la réussite du plan si bien préparé et essayer d'oublier les épisodes difficiles. Il insista sur la décontraction de Claude, sur le fait que le policier avait procédé exactement comme Abdel. Ce qui amusa beaucoup Patrick…

— Oui ! commenta-t-il, il s'était beaucoup entrainé et il t'a bien entrainé !

Dans la cour du Mas, Patrick le laissa quelques instants.

— Rentre ! lui conseilla-t-il, je reviens vite, il faut juste que j'aille déposer les champignons au labo.

Kevin pénétra dans la grande pièce, il la trouva chaleureuse, comme si les rires qui y résonnaient souvent lui avaient donné une âme puissante et sereine. Soupirant de bien-être, il alla s'installer dans un fauteuil. Le grand gaillard ne tarda pas à le rejoindre et vint s'assoir à côté de lui. Patrick qui n'avait pas assisté à la préparation de l'entretien, demandait des détails, le faisait revenir en arrière, s'amusa de la mimique penaude qu'il avait faite pour s'être noyé, rit franchement du fait que le policier ait retranscrit qu'il avait quitté l'hôpital pour aller à la plage, s'énerva qu'il l'ait pris en photo, salua le culot de Claude quand il avait regagné le bureau… Apprécia chaque instant du compte rendu.

Kevin avait plus l'impression de raconter un film qu'il avait vu que de décrire la situation qu'il avait vécue quelques heures auparavant. Cela lui fit du bien de relater toute l'histoire et lui permit de dédramatiser encore plus l'épreuve… Tout en parlant, il se remémorait le récit d'Abdel et de Steph… Patrick avec ses manières brusques, son franc-parler et sa carrure d'ours était plutôt un excellent thérapeute… Certainement bien meilleur que les psys que rencontraient certains de ses collègues !...

Il finissait d'expliquer comment Claude l'avait raccompagné jusqu'à la voiture lorsqu'ils entendirent les autres arriver dans la cour du Mas et ils sortirent pour les accueillir. Dehors, Claude était en train d'attacher un des chiens du Breil à un anneau près de la porte avec une grande corde, Patrick s'en étonna :

— Pourquoi as-tu ramené Bibou ? Tu sais bien qu'Anne-Marie n'aime pas que les chiens trainent par ici.

— Non, ça va aller, déclara celle-ci, il va rester attaché, Patricia trouvait qu'ils étaient trop énervés.

— Ah bon ! C'est bien la première fois qu'elle les trouve énervés ses chiens, et où est-elle du reste ?

— Jean-Marc et elle sont restés au Breil, les enfants avaient besoin d'aide pour leurs devoirs et il ne faut pas qu'ils se couchent tard pour l'école demain, répondit Claude.

Julien annonça qu'il allait prendre une douche, qu'il n'en avait pas pour longtemps et partit vers la grange. Stéphane et Abdel montrant leurs paniers de champignons firent signe à Kevin.

— Viens avec nous, on va aller mettre tout ça dans le sas du labo, ils y seront bien pour cette nuit, on les préparera demain matin.

Il les accompagna, ils commencèrent par descendre jusqu'au bois. Steph et Abdel y pénétrèrent seuls pour cueillir quelques belles feuilles bien grandes et encore bien vertes, expliquant à Kevin qu'il n'était pas habillé pour ça et qu'il allait se pourrir. Ils disposèrent les feuilles sur le dessus des paniers pour protéger la récolte de champignons, les déposèrent au labo et retournèrent au Mas. Ça discutait ferme au salon à leur arrivée, Patrick sortait des verres et des bouteilles en grommelant… Steph regarda Abdel puis proposa à Kevin avec un clin d'œil :

— Va te changer, tu seras plus à l'aise pour la soirée.

Kevin monta au grenier assez satisfait d'ôter sa chemise et les chaussures de ville qu'il avait aux pieds. Il enfila son jean et un tee-shirt et se sentit effectivement beaucoup mieux. Quand il redescendit, Julien était arrivé et ils étaient tous installés avec un verre. Patrick l'accueillit d'un tonitruant « Et toi, que veux-tu boire ? » Il hésita, il ne consommait pas souvent d'alcool choisissant plutôt coca et jus d'orange, même aux fêtes étudiantes ou aux soirées avec ses collègues. Mais là, il avait envie de quelque chose de fort et demanda un whisky, que Patrick lui servit bien tassé. Il s'assit avec Anne-Marie et Eli sur un canapé, Claude était déjà allongé en travers de son fauteuil comme à son habitude, son verre à la main. Le voyant ainsi, Kevin pensa qu'il cachait bien son jeu, il avait constamment l'air de se moquer de tout, affalé comme cela, alors qu'en dessous, il était fort, très fort… comme le lui avait dit Abdel. En son for intérieur, il lui porta un toast et le remercia ! Et finalement, avant d'avoir pu réfléchir à ce qu'il était en train de faire, sans doute déjà désinhibé par les premières gorgées d'alcool après tout ce stress, il se mit debout et le fit à voix haute. L'autre leva son verre d'un bras mou et se contenta de fredonner « On est des champions… » et les rires commencèrent…

Patrick fit cesser cette bonne humeur en interrogeant Claude avec colère.

— Qu'est-ce que c'est que cette histoire de photo ? Pourquoi a-t-il fait ça le flic ?

Ce fut immédiatement un concert de questions « Quelle photo ? » « Quand ? Pourquoi ? Comment ?... »

Claude leva la main, et se redressa.

— Oh là ! Je ne suis pas au courant, on n'a pas parlé de tout ça dans la voiture, il se tourna vers Kevin, vas-y raconte ! C'était avant que je revienne ?

Celui-ci expliqua le coup de téléphone de Paris, la requête polie du policier qu'il n'avait pas osé refuser… Quand il se tut, il y eut un moment de silence, puis Claude commenta :

— Cela ne me semble pas important ! C'est le genre de chose que je fais tout le temps, lorsque Julien et Jean-Marc me demandent d'acheter des trucs auxquels je ne connais rien, je prends une photo et je la leur envoie pour savoir si c'est bien ça. Hein, Julien ?

Le petit homme approuva de la tête.

— Je suis d'accord, renchérit Abdel, je ne vois pas où il pourrait y avoir problème !

Tous discutèrent encore un peu là-dessus et finirent par

conclure qu'effectivement, ça ne devait pas avoir d'importance. Patrick reprit tout de suite, toujours hargneux :

— Et Jo ! Que t'a-t-il dit au téléphone ? Pourquoi a-t-il changé son plan ? Il devait aller mettre le truc chez Kevin non ? Pas à son bureau…

Claude lui répliqua vertement.

— Il n'a pas donné de détails, il m'a juste demandé d'expliquer à Kevin où était le disque dur, de lui dire de ne pas en parler le premier, et c'est ce qu'il a fait. On ne lui en a pas parlé, alors lui non plus… Mais vous pouvez être sûrs, ajouta-t-il, que dès qu'ils vont mettre la main dessus, ils vont vouloir lui poser des questions… Il a dit aussi, de ne pas l'appeler, d'attendre que ce soit lui qui appelle et c'est tout ! insista-t-il en lançant un regard noir à Patrick.

— Et vous, vous n'avez pas de nouvelles ? Je pensais qu'il rentrerait ce soir… Peut-être ? s'enquit Kevin.

— Non, dit Patrick, il n'avait rien dit avant de partir.

Il lança vers Claude un regard embarrassé et maugréa :

— D'accord ! J'ai compris ! Mais explique nous donc, toi aussi, ce qui s'est passé pendant tu n'étais pas avec Kevin.

Tous les autres s'écrièrent qu'ils voulaient d'abord entendre le récit de Kevin. Patrick essaya de commencer à raconter lui-même l'histoire, il fut vite interrompu par les remarques lui enjoignant de se taire pour une fois et de laisser parler Kevin. Il se renfrogna en s'enfonçant dans son fauteuil, mais cela ne dura pas. Il était trop content de faire des commentaires, de rajouter les détails ou d'imiter Kevin disant « Ben, c'est parce que je voulais aller à la plage ». Lorsqu'il expliqua comment Claude l'avait sorti du bureau du policier et du commissariat, alors qu'il n'arrivait plus à penser à rien, le grand bonhomme mima la scène, faisant semblant de se propulser vers la porte en tenant le col de sa chemise par-derrière. Ils riaient tous beaucoup, s'essuyant les yeux régulièrement.

Claude attendit que le calme revienne pour raconter sa partie. Après, ils discutèrent tous ensemble, plaisantant, reprenant le récit, analysant tel ou tel passage. Abdel se vit complimenter sur la manière dont il savait gérer un interrogatoire. Il le prit très bien et déclara simplement « Oui, j'envisage une reconversion » accompagné des rires de tous. Puis Claude et Anne-Marie repartirent pour Le Breil et les autres préparèrent leur diner commun. Abdel s'absenta et revint avec de belles salades et un petit sac qu'il posa à côté d'un autre au pied de l'escalier du grenier.

Kevin l'aida à les nettoyer alors que Steph confectionnait une sauce dans un grand saladier mélangeant jus de citron, huile d'olive, fleur de sel et ciboulette sur les indications d'Eli, pendant que celle-ci faisait réchauffer le reste des pommes de terre et des haricots verts du déjeuner dans une de ses grandes poêles. Julien mettait le couvert avec des petits gestes délicats pour disposer verres et couverts sur la toile cirée à carreaux. Et Patrick s'agitait, revenant sur le récit de Kevin… Il en revisitait le scénario dans tous les coins en mode jubilatoire, associant gestuelle et commentaires appropriés, et entretenait ainsi l'ambiance joyeuse. Ils dégustèrent le poulet froid avec les légumes et les salades, puis Patrick et Eli déposèrent sur la table un grand plateau de fromages et les pots en grès contenant fromage blanc et compote. Patrick avait ouvert une puis deux bouteilles de vin, ils avaient fini de manger, mais restaient à table, leurs verres à la main continuant à discuter et à plaisanter…

Kevin était bien, dans la douce euphorie de l'alcool et la chaleur de la convivialité. La conversation roulait maintenant sur leurs projets, l'éolienne, les plantations d'hiver, une serre avec panneaux solaires qu'ils voulaient créer… Quand leurs verres furent vides, Patrick proposa de passer au salon pour un petit genièvre « pour digérer »... Ils débarrassèrent et rangèrent la cuisine avant d'aller s'installer.

Comme Kevin venait de s'assoir, Eli s'avança vers lui, annonçant simplement à la cantonade d'une voix douce « J'ai du travail ». Elle se pencha, l'embrassa sur le front et lui ébouriffa gentiment les cheveux. Puis elle considéra alternativement, Steph, Abdel et Julien leur adressant à chacun un petit coup de menton sérieux, d'un air entendu, tourna les talons et se dirigea vers l'escalier qui menait au séjour.

— Grumph ! rugit Patrick, et moi, ma douce ! Je n'ai pas droit à un petit baiser !

Il se leva pour la suivre. Comme elle arrivait en haut des marches, il la saisit par la taille et la souleva et la tourna vers lui.

— Il n'a pas besoin d'être chouchouté celui-là ! se plaignit-il, il va bien ! Il est gras comme un moine ! Alors que moi, j'ai le cœur malade, écoute comme il bat !

Il la prit dans ses bras et l'emmena ainsi jusqu'à l'escalier qui menait à leur chambre. Il la déposa, deux marches au-dessus de lui pour qu'elle puisse l'embrasser.

Kevin ne savait plus trop quelle attitude adopter, mais les autres étaient écroulés de rire.

— Elle fait exprès de l'ignorer pour le taquiner, lui expliqua Steph, et lui il adore ça.

Patrick revint vers le salon, menaça Kevin du doigt.

— Je te préviens, proclama-t-il, tu n'es pas pour elle !

Au milieu des rires, il remplit les verres de liqueur de genièvre. Il lui expliqua que c'était une recette de Fernand, l'ancien propriétaire du Breil et avec beaucoup de nostalgie dans la voix soupira « C'était un ami, un très bon ami ! » et se perdit dans ses souvenirs en buvant son verre à petites gorgées.

Steph tenta de lui décrire le fonctionnement de la communauté et le montage financier qu'il avait organisé. Julien et Abdel se mirent à ricaner bêtement, Patrick restant plongé dans ses pensées… D'une voix lente et hésitante, la langue et les idées embarrassées par l'alcool absorbé, il essayait d'expliquer, entre les commentaires malicieux des deux autres, comment il comptabilisait tout de la façon la plus optimale, garantit-il en marquant bien le mot. Ce qui les fit pouffer davantage… Au milieu des moqueries, il se perdit dans ses explications de CAEC, de SCI, d'exploitant agricole et de conjoint collaborateur. Après de nombreuses hésitations et retours en arrière correctifs, il finit par s'arrêter et rire avec tous.

Puis il jeta un coup d'œil vers Abdel et Julien et suggéra en indiquant le grenier.

— On passe vraiment une bonne soirée, je crois qu'on va rester dormir là-haut cette nuit.

Les autres, y compris Patrick qui semblait de retour parmi eux, approuvèrent bruyamment.

Kevin baignait dans le contentement, il vivait lui aussi un excellent moment, bien au chaud dans ce groupe convivial. Passer avec eux, la nuit dans le dortoir du grenier, lui rappela de bons souvenirs de colo. De weekends en gite lorsqu'il était étudiant qui, sous prétexte d'intégration, de faire connaissance, de sports ou de visites, n'étaient dans les faits que deux jours de fêtes bien alcoolisées. Lui ne buvait pas beaucoup, mais avait trouvé cette ambiance extraordinaire ! Il commença à évoquer des anecdotes de ces moments, s'amusant de ses propres histoires.

Cependant, après quelques instants, il s'aperçut qu'un froid s'était abattu sur l'assemblée et que seul Patrick semblait prendre plaisir à son récit. Steph et Abdel regardaient Julien qui, livide, se tenait raide dans son fauteuil, les paupières papillonnantes et finit par se lever et sortir.

Kevin se maudit, il savait bien pourtant que Julien n'avait pas apprécié du tout ses années d'études et que les souvenirs qu'il en gardait étaient plutôt douloureux… Il se confondit en excuses, expliquant qu'il ne l'avait pas fait exprès, qu'il n'avait pas réfléchi, il s'en voulait beaucoup d'avoir été aussi bête. Steph se leva pour suivre le petit homme.

— Ce n'est pas grave. Ne t'en fait pas, je vais le chercher, lui assura-t-il.

Abdel renchérit et commenta :

— Il pousse un peu à partir comme ça en pleurant dès qu'on dit quelque chose !

— Ça te va bien de dire ça ! Toi tu pars en tapant dans les murs, ce n'est pas mieux ! lui rétorqua Stéphane en quittant la pièce.

Abdel resta silencieux quelques secondes, puis admit :

— Ce n'est pas faux !

Kevin renouvela ses excuses, Patrick l'interrompit :

— Moi aussi, je me suis beaucoup amusé pendant mes études, mais c'est vrai qu'on n'était pas tendre avec certains.

Il commença à raconter quelques-uns des tours pendables qu'il avait joués… Mais s'arrêta rapidement au retour de Steph et Julien.

— Ça vous dirait de jouer à la « coinche » ? proposa Steph, on va s'installer là-haut et on fait quelques parties avant de dormir.

— Pourquoi pas ici ? s'exclama Patrick, je veux bien jouer aussi.

— C'est plus pratique en haut ! Et toi, tu ne peux pas jouer, tu triches !

— Vous aussi, vous trichez !

— Oui, mais toi tu triches mal ! certifia Abdel qui se leva

pour rejoindre les deux autres au pied de l'escalier du grenier.

Sa participation ne semblant faire aucun doute, Kevin se joignit à eux pendant que Patrick bougonnait que c'était n'importe quoi, qu'il trichait très bien et que puisque c'était comme ça il allait se coucher.

En montant l'escalier, Kevin remarqua que ses compagnons avaient à la main les sacs qui étaient posés à côté depuis le début de la soirée et devaient contenir quelques rechanges. Cela faisait longtemps qu'ils avaient décidé de passer la nuit avec lui, pensa-t-il, c'était vraiment sympa de leur part… Surtout Julien, qui ne devait surement pas apprécier l'ambiance-dortoir. Qu'il fasse l'effort d'être là l'émut beaucoup. S'il avait passé du temps avec Steph et Abdel et s'entendait bien avec eux, il n'avait que très peu parlé à Julien, mais le petit homme, avec cet esprit de solidarité qui les caractérisait tous, restait quand même… Jo avait vraiment trouvé des copains extraordinaires, il fut envahi de gratitude pour la chance qu'il avait eue de le rencontrer.

Ils s'installèrent au bout de quatre lits après avoir tiré une des petites tables dans le milieu. Sans se concerter, Abdel se mit avec Julien et Steph avec lui… Julien commenta à son intention ce non-choix de partenaire.

— Ces deux-là, ils ne jouent pas ensemble !... Ça déséquilibre trop !

Kevin s'était spontanément assis au bout de son lit. Pendant qu'Abdel distribuait, Steph le lui montra et raconta :

— Moi aussi, je dormais là quand Jo était avec nous. Lui, il couchait déjà là, à cause du poêle !

Il indiqua le lit que Jo avait occupé. Lorsqu'ils eurent fini d'annoncer, Steph reprit, avec un clin d'œil à Abdel.

— Avant qu'il vienne s'installer ici, mes nuits avaient été difficiles… Il a été sympa, c'est lui qui m'a proposé de me rapprocher et de prendre le lit à côté du sien, mais il ne voulait pas quitter le poêle !...

Ils firent quelques parties au milieu des plaisanteries, Kevin se demandait ce qu'ils pouvaient avoir d'autre comme loisirs, à part les cartes et la télé au Breil.

— Vous ne vous ennuyez pas trop par ici ? Il ne doit pas y avoir trop d'animations et d'endroits pour sortir !

— Non, pas trop ! admit Abdel, on n'a pas trop le droit de sortir non plus, signala-t-il en s'esclaffant avec Steph.

Et voilà, il avait encore parlé trop vite et voulut s'excuser « Oh oui, bien sûr… » commença-t-il, Stéphane l'interrompit :

— L'été, il y a les soirées du camping. On y allait accompagner Thibault, l'aîné de Jean-Marc. C'est ce qu'il avait demandé pour son anniversaire, de pouvoir sortir… Parce que Patricia, elle le lâche avec un élastique, alors on servait de chaperons, mais discrets hein ? Il regarda Abdel pour qu'il confirme. Et pendant qu'il s'agitait avec les jeunes de son âge, on restait au bar… on a rencontré des gens sympas…

— Des étrangères…

— Des Allemandes…

— Des sœurs…

Ils riaient tous de leur duo.

— Et, quand on avait raccompagné Thibault, poursuivit Steph, on revenait… On tirait au sort qui restait au camping et qui montait à La Cour et j'ai passé de très bonnes nuits sans lui.

— Mais pas tout seul ! commenta son pote.

— Non pas tout seul, admit l'autre.

— Oui, reprit Abdel, c'était cool le camping cet été ! Hein Julien ! Que c'était chouette le camping ? demanda-t-il à son partenaire qui riait encore de leur petit sketch.

Ce qui eut pour effet de l'arrêter net. Il jeta à Abdel un regard désespéré, ses yeux s'humidifièrent, puis il inspira un bon coup, déglutit et répondit avec un sourire tremblant.

— Oui, c'était sympa…

— Bravo, bel effort ! lui renvoya Abdel imitant Patrick, tu ne croyais quand même pas que personne ne s'était aperçu de rien ? poursuivit-il malicieusement, faisant aussitôt disparaitre cette ébauche de sourire, tu n'as pas vu qu'Eli nous a mis des boites de préservatifs dans la salle de bains du bas ?! Des fois qu'on ne soit pas assez grands, ou trop bêtes, pour y penser tout seuls !

— Ou peut-être que c'était Anne-Marie, par mesure d'hygiène et de sécurité ? proposa Steph s'étranglant de rire.

— Ou peut-être Anne-Marie ! acquiesça Abdel, mais il y en avait pour toi, tu peux en être sûr.

Julien le regarda quelques instants les lèvres tremblantes et les larmes aux yeux, puis son sourire revint petit à petit et finit par s'élargir tout à fait lorsqu'il déclara :

— Oui, ils ont dû envoyer Claude, il aura négocié un prix de gros !…

Ils se roulaient tous de rire sur leurs lits maintenant et réussirent pourtant à rire davantage quand Abdel ajouta imitant toujours Patrick :

— Très bien ! Gros progrès !

Ils bavardèrent encore un peu, Kevin ne connut jamais la fin de la discussion, il sombra d'un seul coup dans un sommeil serein.

La sonnerie du réveil le tira d'un sommeil bien trop court à son gout, Jo s'éveilla avec la sensation qu'il venait à peine de s'endormir. Ce qui n'était pas faux, le voyage du retour avait été long, il n'avait bénéficié que trois ou quatre heures de repos. Il avait un peu froid. En arrivant, il s'était contenté de se déshabiller, laissant ses vêtements en tas au milieu de la pièce et de s'allonger nu sur son lit, les bras en croix et la fenêtre ouverte pour voir la lune à laquelle il ne manquait qu'un petit grignotis, quand lui avait l'impression d'être parti depuis des jours.

Il avait fait beau pendant son absence. Cela lui avait fait plaisir en descendant de la voiture de sentir la chaleur montant du sol, sortant des pierres sèches des murets et de respirer les odeurs de pins et de garrigue chauffés par le soleil.

Sa maison aussi était très chaude et même suffocante d'être restée fermée, d'avoir emmagasiné toute cette chaleur. Il avait donc tout laissé ouvert comme en plein été alors que l'automne approchait et que les nuits devenaient fraiches. Si dans son sommeil, il avait tiré son drap sur lui sans s'en rendre compte, maintenant il avait désagréablement frais ! Il voulut se tourner pour se pelotonner et garder les yeux fermés encore quelques instants, mais la douleur que le déplacement éveilla dans ses côtes le réveilla tout à fait.

Il s'assit précautionneusement au bord du lit et soupira, la journée allait être difficile. Déjà que la veille n'avait pas été terrible et même plutôt exécrable… Enfin, il y avait eu des bons moments, il s'était bien amusé quand même !

Mais, une fois passée l'euphorie de la réussite, une fois l'adrénaline de l'action retombée, en fait, quand il s'était retrouvé dans le métro avec son sac, son moral s'était plombé.

Lorsqu'il avait quitté l'hôtel, c'était l'heure de sortie des bureaux et il avait eu du mal à entrer dans la rame avec son sac de voyage. Il s'était trouvé coincé au milieu de dizaines de visages raides d'anonymat. Il savait bien, pour l'avoir vécu, que cette attitude adoptée par les passagers était rendue nécessaire par la promiscuité, c'est trop difficile de laisser son esprit ouvert quand on a la figure d'un parfait inconnu à cinq centimètres du sien. Il vaut mieux ne pas le voir, c'est plus simple. Il avait dû en perdre l'habitude, car il se sentit tout de suite mal à l'aise et n'avait qu'une envie : quitter cette boite avant d'exploser !

Il avait réussi à arriver jusqu'à la gare, où sa mauvaise humeur s'était accrue pendant qu'il bataillait avec la roulette du distributeur de billets. Il l'avait entretenue en faisant la queue à la sandwicherie ; pleine de monde et à la vitrine presque vide. Il pouvait estimer avoir eu de la chance en parvenant à se procurer un sandwich jambon-emmental au pain déjà mou. Il avait complété son menu avec un gâteau au chocolat et une petite bouteille d'eau gazeuse. Le prix exorbitant qu'il avait payé pour ce repas extraordinaire avait fait grincer les dents de ses mâchoires déjà serrées. Chez lui ! il mangeait au moins trois jours avec une somme pareille !... C'est en râlant et en trainant les pieds qu'il était allé s'assoir sur un siège en bois dur… Il avait une bonne heure à patienter et, endolori comme il l'était, ce ne fut pas drôle.

Quand son train s'était affiché, il s'était relevé en ayant mal partout : mal aux fesses du siège dur, mal au dos du dossier trop bas, mal au côté des coups de pied reçus et mal à la tête de l'ambiance… et de la bosse qui pointait au sommet de son crâne. Une fois installé à sa place, il avait commencé par manger son sandwich mou, en buvant quelques gorgées d'eau.

Il n'appréhendait qu'une chose, c'est qu'un gros voisin ou une grosse voisine vienne s'assoir à côté de lui. Il ne supportait pas l'idée de se sentir encore oppressé, il n'en pouvait plus du monde et de la promiscuité. La chance avait été avec lui, au départ du train, il était toujours seul. Il en avait profité pour allonger ses jambes en diagonale, occupant ainsi l'espace devant le siège voisin pour décourager un importun de s'y installer, il restait des places dans le wagon, qu'il aille se poser ailleurs ! Il avait mis ses écouteurs, choisi une émission, et calant sa tête contre la vitre, son blouson en guise de coussin, il avait laissé passer le temps, moitié sommeillant, moitié écoutant.

La remise en route pour descendre du train avait été difficile, il était raide des chevilles à la nuque. Il avait fait l'effort de regagner sa voiture en marchant d'un bon pas et en effectuant des petits ronds avec ses épaules pour se décontracter en prévision de la route qui lui restait à faire.

À l'arrivée, quelques heures plus tard, il était sorti de son véhicule courbé en deux comme un petit vieux !

Exactement comme ce matin, quand il tenta de se lever de

son lit pour aller prendre ses vêtements et s'habiller. Il avait mal tout le long du dos et se mit debout en se tenant les reins. Il hésita à se rassoir et à se recoucher, tant pis, il n'irait pas au marché, ce n'était pas grave s'il manquait une fois ! Puis il se souvint qu'il avait des commandes pour ce jour-là, qu'il n'avait pas prévenu, que s'il n'y allait pas, dès sept heures son téléphone sonnerait.

La journée promettait d'être belle, les étoiles brillaient comme dans un ciel d'été, il n'y avait pas un kilomètre-heure de vent. Oui ! Il allait aimer être dehors par un temps pareil et bouger ferait passer ses douleurs !…

Il se traina jusqu'à la chaise où l'attendaient ses vêtements du matin et les enfila. Il mit toutes les couches, il fallait qu'il ait bien chaud, comme un boxeur à l'entrainement, pour que ses muscles endoloris s'assouplissent. Il passa se brosser les dents à la salle de bains, pour le reste il verrait ça l'après-midi puis partit charger sa voiture.

L'escalier s'avéra une nouvelle épreuve pour ses cuisses et ses mollets durs comme du bois. Il pesta contre lui-même. Ça, c'était la descente des escaliers de la veille, tout en force et en rapidité, sur un corps sans entrainement. Dépité par son état de forme, il se promit de reprendre le sport !... Au début, le chargement fut pénible, les seaux d'olives pesaient des tonnes, les planches et les pieds des parasols aussi. Cependant avec l'échauffement, tout s'améliora, il marchait presque normalement quand il revint dans sa cuisine.

Il prépara son café, et pendant qu'il infusait, monta se changer, il enfila son costume du marché puis redescendit, constatant avec satisfaction que l'escalier était beaucoup moins difficile. Il s'installa dans son fauteuil avec sa tasse. Les étoiles s'estompaient et le ciel s'éclaircissait, rosissant doucement de la belle journée qui s'annonçait, passant du bleu de la nuit à un violet profond. Il resta quelques instants, les yeux fixés sur la mer encore sombre et en soupira de plaisir. Oui, il avait une bonne vie ! se dit-il en pensant à Claude.

Il l'avait appelé, la veille, d'une aire d'autoroute où s'il s'était arrêté pour se dégourdir les jambes. Il avait hésité, il était déjà tard. Mais il avait envie d'avoir des nouvelles et de savoir comment cela s'était passé et avait pensé que Claude serait peut-être dans le même cas. Effectivement, il avait paru content d'être réveillé !

Il lui avait relaté la visite au commissariat, lui certifiant que tout s'était bien passé, que Kevin s'était bien débrouillé, qu'il avait l'air très naturel en racontant son histoire. Il y avait juste une photo que le policier avait prise avec son téléphone, demandée par Paris, soi-disant pour s'assurer de l'identité de Kevin. Claude ne savait pas trop quoi en penser, il ne lui semblait pas que ça ait beaucoup d'importance. Jo ne pensait pas non plus qu'il puisse y avoir un problème, ça marchait comme ça maintenant avec les téléphones portables, pour un oui ou un non hop, une photo et j'envoie ! C'est vrai que ça aidait, que les renseignements circulaient plus vite ainsi, mais il fallait se méfier, car ils circulaient plus aussi, et pas toujours sous contrôle…

Jo avait également approuvé les initiatives qu'ils avaient mises en place pour protéger Kevin. Jean-Marc et Patricia avaient bouclé Le Breil et ne l'avaient pas quitté de la soirée, maintenant les enfants à l'intérieur. Patricia avait posté deux des chiens en haut du chemin d'accès en leur ordonnant « Garde ! » Claude avait ri en déclarant « On n'a pas intérêt à avoir de la visite cette nuit parce que le type, il va passer un sale quart d'heure ! ». Le troisième chien avait été attaché devant la porte du Mas. Là-bas, Abdel, Stéphane et même Julien passaient la nuit dans le grenier avec Kevin. « Mais, avait indiqué Claude, on ne lui a rien dit, il en a assez bavé ses derniers jours ! »

Jo était content qu'Abdel soit resté, lui devait savoir se défendre. Il avait moins confiance dans les aptitudes au combat de Steph et de Julien, mais c'était sympa quand même ! Il avait remercié Claude, il aurait bien voulu lui dire qu'il y avait peu de risques qu'il se produise quoi que ce soit, toutefois son expérience dans l'appartement de Kevin l'avait rendu méfiant. Donc, il avait recommandé de continuer à faire attention jusqu'à ce que ça se décante, le seul moyen pour eux d'avoir des nouvelles serait d'écouter les infos.

Jo avait expliqué qu'après avoir mis le disque dur en place, il avait vu arriver la police pour une perquisition dans les locaux de la société de Kevin et que les journalistes étaient juste derrière. Ils étaient sur l'affaire et ne lâcheraient pas le morceau, alors il avait bon espoir que ça aille vite. Il avait promis qu'il rappellerait dans un jour ou deux et recommandé qu'ils n'essaient pas, eux, de le contacter, surtout Kevin. Il avait encore remercié Claude et tous les autres aussi par son entremise avant de raccrocher. Celui-ci n'avait pas pensé, ou pas eu le temps de lui demander, pourquoi il avait changé son plan et Jo n'en avait surtout pas parlé, ils se seraient trop inquiétés.

Il but une gorgée de café et alla récupérer son jeu de Tarots dans son sac de voyage. Il remit La Roue à l'intérieur du paquet et prépara son tirage en s'interrogeant sur la journée à venir, il laissa sa main choisir et retourna **LE MAT.**

Celui-là, il ne lui déplaisait pas en général, songea-t-il en tapotant la lame de l'index. Un petit vent de liberté l'accompagnait, mais il l'avait toujours trouvé un peu « cassé du dos ». Exactement comme lui ce matin ! Ses muscles s'étaient refroidis pendant qu'il restait assis et il avait dû se tenir à sa table pour se lever et marcher jusqu'à son sac, comme **LE MAT** s'appuie sur son bâton et n'arrive pas à se redresser complètement. Il était aussi fou que lui pour s'être mis dans un tel état… Toutefois, c'est en souriant qu'il posa sa tasse et partit pour sa journée de travail.

En roulant, il écouta comme d'habitude les infos. On lui expliqua d'une voix joyeuse que l'équipe de France disputerait prochainement des matchs amicaux, qu'une guerre lointaine avait encore fait bien des morts, que le déficit était toujours abyssal… Ce qui ne l'amusa pas du tout !… Par contre, il fut content de savoir que le beau temps s'installait sur la Provence, que les températures estivales allaient durer jusqu'à la fin de la semaine… Il attendait des nouvelles de Cons'actuel, mais n'en apprit pas plus que ce qu'il avait entendu la veille sur la route du retour… L'enquête suivait son cours, une perquisition avait été effectuée dans les bureaux de la société, Kevin Juvaine n'avait toujours pas reparu… Il maugréa « Mais qu'est-ce qu'ils foutent, la nuit, ils roupillent ?!!! »

Au marché, il se parqua bien dans le fond de son emplacement, c'était l'avantage d'avoir un véhicule de la taille d'une voiture et un étal pas trop volumineux, il n'était pas obligé d'aller se stationner ailleurs après avoir installé son banc. Et, autre avantage non négligeable à ses yeux, il pouvait se réfugier à l'intérieur lorsque le temps était mauvais ou si le mistral soufflait vraiment fort, surtout l'hiver, quand il passait sur la neige plus au nord et qu'il était glacial !... De toute façon, ces jours-là, les clients étaient rares dans les allées et les olives n'étaient pas leur priorité.

Sa sortie de voiture fut difficile, il était de nouveau tout ankylosé. Comme il se garait avec le côté conducteur bien collé au mur, pour prendre le moins de place possible et pouvoir accéder à ses marchandises par la porte coulissante, les contorsions nécessaires pour traverser le véhicule et utiliser la portière opposée s'accompagnèrent de grimaces et de gémissements.

Une fois qu'il eut réussi à s'extraire, il n'avait vraiment pas envie de commencer à déballer, mais plutôt de s'octroyer un moment de repos, assis tranquille. Il installa donc simplement ses tréteaux, qu'il positionna pour marquer son emplacement et partit se restaurer. En chemin, il acheta chez Fred, le boulanger, deux pains au chocolat. Il sentait bien qu'il avait besoin de ce gras sucré et consolant ! Et cela lui fit bien plaisir de les déguster avec un café. Après la deuxième tasse, il se sentait mieux, sa bonne humeur était revenue. Il regagna sa place, bien dans son personnage, marchant à grands pas, saluant tout le monde d'une voix forte et joyeuse, et commença à arranger son banc, en commentant tout ce qui se passait autour de lui !

Il ne regretta pas d'être venu, la matinée fut vraiment belle, un peu fraiche au début, cependant c'était agréable. Puis une chaleur d'été s'installa qui, ajoutée aux mouvements, fit du bien à ses muscles. Lorsqu'il remballa son stand, il n'avait presque plus de douleurs.

Son cœur accéléra quand il alluma la radio après être sorti du marché et des petites rues du centre-ville. Il avait préféré attendre d'être tranquille, il espérait que les infos auraient changé et lui apporteraient de bonnes nouvelles, il ne voulait pas être distrait pour pouvoir bien entendre ce qui se dirait. Ce dont on l'informa tout d'abord ne l'intéressa pas du tout, le CAC 40 et la bourse de Tokyo… la visite du ministre aux agriculteurs de l'Ouest… et la future visite du président aux Américains… Il trépignait intérieurement quand il entendit enfin le nom de Kevin.

« Le jeune Kevin Juvaine, dont on était sans nouvelles depuis quelques jours s'est présenté spontanément à la police. À sa sortie de l'hôpital, il était allé se reposer chez des amis dans une ferme un peu isolée et n'avait pas été informé des inquiétudes le concernant. Nous n'avons pas d'autres informations pour l'instant sur son implication dans les faits reprochés à la société Cons'actuel, l'enquête suit son cours, une perquisition a été effectuée hier dans les locaux. Toutefois, le juge en charge du dossier n'a pas encore communiqué sur les informations qu'elle avait pu permettre d'obtenir ». Le journaliste changea de sujet et continua à discourir, mais Jo ne l'écoutait plus…

Il jubilait, Kevin ne s'était plus évadé de l'hôpital et n'était plus forcément impliqué dans les magouilles de Cons'actuel ! Première étape réussie ! « Enfin, relativisa-t-il en prenant un peu de recul, en bonne voie de l'être ! »

Il était toujours content en arrivant chez lui, néanmoins la fatigue commençait à se faire sentir, il rangea ses marchandises en trainant les pieds et en râlant qu'il était trop vieux pour toutes ces conneries !

Dans la cuisine, il rangea les courses qu'il avait faites le matin, fit réchauffer doucement le mélange de tomates et d'aubergines qu'il avait préparé pour Kevin quelques jours auparavant et mit à chauffer une casserole d'eau pour des pâtes. Pendant qu'elles cuisaient, il descendit rapidement au fond de son terrain se choisir quatre belles figues.

Il s'installa sur sa terrasse, bien face à la mer, avec son assiette de pâtes aux légumes d'été et son verre de vin. Le rouge aurait été plus assorti, mais le petit blanc bien frais lui avait fait envie. Il en but quelques gorgées tranquillement en s'emplissant les yeux de beauté avant d'attaquer son assiette. Avec les figues, il se servit un deuxième verre qu'il termina lentement. Sa chaise en biais pour pouvoir allonger ses jambes, le regard sur l'horizon bleu et frémissant de chaleur, il se repassa en esprit les récents événements.

À deux jours près cela faisait une semaine qu'il avait rencontré Kevin. Ça lui paraissait si proche et si lointain, l'intensité de ces journées avait déformé sa perception du temps, l'étirant et le contractant tout à la fois. La fatigue, la chaleur, le vin, le rendaient somnolent. Il termina son verre, ramassa son assiette et ses couverts, mit tout cela dans l'évier avec les casseroles qu'il avait utilisées, un peu d'eau et de liquide vaisselle dessus et il monta se coucher.

Sa chambre était inondée de soleil, il profita de la vue le temps de quelques respirations satisfaites, ferma ses volets en espagnolette, ôta son pantalon et sa chemise et s'installa précautionneusement sur son côté non douloureux. Un sentiment de vraie plénitude l'envahit et il s'endormit avant même d'y penser.

À son réveil, il se sentait bien, chaudement confortable, il avait récupéré. Il s'assit lentement pour préserver ses côtes et sa hanche maintenant décorées de grosses taches, d'un intéressant violet-jaune, qui se rejoignaient, du plus bel effet ! Sous la douche, il ne frotta que délicatement sur ces endroits, ses cheveux aussi il les lava en douceur, la bosse était moins gênante, et n'était douloureuse que s'il appuyait dessus ou hochait la tête, ce qu'il évitait avec soin. Avant de s'habiller, il farfouilla dans la boite à chaussures qui lui servait de pharmacie, y trouva un tube de crème à l'arnica à peine périmé et en tartina largement ses hématomes.

Il fallait qu'il finisse de s'installer confortablement dans cette maison ! Il se promit de s'y mettre, ainsi qu'au sport dès qu'il passerait à ce qu'il appelait ses horaires d'hiver. Cet été, il avait fait les marchés six jours sur sept et voulait continuer jusqu'à ce que le temps vire au froid, alors il n'irait plus que quatre jours par semaine. L'hiver dernier avait été entièrement consacré à la remise en état de la maison, nettoyage, peinture et bricolages indispensables. Quand il travaillerait moins, il allait améliorer son installation, c'était nécessaire, et dans sa tête, il commença à faire des plans… Il n'oublia pas qu'il devrait également préparer le jardin pour l'hélychrise de Patrick et se réjouit de le revoir lorsqu'il amènerait les plants. Il n'allait pas s'ennuyer.

Il descendit chercher son sac et le remonta dans la chambre d'ami. Avant de partir, Kevin avait défait son lit et plié les draps. Il avait aussi laissé sur la commode les vêtements du Bateleur et ceux que Jo lui avait prêtés le premier jour. C'était vraiment un gentil garçon, c'est sûr que ses parents devaient l'adorer, ils l'avaient bien élevé et pouvaient être satisfait de leur boulot !

Il sortit de son sac les costumes du « cadre » et de « l'artisan » se demandant bien ce qu'il devait en faire. Tout bazarder ou les ranger pour une éventuelle autre utilisation ? La tenue de l'artisan, il pouvait la recycler pour ses travaux, et un costume habillé, ça peut être utile, il n'en avait pas d'autres dans sa garde-robe.

Il vida les poches, souriant en se souvenant de ses préparatifs. Il s'était bien débrouillé finalement avec pas grand-chose… Comme quoi des petits détails peuvent avoir de grands effets !... Les deux imbéciles s'étaient contentés de ses cartes de visite bidon pour s'assurer de son identité. Ils étaient nuls certes, mais, grâce aux petits traitements qu'il leur avait appliqués, elles faisaient vrai. En fait, ils avaient dû être aussi surpris que lui en le voyant arriver !... Ils n'avaient pas vraiment de raison de penser qu'il n'était pas celui qu'il prétendait être. En plus, ils étaient trop sûrs d'eux ! Cela les avait empêchés de douter et de réfléchir… Là, se moqua-t-il, c'est l'hôpital qui se fout de la charité ! Tu avais réfléchi, toi, peut-être ?!

Penser aux deux hommes, lui remit en tête une idée qui lui avait traversé l'esprit pendant qu'il regagnait son hôtel après sa fuite. « Qu'allait-il bien pouvoir faire de cette histoire ? ». C'était exactement le genre de chose qui devrait intéresser son ancien service, une organisation du crime financier qui emploie des hommes de main pour s'aider un peu.

Comment les mettre au courant sans donner d'explications qui l'impliqueraient ? Il allait devoir y réfléchir. Sur le coup, il s'était dit « Ce n'est pas le moment, on verra plus tard. Un problème à la fois ». Mais il ne pouvait pas laisser ces deux abrutis dangereux continuer à courir. Ils devaient déjà avoir quelques morts à leur actif, il en était certain.

Comment faire pour attirer l'attention du service sur eux, sans l'attirer sur lui ? Parce qu'il savait que ce qu'il avait fait, ça ne plairait pas du tout ! Mais alors pas du tout, du tout ! Il fallait qu'il trouve une idée. Tout en réfléchissant, il mit ses vêtements et ceux du Bateleur, ainsi que les draps de Kevin dans le coin de la salle de bains qui lui servait de panier à linge sale. Il suspendit le costume sur un cintre pour qu'il se défroisse, et finit de ranger le reste de ses affaires.

Puis il descendit s'occuper de son diner. Il s'était acheté des tomates bien mures, des poivrons et deux belles cuisses de poulet bio qu'il voulait cuisiner façon « basquaise ». Cela lui faisait plaisir de profiter jusqu'au bout des légumes d'été, il aimait le soleil qu'ils donnaient à ses repas, l'hiver et ses soupes viendraient bien assez vite !

En arrivant dans le séjour, il alluma la télé sur une chaine d'infos en continu, il patienta un peu, mais l'affaire de Kevin n'était qu'un fait divers et ne faisait pas la une à chaque instant. Il alla laver ses légumes puis s'installa sur la terrasse pour les préparer, en gardant une oreille sur la télé. C'étaient partis pour le journal des sports, il en avait pour une bonne demi-heure avec les pubs.

Il découpa ses poivrons, ses oignons et ses tomates en gros morceaux, mit de l'huile d'olive à chauffer dans sa cocotte en fonte, y fit bien revenir les morceaux de poulet, ajouta les oignons et les poivrons. Il attendit quelques instants en remuant bien pour que ses légumes dorent légèrement eux aussi. Il venait de verser les tomates sur le mélange lorsqu'il entendit le présentateur prononcer le nom de Cons'actuel. Il couvrit vite son plat, baissa le gaz et se précipita vers le séjour.

Pas vraiment de nouvelles informations, mais il eut le plaisir de découvrir les images des policiers sortant de l'immeuble de bureaux et chargeant ordinateurs et cartons de documents dans leur fourgon. Puis le journaliste parla de Kevin, la photo qu'il montra de lui pour soutenir son propos n'était plus la même que celle que Jo avait vue à l'hôtel. Le costume gris avait été remplacé par une chemise bleue et le regard sérieux par un air d'innocence étonnée. Très, très bien ! se dit Jo, je ne sais pas où ils sont allés la pêcher celle-là, elle l'avantage bien, le gamin, une gueule d'ange auréolée de cheveux blonds. On lui donne le Bon Dieu sans confession là-dessus !

Le présentateur expliquait, comme à la radio, que Kevin était parti poursuivre sa convalescence, chez des amis dans une ferme isolée. Jo eut la surprise de voir la caméra monter le chemin du Breil, mais la visite s'arrêtait au dernier virage… Patricia était campée au milieu du chemin, deux des chiens assis à ses pieds. Elle affichait son air le plus revêche, et Dieu sait qu'elle pouvait avoir l'air mégère parfois ! Son pantalon de travail taché enfoncé dans ses bottes, sa chemise déchirée ouverte sur un tee-shirt avachi, ses cheveux s'échappant par mèches de l'espèce de couette qu'elle se faisait derrière la tête, la parfaite femme des bois, il ne lui manquait que le fusil… Le journaliste ou le caméraman, vraiment très courageux pour oser s'adresser à elle – Jo, quand il la voyait ainsi, essayait de l'éviter – devait lui demander quelque chose, car elle faisait non de la tête. Sans doute la permission de passer, et elle ne voulait pas, c'était clair ! Dès que la caméra semblait approcher un peu, les chiens se levaient et montraient les dents, encore un peu plus et ils avançaient d'un pas en grognant. La caméra effectuait un recul précipité et les chiens se rasseyaient.

Jo regretta le retour au studio ! Le journaliste, en fin de commentaire, expliquait que le jeune homme n'avait pas souhaité faire de déclaration. Il espérait que quelqu'un là-bas avait enregistré le reportage, il ferait surement partie des moments d'anthologie du groupe et servirait pendant longtemps de prétexte à bien des rires et discussions. Lui en affichait un sourire fendu jusqu'aux oreilles.

Le présentateur poursuivit son journal avec un autre sujet et il regagna sa cuisine. Il repensait à Patricia, c'est vrai qu'elle pouvait avoir mauvais caractère. Elle pouvait être aussi pleine de douceur quand elle aidait un petit veau à venir au monde ou soignait un enfant malade. Mais il ne fallait pas la chercher parce qu'elle démarrait au quart de tour ! Comme Patrick ! Parfois, leurs discussions pouvaient dégénérer sérieusement, surtout lorsque des petits malins « pinces sans rire » comme Claude attisaient les braises. Pourtant tout finissait le plus souvent par de franches rigolades.

Jo remua son poulet, il devait attendre encore un peu pour que ce soit cuit, il se servit un verre de vin et alla s'installer sur la terrasse. Le ciel s'assombrissait légèrement, le soleil avait déjà disparu là-bas vers l'ouest laissant des trainées roses sur un fond bleu layette.

Il buvait à petites gorgées en examinant la situation. C'était le moment le plus dangereux. Tout le monde, et a fortiori « les méchants » aussi, savait où était Kevin maintenant. Les journalistes avaient été plus forts pour pister les infos que les flics pour les garder. Même la photo, en y réfléchissant, devait être celle prise au commissariat. Merci les nouvelles technologies !... Elle avait dû circuler dans tout Paris de service en service, et forcément sur le chemin, il y en a un qui l'avait laissé échapper.

Ils avaient bien géré la situation là-haut. Pour accéder au Breil, et à plus forte raison au Mas, il faudrait mobiliser une petite armée. Ceux qui en avaient après Kevin n'avaient surtout pas intérêt à faire autant de vagues. Tant qu'ils ne pouvaient pas le faire disparaitre discrètement… en faisant passer cela pour un suicide, il ne risquait rien ! Il y avait une grosse différence entre guetter son retour, tout seul, chez lui et aller le chercher au milieu d'une dizaine de personnes.

La seule chose à laquelle il fallait faire attention c'est qu'il ne se retrouve pas isolé. Il savait pouvoir compter sur les autres pour éviter cela. Si physiquement le risque s'éloignait, judiciairement ce n'était pas encore le cas… Il fallait patienter et attendre de nouvelles infos… Jo espéra qu'ils avaient bien emporté les boites d'archives et trouvé le disque dur et que la situation allait évoluer rapidement.

Il ne pouvait pas laisser aux autres la charge de Kevin pendant des jours, ils avaient leurs vies là-bas, du travail et au Breil, il y avait les enfants ! Avec le temps, le danger reviendrait, dès lors que l'intérêt des médias retomberait et que la justice s'enfoncerait dans sa lenteur chronique. Et puis, Kevin aussi souhaiterait reprendre une vie normale. Il se dit que si demain, ou peut-être après-demain, en quittant le marché, il n'y avait toujours pas de bonnes nouvelles, il remonterait le chercher. Il pourrait l'emmener chez ses parents ? Le juge ou la police voudrait certainement l'interroger. Toutefois, cela ne devrait pas trop les déranger qu'il rentre en région parisienne au contraire, puisqu'eux y étaient. Comment faire pour que son existence à lui passe inaperçue ? Il allait devoir y réfléchir !

Son poulet était presque prêt et il fit cuire du quinoa pour l'accompagner. Cela ne faisait pas très longtemps qu'il connaissait ce truc, il trouvait ça bon, avec un petit gout de noisette sympa qui se mariait bien avec la cuisine provençale. « Si on peut qualifier le poulet "basquaise" de cuisine provençale ! » commenta-t-il gaiement.

Il prépara son assiette, laissant de côté pour son déjeuner du lendemain une des cuisses de poulet et la moitié du quinoa, se resservit un verre de vin et s'installa sur la terrasse, il avait constamment une oreille sur les infos, qui dispensaient maintenant les actualités internationales. Il dina tranquillement, en rêvassant à ses projets pour sa maison et en étudiant quelques idées sur l'évolution de la situation. Son repas terminé, il fit sa vaisselle, y compris celle de midi qui trainait toujours dans l'évier. Puis il se versa encore un verre et alla s'assoir dans son fauteuil, le tournant pour qu'il soit face à la télé. Il voulait regarder le journal de vingt heures, espérant que les grandes chaines aient pu drainer un maximum d'informations.

Lorsque le jingle de présentation débuta, son cœur battit plus fort et il suspendit sa respiration. Kevin ne faisait pas partie des gros titres que le journaliste énonça d'abord. Il dut attendre presque la fin du journal pour entendre enfin le commentateur annoncer :

« De nouveaux développements dans l'affaire Cons'actuel, suite à la perquisition effectuée hier dans les locaux de la société – *Images des policiers sortant les cartons et les ordis de l'immeuble* – de nouveaux éléments sont apparus et le juge a ordonné la mise en garde à vue de Gérard Vaironne, le dirigeant de la société – *Images de Vaironne arrivant devant un commissariat entouré de policiers en tenue* – pour destruction et falsification de preuves lors d'une enquête judiciaire ainsi que pour faux témoignage avec intention de porter préjudice à autrui. Comme vous avez pu l'entendre sur notre chaine, Monsieur Vaironne avait suggéré que Kevin Juvaine était seul responsable des délits reprochés à la société Cons'actuel, les nouveaux éléments semblent disculper le jeune homme ! »

Jo avait cessé de respirer et s'était penché en avant, à demi levé de son fauteuil pour mieux voir les images. Il se laissa retomber en arrière et claqua des mains. Oui ! C'était gagné !

Le présentateur poursuivait « On soupçonne même une affaire de plus grosse importance. – *Images de l'immeuble de Kevin avec plusieurs voitures de police devant et des policiers en uniforme qui montaient la garde* – En effet, la police a été appelée au domicile de Monsieur Juvaine par l'homme d'entretien de l'immeuble qui, attiré par des cris, des bruits de coups et des va-et-vient bruyants, a surpris deux hommes qui voulaient se réfugier dans l'appartement de ce dernier. Comme il menaçait d'appeler la police, les deux hommes se sont rapidement enfuis en le bousculant. Il a pu en faire une description très précise et ils sont maintenant recherchés. – *Images de l'homme d'entretien en train d'expliquer la taille et l'allure de Gueltz et Gomez devant un bataillon de micros et de caméras* – Il semblerait que les deux hommes aient passé plusieurs jours dans l'appartement, on ne sait toutefois pas pourquoi. Kevin Juvaine – *Photo du jeune, tout mignon avec sa chemise bleue* – s'est présenté dès ce matin à la police, il était allé passer quelques jours chez des amis et n'était au courant de rien. »

Jo n'en pouvait plus de jubiler. Tout se terminait plus que bien. Les deux dangereux avaient attiré tout seuls l'attention sur eux, il n'avait plus à se poser de questions et Kevin était dans la position de la victime, parfait ! Tout était parfait ! Il exultait et ne tenait plus en place. Le journaliste avait changé de fait divers et parlait maintenant de l'incendie d'un immeuble… alors il sortit et descendit dans son jardin qu'il se mit à arpenter de long en large, parce qu'il avait besoin de bouger.

C'était trop beau, trop beau pour être vrai. Avec trois bouts de ficelle – enfin plutôt trois bouts de papier dans son cas – il avait modifié le cours des choses… en ne faisant presque rien… une toute petite action… un truc de Bateleur… aller mettre un tout petit objet dans un petit endroit caché… le battement d'aile du papillon. En riant, il agita ses bras coudes repliés, pour imiter le mouvement… puis leva deux bras victorieux vers le ciel, sans se soucier des douleurs que cela réveilla dans ses côtes !

Ce n'était potentiellement pas terminé pour Kevin, qui serait à coup sûr encore interrogé dans l'affaire Cons'actuel. Pour autant, il s'était bien débrouillé au commissariat et continuerait. La balle était dans son camp maintenant, Jo ne pouvait plus rien pour lui. **LE BATELEUR** devait poursuivre son chemin tout seul… Il espérait le revoir… dans quelque temps… quand toute cette histoire se serait un peu tassée… discrètement bien entendu, pas la peine d'attirer l'attention sur lui. Jo rit à cette pensée, il l'avait échappé belle chez Kevin, cependant la roue avait tourné en sa faveur et en celle du Bateleur… Foutues cartes, elles avaient eu raison encore une fois !

Il aurait aimé téléphoner au Mas, partager cet instant avec eux et avec Kevin, toutefois il devait rester sérieux et professionnel. Une seule bévue suffisait ! Les faits et gestes du jeune allaient certainement être épluchés pour voir s'il avait des liens avec Vaironne, s'ils avaient communiqué entre eux ces derniers temps… Son petit coup de fil de Paris et celui de la nuit pouvaient passer inaperçus. Il savait que Claude leur trouverait un motif si nécessaire… probablement leur collaboration sur le projet d'hélychrise. Et puis il faudrait du temps et beaucoup de travail aux enquêteurs pour extirper ses deux appels de la longue liste de ceux que Claude passait et recevait tous les jours. Il l'avait vu faire pendant son séjour, l'autre prenait très au sérieux son rôle de pourvoyeur de fonds de la communauté. Il était leur « commercial » aussi bien pour rentabiliser au mieux leurs productions que pour acheter au mieux ce dont ils avaient besoin. Lorsqu'il était à la ferme, il passait une grande partie de son temps au téléphone pour confirmer des commandes, relancer des contacts ou maintenir son réseau, comme il disait.

Jo ne jouerait pas avec le feu et n'appellerait que dans deux ou trois jours… Il rentra, éteignit la télé et repositionna son fauteuil face à la mer. Il s'y installa et reprit son verre. Ses yeux s'attardèrent sur **LE MAT** qu'il avait tiré le matin, il vint le caresser du bout de l'index.

LE MAT, l'arcane sans nombre, la lame sans chiffre… qui peut être assimilé au Bateleur par son costume de saltimbanque. Il part vers l'inconnu, se contentant de l'essentiel dans son petit baluchon. C'est un être libre, un individu accompli prêt à prendre les chemins de la liberté. Kevin aussi avait maintenant la vie et la liberté devant lui. C'était un jeune homme promis à un bel avenir et qui le méritait. Aux échecs, **LE MAT**, c'est le coup imparable qui met un terme définitif à la partie, pour la victoire ou la défaite selon le point de vue. Eux, ils avaient gagné !

Jo renversa la tête en arrière et but la dernière gorgée de vin, il aurait aimé que Patrick soit là pour en boire encore un autre avec lui et fêter ça. Ils auraient refait l'histoire toute la nuit, il se serait laissé aller à lui raconter les détails de ses aventures et mésaventures, ils en auraient ri ensemble. Mais fêter tout seul, ce n'est pas drôle. Il n'avait aucune envie de regarder un film ou de faire ses comptes, ce qui aurait été raisonnable. Comme il se sentait trop énervé pour lire ou dormir, il décida d'aller prendre l'air.

Il partit les mains dans les poches. La piste qui permettait aux pompiers d'accéder à la colline en cas d'incendie démarrait un peu au-dessus de chez lui. La lune éclairait suffisamment, la nuit était belle et douce, les étoiles scintillaient. Il monterait jusqu'à la crête et là-haut, seul dans l'obscurité, face à l'immensité du ciel et de la mer, il serait le roi du monde.

FIN

TABLE DES MATIERES

Avertissement : Ce roman est une fiction.
– que penser d'autre d'un type qui lit les Tarots –
Aucun des faits rapportés ne peut-être réel.

DEUXIÈME LAME

II LES SOURCES DE LA PAPESSE

N° ISBN 979-10-95376-01-9

http://lavoiedeslames.fr
zquinez@gmail.com

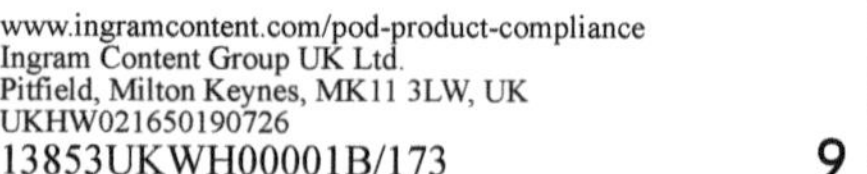

www.ingramcontent.com/pod-product-compliance
Ingram Content Group UK Ltd.
Pitfield, Milton Keynes, MK11 3LW, UK
UKHW021650190726
13853UKWH00001B/173